シフォン文庫

密やかな紅《くれない》

華嫁は簒奪王に征服される

葉月エリカ

JN282458

集英社

密やかな紅《くれない》 華嫁は簒奪王に征服される

目次

イラスト／野田みれい

密やかな紅《くれない》

璃杏《りあん》がその『供物《くもつ》』を与えられたのは、彼女が七歳になって間もない春のことだった。

「秦楼《しんろう》より参りました、劉央玖《りゅうおうく》と申します」

紅香宮《こうほきゅう》の玉座《ぎょくざ》の間にて拱手《きょうしゅ》した少年は、歳《とし》の頃なら璃杏より四つ、五つほど上だろうか。大人びた聡明《そうめい》な顔立ちをしており、群青《ぐんじょう》の長袍《ちょうほう》を纏《まと》った姿態は、成長途中の若木めいてしなやかだった。

(……綺麗《きれい》な子)

玉座《ざ》に坐す父の膝《ひざ》に抱かれた璃杏は、少年の美貌《びぼう》に目を奪われ、うっかり開けっぱなしになっていた唇《くちびる》を慌《あわ》てて閉じた。

大陸を統治する蔡苑《さいえん》の公主《こうしゅ》たる者、人前でこんなしまりのない顔を晒《さら》すべきではない。ましてて、この少年は——。

「この者が、父上のおっしゃった、秦楼からの人質なのですね?」

璃杏は父を振り仰《あお》ぎ、幼子《おさなご》の無邪気《むじゃき》さを装って、少年への侮蔑《ぶべつ》の言葉を吐いた。

翡翠《ひすい》の採掘権を巡った二年来の戦《いくさ》で、秦楼は蔡苑に敗北を喫《きっ》した。それを機に蔡苑の属国《ぞっこく》に下ることとなった秦楼は、恭順《きょうじゅん》の証《あかし》として、昨日までの敵国に第一公子を送る約定《やくじょう》を交わした。

それが目の前の少年、央玖である。

顔を合わせるなり人質呼ばわりされた彼は、璃杏が予想したどんな反応も見せなかった。

侮辱《ぶじょく》に腹を立てるでも、おもねるような表情になるでもなく、礼を失さない程度に親しげな微笑《ほほえ》みを浮かべたのだ。

「璃杏公主様、お目にかかれて恐悦至極《きょうえつしごく》に存じます」

まっすぐに見つめられ、璃杏は面食らった。

「本日は璃杏様に献上《けんじょう》したき品がございます。我が国からの親愛の印《しるし》として、どうぞお受け取りください」

その言葉とともに、央玖の背後に控《ひか》えていた秦楼からの従者が進み出た。共に蔡苑にやってきたのはこの高齢の老爺《ろうや》だけで、捧《ささ》げ持った桐《きり》の箱を恭《うやうや》しく開いてみせる。

「これは……」

璃杏は感嘆の息を呑《の》み込んだ。貢物《みつぎもの》ごときで機嫌をよくする他愛のない娘だと、侮《あなど》られるのは癪《しゃく》だったからだ。

だが、それは実に見事な首飾りだった。

紅玉《こうぎょく》に碧玉《へきぎょく》。真珠に珊瑚《さんご》に瑪瑙《めのう》に水晶。

およそあらゆる種類の宝玉《ほうぎょく》がまろやかに研磨《けんま》され、それ自体も値打ちのありそうな綾紐《あやひも》に、編み込まれるように連なっている。

「本来なら最上級の翡翠をも加えたくありましたが」

言われて気づいた。確かにこの首飾りには翡翠が足りない。

「もはや我が国では、公主様が身につけるに相応《ふさわ》しい翡翠を採ることは叶《かな》いません。どうぞご容赦《ようしゃ》のほどを」

深々と頭を下げられ、璃杏は返答に窮《きゅう》した。

これは、武力にあかせて翡翠の採掘権を奪われた当て擦《こす》りなのだろうか。それとも自国の敗北を認め、蔡苑を宗主国《そうしゅこく》として崇《あが》める覚悟の表れなのだろうか。

「央玖殿。今日よりこの紅香宮を我が家と思われよ」

場を仕切るように王が言った。慇懃《いんぎん》な口調ではあったが、璃杏の頭に手を載せて続けられた言葉は、娘を案じる父親としてのものだった。

「璃杏に兄弟はいない。母である后《きさき》が病《やまい》に没してからは、寂《さび》しさのためか我儘《わがまま》になって周囲も手を焼いている。よき友、よき兄代わりとなって、璃杏を導いてやってくれ」

「父上！」

璃杏の頰《ほお》に朱《しゅ》が散った。

何もこんな場で露骨《ろこつ》に子供扱いすることはないではないか。一年前に母を亡くして寂しいのは本当だが、我儘といっても襦裙《じゅくん》の柄《がら》が気に入らないとか、銀毛の猿を飼いたいと拗《す》ねてみせる程度のことだ。駄々っ子のように泣き喚《わめ》いたりしたことはない――そんな情けない娘だと、央玖に思われたくないのに。

ちらりと横目で見ると、央玖は先ほどと寸分《すんぶん》変わらぬ穏やかな微笑を浮かべていた。

よき友となるよう努めますのでよしなに、と言っているようにも見えたし、父君が大げさにおっしゃっているのはわかっていますよ、と璃杏の心に寄り添っているようにも思えた。

どちらにせよ、味方もなく敵国に送り込まれた子供らしからぬ態度だ。

（気に入らないわ）

璃杏は眉《まゆ》をひそめ、同時にふと気まぐれを起こした。黒々とした瞳《ひとみ》で父を見上げ、「ねぇ父上」と甘え声でねだる。

「この者を私の従者にくださいませ。見たところ、器量も頭もそう悪くはなさそうです」

「璃杏、それは」

父王が口ごもった。人質であるとはいえ、仮にも一国の公子を臣下《しんか》扱いするのは、さすがに常識外れに過ぎる。——が。

「ありがたきお話です」

央玖は自《みずか》ら答え、その場に膝《ひざ》を折った。

「至《いた》らぬ身ではございますが、璃杏様のために一生涯、誠心誠意お仕《つか》えいたしましょう」

叩頭《こうとう》され、璃杏は逆に興《きょう》が醒《さ》めた。この綺麗な顔が屈辱《くつじょく》に歪《ゆが》むところが見たかったのに。

(でも、従者というのは悪くないわ)

友だの兄だの、そんなものはいらない。

この賢《さか》しい少年を跪《ひざまず》かせてやる。形ばかりの恭順ではなく、心から璃杏を求め、心酔し、どんな命にも従う傀儡《かいらい》に仕立ててあげてやろう。

ふっくらと幼い唇に、璃杏は凄惨《せいさん》なほど艶《なま》めかしい微笑を刻んだ。

そして、十年——。

蒼穹《そうきゅう》の高みを、一羽の鳥影が往《ゆ》く。

王宮の庭院《なかにわ》を歩きながら、夏空を舞う鳥を見上げ、璃杏は憧憬《しょうけい》の息をついた。

近くに巣でも作ったのか、近頃よく見かける鳥だ。これほどの距離があるのにはっきり見てとれるのだから、かなり大きな鷲《わし》か、鷹《たか》か。

(あの鳥のように、どこにでも行けたら——なんて、そんなことは望めないのに)

埒《らち》もない願望を抱いた己《おのれ》に歯痒《はがゆ》いような苛立《いらだ》ちを覚え、襦裙の裾《すそ》を乱暴に捌《さば》いて四阿《あずまや》に向かった。

四阿は蓮《はす》の花が浮かぶ池端に建っており、天井《てんじょう》や柱には、太古《たいこ》の神仙と幻獣《げんじゅう》の姿がくまなく彫り込まれている。正直、趣味がいいとも思えないが、璃杏が供をつけずに出歩けるのは、せいぜいこの庭院くらいなのだ。

籐椅子《とういす》に座り、卓子《たくし》に肘《ひじ》をついて待つこと四半刻。

「遅いわよ、央玖!」

長身の青年が飛び石を踏んで近づいて来るのに、璃杏は叱声を浴びせた。

「申し訳ございません」

主の癇癪《かんしゃく》に動じることもなく、央玖は微笑んで詫《わ》びた。その手に抱えられているのは、螺鈿《らでん》細工の施された漆塗《うるしぬ》りの小函《こばこ》だ。

「呼ばれた理由はわかっているのでしょう。さっさとなさい」

左手を乱暴に突き出すと、央玖はその場に膝をついた。函の蓋《ふた》を開けると、納められた深紅《しんく》の花弁《はなびら》が甘い芳香を放った。

　この花の名は紅染椿《こうせんとう》という。花弁を爪《つめ》の形に合わせて切り抜き、水を含ませて時間を置くと鮮やかな紅に染まるというので、貴婦人たちの間では古代から重宝《ちょうほう》されてきた。

「失礼いたします」

　央玖が璃杏の手を取った。小さな爪に花弁を載せ、鋏《はさみ》で余分を切り取っていく。

「相変わらず上手《うま》いものね」

「お褒《ほ》めにあずかり光栄です」

「馬鹿にしているのよ。こんなちまちましたこと、大の男がやるものじゃないわ」

「王宮のどの女官よりも私のほうが器用だから、とおっしゃったのは璃杏様でしょう」

　穏やかな眼差《まなざ》しは、璃杏の指先以外のものを見ない。骨ばった彼の手はひやりとしていて、それが璃杏には忌々《いまいま》しい。

（私の手が無駄《むだ》に熱いみたいじゃない……）

　十指すべてに花弁を載せ終わると、央玖が世間話でもするように言った。

「明日は、許婚《いいなずけ》の将軍がお見えになるとか」

「そうだけど、それが何？」

「いえ。お可愛《かわい》らしいな、と思いまして」

　くすりと笑われ、璃杏の頭に血がのぼった。夫となる男のために爪を染め、美しく飾り立てたいと――そんなふうに無邪気で愚《おろ》かな娘なのだと、央玖に思われているなんて。

「あんな熊のような男、好きでもなんでもないわ！」

自国の禁軍《きんぐん》を率いる許婚の姿を思い出し、璃杏は鳥肌を立てた。

武勇の誉《ほま》れ高いその将軍は、年齢も体格もゆうに璃杏の二倍はあった。鬚《ひげ》だらけの顔は粗野《そや》でいかつく、初顔合わせの宴席ではさんざんに飲み過ごした挙句《あげく》、椅子から転げ落ち大鼾《おおいびき》をかいて眠りこけたという無頼漢《ぶらいかん》だ。

「父上が御存命だったなら、絶対にあんな男に私を嫁《とつ》がせはしなかったものを……」

璃杏の父が流感《りゅうかん》に倒れて崩御《ほうぎょ》したのは、先だっての冬である。

蔡苑に女王の起《た》った例はない。男子のない前王の跡を継いだのは、彼の弟である洸尚《こうしょう》。璃杏の叔父《おじ》に当たるこの男は、兄の遺児《いじ》である姪《めい》の処遇《しょぐう》を持て余した。

生半可《なまはんか》に知恵のある者が、公主を丸め込み出世の道具にしてしまうのは厄介《やっかい》だ。例の将軍は言うならば愚直《ぐちょく》な戦争屋で、政《まつりごと》に口を差し挟むような頭も欲もない。璃杏を降嫁《こうか》させるには、うってつけの人物だった。

（あんな男に嫁ぐことを、私が喜んでいるとでも思っているの？）

無神経な央玖を打ち据えたかった。

公主だと崇《あが》められ、贅沢《ぜいたく》を許されてはいても、しょせん自分は女なのだ。決定された婚儀《こんぎ》を受け入れるしかなく、自由に恋をすることすら許されない。

「央玖、沓《くつ》を脱がせて」

璃杏は横柄《おうへい》に言った。

「沓を？」

「脱がせなさいと言っているの！」

叱咤《しった》された央玖は、それ以上問い返すことはせず、繻子《しゅす》張りの沓に手をかけた。

日頃から丹念に手入れされた璃杏の足は、夏の光のもとで薄青いほどに白く、央玖の手のうちにたやすく収まってしまう。

「足の爪も染めて」

「沓を履《は》かれれば見えなくなりますが」

「見せることになるかもしれないでしょう。……あの将軍は手が早いことでも有名なのよ」

自嘲《じちょう》と挑発を込めて吐き捨てると、央玖は黙って新たな花弁を手に取った。

主とはいえ年少の女の前に跪き、足を突きつけられるのは、一体どういう気持ちだろう。

（嫌な顔すらしないで……）

央玖は黙々と爪を染める。細心に、国宝級の装飾品に象嵌《ぞうがん》を施《ほどこ》しているかのように。

俯《うつむ》けられた横顔は、凪《な》いだ海のように静かだった。ゆるやかに編んだ髪が肩にかかり、男にしては華奢《きゃしゃ》な首筋が覗《のぞ》いている。

そこに冴えた刃を食い込ませることを、璃杏は想像した。

この男を殺《あや》めたいわけではない。

何を命じても従容《しょうよう》と受け入れるのに、決して屈服させた気にはなれない彼に、本当に自分と同じ熱い血が流れているのか確かめたくなったのだ。

「璃杏様」

央玖がふいに顔をあげた。何、と短く答えながら、璃杏はさりげなく目をそらす。

この男の瞳は不思議な色をしている。

普段は何気ない褐色《かっしょく》でありながら、光の加減で琥珀《こはく》のような黄金に透き通り、璃杏を落ち着かない気持ちにさせるのだ。

「璃杏様のご婚儀の後《のち》、私の処遇はどうなりましょう」

問われて、璃杏は一瞬言葉に詰《つ》まった。

夫となる将軍は央玖のことを疎《うと》んじている。彼だけでなく、王宮のほとんどの者たちが、この異国の公子と自分の関係を邪推《じゃすい》していることも知っている。

通常、身分ある女性が十歳にもなれば、滅多《めった》な男性は近寄れない。宮殿の奥深くで教養高い女官たちに傅《かしず》かれ、花嫁となるその日まで奏楽や詩作に励《はげ》むものだ。

央玖が見目麗《みめうるわ》しいだけに、周囲はよからぬ想像を膨《ふく》らませる。璃杏には甘かった父王でさえ、央玖と距離を置くように幾度も強い忠告をした。だが璃杏は公主としての我儘を通し、決して央玖を手離さなかった。

やましいことなど何もないのだ。

それを知らしめるため、こんなふうに爪を染めさせ、髪を結わせるようなときにも、房室《へや》に籠《こ》もることは避けている。

（央玖が一番器用で、一番忠実だというだけ）

彼を傍《そば》に置く理由を、璃杏はそう語る。さらに言えば、一番面倒《めんどう》がないからだ、とも。

家名を背負った貴族出身の女官たちは、覇権争いに喧《かまびす》しい。特定の誰かを取り立てれば嫉妬《しっと》が渦巻《うずま》き、宮廷内の空気が荒れる。

その点央玖に対してならば、女官たちは本気で張り合うこともない。しょせん異国の人質が気まぐれに目をかけられているだけ、と蔑むこともできるし——その一方で、彼女たち自身が央玖に憧憬めいた感情を抱いているのだ。璃杏の目の届かないところで、女官たちは何くれとなく央玖の世話を焼きたがる。

——だが、さすがに夫となる将軍が、こんな特殊な状況を許すとも思えない。

「お前は永遠に私の従者よ」

熊のような許婚に逆らうことを思うと怯《ひる》んだが、不安をおくびにも出さずに言った。

「誓ったでしょう。お前は私に一生涯《しょうがい》、誠心誠意仕えるのだと」

「誓いました。ですが……」

「口ごたえを許した覚えはないわ」

ぴしゃりと言い放つと央玖は一瞬口をつぐみ、「失礼いたしました」と従順に詫びた。

璃杏は落ちつかなげに髪を指で梳《す》いた。

央玖の忠誠を疑ったことはないが、何を命じても完全に飼い慣らした気にはなれない、敗北感めいた気持ちが消えない。

（この目が悪いのよ）

琥珀の双眸《そうぼう》を、璃杏はそっと窺《うかが》った。

常に静かに微笑みながら、璃杏を見つめる冷静な瞳《ひとみ》。薄い紗《しゃ》を隔《へだ》てて向き合っているような居心地の悪さが、出会ったときからずっとつきまとっている。

こちらからは央玖のことが見えないのに、彼のほうからは璃杏のすべてが——口に出さない想いの底まで、ことごとく見透かされているようで。

「よく染まったでしょうか」

央玖の指が細い踝《くるぶし》を捉《とら》えた。反射的に肩が跳ね、璃杏は自身のそんな反応にたじろいだ。

そのとき。

「公主様、こちらにいらしたのですか!」

顔なじみの女官が息を切らして駆けてきた。璃杏の傍に跪《ひざまず》く央玖を見るなり、彼女は狼狽《ろうばい》したように足を止めた。

「どうしたというの、そんなに慌てて」

「申し上げます!」

女官は慄《おのの》く声を張り上げた。

「国境の西の砦《とりで》が、奇襲《きしゅう》を受けて陥落《かんらく》いたしました! 秦楼を中心とした連合軍が、我が国に謀叛《むほん》を企《くわだ》てたとのことです……!」

それからの紅香宮は蜂の巣をつついたような騒ぎになった。

戦局を伝える早馬が日に何頭も駆け込み、増援《ぞうえん》のための軍が派遣《はけん》された。

新王の登極から間もなく、新政府の基盤も固まらぬ中だった蔡苑は、突然の謀叛に大きく揺れた。ここ十年恭順を示し、税と貢物《こうもつ》を納め続けていた秦楼が、まさかの裏切りを見せたのだ。しかも、蔡苑を宗主国と仰《あお》ぐ、周辺の小国とひそかに手を結んで。

あちこちで同時発火するような叛乱《はんらん》は、鎮圧に手を焼かされた。複数の土地に派兵を繰り返せば、皇都の守りが手薄《てうす》になる。前線はじりじりと、しかし確実に、蔡苑の中心に迫らんとしていた。

そんな慌《あわただ》しさの中、璃杏は叔父である新王に呼び出された。

廷臣たちがずらりと居並ぶ花庁《おおひろま》で、璃杏は玉座の王に拱手し、たおやかに面を伏せた。その背後には、ともに呼びつけられた央玖が——謀叛を起こした秦楼の公子が、畏《かしこ》まって膝をついている。

「人質という言葉の意味はわかるな、璃杏」

新王の洸尚は、落ちくぼんだ目をした、痩《や》せた小男である。

威厳に溢《あふ》れていた父とは似ても似つかず、璃杏は内心で軽蔑《けいべつ》していた。だが叔父と姪、国王と公主として対峙《たいじ》すれば、やはり表立って歯向かうことはできない。——それでも。

「お前の従者の命は今日限りだ。その首級《くび》、見せしめのため、秦楼軍のただ中に放り込んでやろう」

玉座の肘《ひじ》かけを苛立《いらだ》たしく弾《はじ》く王に、璃杏は微笑み、きっぱりと言った。

「お断りいたします」

「何？」

「この者は、今は亡き父上から賜《たまわ》った私の所有物です。いかに叔父上といえど、損《そこ》なうことは許しません」

「生意気な……！」

「そのかわり」

憤《いきどお》る王に、璃杏は先んじて告げた。

「証明いたしましょう。この者が男として――いえ、人としての尊厳《そんげん》など欠片《かけら》も持たぬ、腑抜《ふぬ》けであるということを」

言うなり、璃杏は両手を項《うなじ》に回し、身につけていた首飾りを引き抜いた。かつてこの国に来たばかりの央玖が、幼い璃杏に贈ったあの首飾りだ。

公主は何をするのかと人々が見守る中、璃杏は懐刀《かいとう》を抜き、宝玉を繋ぐ綾紐を断ち切った。彩《あや》なる宝石が、御影石の床に固い音を立てて転がる。

「腕を後ろに回しなさい」

璃杏は命じ、従う央玖の手首を残った綾紐で縛りあげた。そのまま彼の頭をぐいと押す。不格好に腰が浮き、額《ひたい》が床につくほどに。

「いい？　ひとつ残さず拾うのよ」

周囲が色めきたった。公主の非道な振る舞いを咎《とが》めるものではなく、残忍な好奇に満ちたどよめきだ。

無数の視線のただ中で、央玖はこれ以上なく扇情的な見世物となった。

花庁の床を膝で進み、転がった紅玉の前で窮屈《きゅうくつ》に体を折る。両手が使えないために、宝玉を捉えるには口を使うしかなかった。顔をあげた彼が、獣《けもの》のように石を咥《くわ》えているのに、人々はどっと嗤《わら》った。

止まない嘲笑《ちょうしょう》の中、央玖はまた不自由な動きで璃杏のもとに戻ってきた。璃杏が差し出す手の中に、苦しげに首を伸ばして紅玉を落とす。

「嫌だ、濡《ぬ》れているわ、汚い！」

璃杏は紅玉を投げつけ、央玖の頬《ほお》を平手で打った。横ざまに床に倒れた央玖が、乱れた髪の隙間《すきま》から璃杏を見上げる。

怒りも屈辱もそこにはなかった。

どんな感情も失われたような琥珀の瞳に、璃杏の呼吸は逆に乱れた。怯《ひる》みかける自身を叱咤《しった》し、ことさら居丈高《いたけだか》に声を張る。

「まだ落ちているのよ、続けなさい！」

央玖はそうした。衆目の中、屈辱的な姿勢を晒《さら》して輝く宝玉を集めた。悪ふざけに乗じた誰かが、央玖が咥えようとした石を、目の前で蹴り飛ばす。同じことを幾度繰り返されても、央玖は愚直に躾《しつ》けられた犬のように宝玉を追い、拾った。

「いかがです」

璃杏は声を立てて笑い、玉座の王を振り仰いだ。

「ご覧《らん》の通り、この男は私の玩具《おもちゃ》です。このみじめな様を巷《ちまた》に広めさせるとよろしいわ。見せしめに殺すよりよほど、秦楼の民らは誇りを汚され、士気も落ちるというものです」

微笑む璃杏の美貌《びぼう》は、刃物を呑《の》んだかのように凄烈に冴え渡っていた。

「いずれ飽《あ》きれば切り捨てましょう。その日まで私の好きにさせてくださいませ、叔父上？」

姪の気迫と場の盛り上がりに気圧《けお》されて、洸尚は曖昧《あいまい》に頷いた。


秦楼が蔡苑に勃然《ぼつぜん》と反旗を翻《ひるがえ》してから半年。

季節は夏から冬へと移り変わっていた。璃杏の手の届かぬ場所で、事態は大きく変化した。

（まさか、こんなことになるなんて……）

火の気のない房室《へや》で一人、かじかむ指を擦り合わせ、震える息を吹きかける。

璃杏がいるのは、紅香宮の敷地の端に建つ高楼《こうろう》だった。三代前の王が寵愛《ちょうあい》した貴妃《きひ》のために建てたものだが、長く住む者のなかった内部は荒れ、調度は古びて傷んでいる。

薄く埃《ほこり》の積もった床。擦り切れた敷物の上には、艶《つや》をなくした黒檀《こくたん》の椅子。

そこに座った璃杏は、力なく瞼《まぶた》を伏せた。

（この国は、もう終わる――）

三日前、紅香宮は火をかけられ焼け落ちた。

この半年で、傭兵《ようへい》や農奴《のうど》まで投入して軍勢を増やし続けた秦楼は、ついに蔡苑の都に達し、王宮にまで攻め入ってきたのだ。

多くの官が殺され、城壁にその首級《しゅきゅう》が並べられた。もちろんその中には、恐怖に目を見開いた洸尚の生首もあった。

何故《なぜ》こんなことになったのか、璃杏には詳しいことはわからない。ただ、泣きじゃくる女官たちの口から噂《うわさ》を聞いた。どうも蔡苑の軍事機密を流した間諜《かんちょう》がいるらしい、と。

そうとしか考えられないほど秦楼の進軍は的確だった。罠《わな》を張る蔡苑軍を嘲笑《あざわら》うかのように迂回《うかい》し、なじみのないはずの敵国で、地の利を生かした戦略を仕掛け続けた。

秦楼の勇猛さに鼓舞《こぶ》され、周辺国も続々と叛乱《はんらん》に加担した。そのほとんどがなんらかの形で蔡苑に支配され、侵略された過去を持つ国々だ。

四方からの侵攻に、さしもの蔡苑も長くはもたなかった。半月前には、璃杏の許婚であった将軍もいずこかの戦場で討たれた。そのこと自体に璃杏は大した感慨《かんがい》も抱かなかった。熊男の花嫁になる以上の悲惨な未来が、刻々と迫ってくるのがわかっても、女官たちのように取り乱すことを自分に許さなかった。

滅《ほろ》びるさだめの国ならば、潔《いさぎよ》く運命を共にしよう。数十年の栄華を誇った大国最後の公主として、毅然《きぜん》と散りゆく姿を敵の目に焼きつけてやろう。

（そう、思っていたのに……）

ここに璃杏を押し込めたのは、秦楼側の人間だった。

燃え盛る紅香宮で、女官に逃げるよう訴えられても、璃杏は泰然《たいぜん》として自室に残ると告げた。業《ごう》を煮やした女官が主を置いて飛び出そうとしたとき、外から扉が開かれた。

姿の見えない従者が遅まきながら駆けつけたのかと、反射的に顔を跳《は》ね上げ、璃杏は身を硬くした。

無数の兵を率いて現れたのは鎧《よろい》姿の大柄な武将で、手にした槍で無造作に女官の胸を貫いた。璃杏が蒼白《そうはく》になって男を睨《にら》むと、彼は「璃杏公主か？」と独《ひと》り言《ごと》のように確かめ、彼女をその肩に担ぎあげた。

「何をする、殺すなら殺せ！」

もがく璃杏に、男は「おとなしくなされませ」と、口調を改めて言った。

「我が主の厳命《げんめい》です。貴女《あなた》だけは殺さず、傷ひとつつけずに、安全な場所へお連れしろと」

「お前の主？　――秦楼王の央靖《おうじょう》が？」

「いえ。央靖様は、高齢のためにじきに王位を退かれます」

告げられた言葉に、璃杏の息が止まった。

「我らが新たな主君は、央玖様。人質の苦境にありながら敵国の内情を探り、この戦を陰《かげ》より導いた、救国の英雄である央玖様です」

短い冬の日が今日も落ちる。

花鳥《かちょう》の浮き彫りが施された格子ごしに、とろりとした夕日が差し込み、楼は不吉な茜《あかね》色に染まった。

ふいに視界が霞《かす》み、璃杏は目頭を押さえた。一日中椅子に座りっぱなしだった体が、油を差し忘れた車輪のようにきしんだ。

差し入れられた食事には今日も手をつけていなかった。生まれ育った国が滅ぼされた以上、敵の手に落ちておめおめと生き延びるなど公主の誇りが許さない。

けれど、今すぐに命を絶つ気概も失われてしまったのは——おそらく自分は待っているのだ。

夜が更《ふ》ける。漆黒《しっこく》の空に銀砂《ぎんさ》のような星が瞬《またた》く。今夜も何事もなく、眠らぬままに暁《あかつき》を見るのかと、淡い溜め息をついたとき。

「失礼いたします」

静かに扉が開き、見慣れた人影が現れた。感情の窺《うかが》えないその横顔を目にした瞬間、璃杏は椅子を蹴って立ちあがった。

「裏切り者……！」

ぼんやりと薄らいでいた感情が、凶暴《きょうぼう》で御しがたい生き物のように揺らめく。唇を割った声はかすれ、醜《みにく》く震えて裏返った。

「どんな手を使って蔡苑を売ったの！」

襟首《えりくび》を乱暴に摑《つか》まれた央玖はしかし、その手を悠々《ゆうゆう》と引き剝《は》がす。

「言葉で説明するよりは、直《じか》にご覧《らん》いただくほうがよいでしょう」

その後に起こった出来事を、璃杏は信じられない思いで見つめた。

己の中指の背に、央玖が躊躇《ちゅうちょ》なくぷつりと歯を立てる。滴《したた》る血が床に落ちる刹那《せつな》、それは霧のように広がり、璃杏の半身ほどにも大きい一羽の鷹《たか》に変じたのだ。

しかも、驚くのはそれだけではない。

『ご安心を。この鷹は《影》です。実体のある生き物ではないので、璃杏様を脅《おびや》かすことはありません』

巨大な猛禽《もうきん》が喋《しゃべ》った。央玖の声と口調でだ。

「妖術――？」

呟《つぶや》いて、璃杏は無意識に後ずさった。

《影》だと言われた鷹が翼を広げる。現世《うつしよ》の存在ではない証のように、格子をすっとすり抜けて、夜空に高く舞い上がる。

その光景に、璃杏は唐突《とうとつ》な既視感《きしかん》を覚えた。

雲ひとつない夏空を往《ゆ》く巨大な鳥影――優美で自由な姿に、他愛もない憧《あこが》れを抱いた。

何度も目にしたあの鳥は、常に同じ方角を目指して飛んでいた。

「……その術を使って秦楼に情報を洩《も》らしていたのね」

肝心《かんじん》の機密など、いかようにでも手に入る。見て見ぬふりをしていたが、央玖は宮中の女官と親密だった。そして女官たちの中には、武官や将校の手つきとなる者も多くいた。閨《ねや》で交わされる会話ほど、無防備であけすけなものはない。

「私は生まれつき、このように怪《あや》しげな力を宿して生まれました。そのせいで祖国では忌避《きひ》され、私の母は妖《あやかし》と通じた姦婦と罵《ののし》られて父の寵愛を失いました」

央玖はどこまでも淡々と語った。

秦楼の第一公子でありながら、彼の幼少時代は苦渋《くじゆう》に満ちたものだった。粗末な廂房《はなれ》に母親と二人きりで追いやられ、公《おおやけ》の場に出ることは決して許されなかった。

おそらく、祖先の誰かに道士《どうし》と呼ばれる存在がいたのだろう。太古の昔には、神々と語り幻《げん》獣《じゆう》を使役《しえき》する不思議な一族がいたという。

だが現在では、央玖のような先祖がえりは畏怖《いふ》の対象にしかならない。人々が特に恐れたのは、琥珀色に輝く央玖の瞳だった。

あれが半妖の証だ、人々を呪《のろ》う魔性《ましよう》の瞳なのだと囁《ささや》かれ、どうしても人前に出なければならないとき、央玖は布を巻いて瞳を隠した。

そんなある日、酔った兵たちが、公子の魔の目を抉《えぐ》り出さんと廂房に押し入ってきた。

そのときは母が身を挺《てい》して央玖を庇《かば》った。外に逃げるよう叫ばれ、央玖は恐ろしさのあまり従った。

庭園の隅《すみ》で震え、日が落ちてからようやく戻ったとき、母は引き裂かれた襦裙《じゆくん》から素肌を覗かせ、虚《うつ》ろな目で床に倒れていた。

「同じようなことがその後も起こりました。けれど父はその兵たちを罰さなかった。母のことも私のことも、あの男にはどうでもよかったのです。母はそれからほどなくして死にました。自らの釵《かんざし》で、喉《のど》を突いて」

璃杏は思わず己の首を押さえた。仮にも秦楼王の后《きさき》だった女性がなんという惨《むご》い最期《さいご》だろう。

「私に、本当に誰かを呪《のろ》う力があったら」

央玖は皮肉げに微笑んだ。

「まっさきにあの兵らに復讐《ふくしゅう》し、父のことも殺していた。けれど私の力では、先ほどのような手品めいた業《わざ》を使うのがせいぜいです。父はそこに目をつけた。蔡苑に敗れ、公子の誰かを人質に差し出すことになったとき、私こそが適任と判断し、取引を持ちかけた」

「取引？」

「この力を、祖国のために使えと。見事蔡苑を陥《おとしい》れることができれば、次代の王位を譲ってやろうと」

「やっぱり……やっぱり、私を欺《あざむ》いていたんじゃない！」

璃杏は声を張り上げた。黙って身の上話など聞いてしまったことを後悔する。ほだされるものか。許すものか。央玖は約束を違《たが》えた。璃杏のために生涯を捧げると誓ったくせに、王太子《おうたいし》として返り咲くことを願い、蔡苑の民を殺した悪党。

「私をどうするつもり？」

璃杏は険しい眼差しで央玖を睨んだ。

「ここまで生かしておいたのは何故？　今までの復讐のために、お前自ら私を殺すの？」

「そうです、と言ったら？」

央玖が一歩踏み込んだ。

「璃杏様はいかがなさいますか？　私の足元に伏して、命乞《ご》いをされるとでも？」

「誰が……っ！」

叫んだ口に、素早く何かが差し込まれた。

央玖の指だ。さきほど噛み切られた中指と、人差し指。生々《なまなま》しい血の味が喉の奥に流れ込み、璃杏は激しくむせた。

「舌を噛もうなどと考えないでくださいね」

指が抜かれたと思った瞬間、今度は冷たく硬いものを口に含まされた。

視界に一瞬よぎった赤い色。かつて衆目のもとで央玖に拾わせた紅玉だ——と気づくと同時に、口元を襷《たすき》のような布で覆《おお》われる。口内の自由を奪われた璃杏は、舌を噛むことも宝玉を吐き出すこともできなくなる。

「んんっ！　んっ……！」

央玖はもがく璃杏を抱き上げ、臥牀《しんだい》の上に横たえた。体をまたぐ長い手足が檻《おり》のように逃げ場を塞《ふさ》ぎ、璃杏の背に戦慄《せんりつ》が走った。

——復讐とは何も、命を奪うだけではない。

「震えていらっしゃいますね」

普段と変わりない穏やかな口調。だがその手は当たり前のように璃杏の腰帯を解いていく。

ゆるんだ上衣《じょうい》の隙間から、闇を弾く白い肌が零《こぼ》れた。央玖は目を細めて顔を伏せ、鎖骨《さこつ》のわずかに下を、短く強く吸い上げた。

「く、ぅ……！」

かぶりを振る璃杏を押さえつけ、央玖の唇は奔放《ほんぽう》にさまよう。雪のような肌が次第に、まだらに赤く色づいていく。

そうしながら指先は最後まで帯を解き、璃杏を一糸纏《まと》わぬ裸《はだか》にしてしまう。外気に触れた二つの膨《ふく》らみが、寒さと羞恥《しゅうち》に大きく震えた。

「こんなに硬くして」

「んっ！」

央玖が胸の頂《いただき》をひねった。熾火《おきび》を押しあてられたように、足の指先がきゅっと丸まる。

「ここはもう将軍に触れさせたのですか？」

揉《も》みしだくというにはやや量感の足りない胸は、それでも央玖の手の動きに合わせて、いじらしく形を変える。逆側の蕾《つぼみ》もゆるゆるとこねながら、央玖は聞いたこともないような低い声で問うた。

「だから、こんなふうに男の手を待ちわびて尖《とが》るのですか？」

璃杏は必死で首を振った。

許嫁だった将軍とは、結局何もないままだ。彼どころか、他のどんな男にだって、こんな振る舞いを許したことはない。なのに――。

「ふぅ……うぅ……」

乳房《ちぶさ》を弄《もてあそ》ばれるうち、体の奥深いところから、痺《しび》れるように甘い波が立つ。抵抗しようとする力を奪い、意志を呑み込むその波に、璃杏はただ翻弄《ほんろう》される。

そうしてゆるんだ膝の間に、央玖が体を割り入れた。はっと我に返り、さすがの危機感に肌が粟立《あわだ》つ。その感触を辿《たど》るように、彼の手はゆっくりと内腿《うちもも》を這《は》い上がった。

「ん……っ⁉」

足の付け根、口にすることもできない部位に、ひやりとした指が達した。

「ああ、なかなか良い具合です」

湿り気を帯びた襞《ひだ》を掻き分けながら、央玖はからかうように告げた。

「初めてとは思えないほど潤《うるお》っていらっしゃる。……ですが、まだ少し硬いようですね」

考えこむような沈黙ののち、ふいに口元の布が解かれた。唾液に濡れそぼった紅玉が、敷布の上にぽとりと落ちる。

「っ、あ……？」

「下手《へた》な真似はなさらないでくださいよ？」

央玖は片手で紅玉を拾い、戯《たわむ》れるように軽く口づけた。濡れた石が璃杏の下腹を撫《な》で、淡い叢《くさむら》を越えて、奥に潜《ひそ》む朱鷺《とき》色の芽にひたりと寄り添わされた。

「あっ、やだ、やめ、てぇ……！」

まろやかな貴石《きせき》を前後に細かく転がされ、璃杏は途切れそうな細い声で啼《な》いた。

ぷっくりと起《た》ち上がってくる小さな雌芯《めしん》の存在を、こんなにも意識したことはなかった。外気に触れた紅玉はすくんでしまうほど冷たいのに、その下から湧《わ》き出るぬるみを纏って、ますます滑らかになっていく。

「こちらにくぐらせてみても？」

震える襞の挟間《はざま》に、紅玉が浅く埋め込まれた。そのまま本当に入れられてしまいそうで、恐怖に声が上擦《うわず》る。

「やだ、そんなの嫌……！」

「よく馴《な》らしておかなければ、あとで貴女《あなた》がつらいのですよ？」

あやすように央玖は囁き、璃杏の手を強引に摑んで引き寄せた。導かれた指先が彼の下腹に触れて、璃杏の全身が強張《こわば》った。

「これを」

衣服ごしとは言え、はっきりとわかる。彼の下肢《かし》の中心には未知の屹立《きつりつ》があった。

「璃杏様の一番深い場所で受け止めていただくのですよ。よく覚えてください」

汚れを知らない璃杏の指を、央玖は自らの雄に絡めさせて離さない。小さな手に持て余すほど張りつめたものが怖くて、言葉をなくして震えていると、紅玉を投げ出した央玖の指が、すでにとろとろに溶けた蜜口《みつくち》に沈んだ。

「ふぁ……っ！」

つぷ、くちゅり、と中で螺旋《らせん》を描くように掻き回され、堪《こら》えきれずに声が零れた。

「これだけでは足りないでしょう？」

央玖は逆の手に力を込め、軽く上下に動かした。璃杏に握り込ませたものの存在を、改めて思い出させようとするかのように。

「これを受け入れていただくのですからね。下準備として同じだけ、璃杏様の中を満たしてさしあげます」

「や、きつ……っ」

二本目の指が侵入し、腹の底が奇妙に疼《うず》いた。意志とは無関係に、目尻に生理的な涙が浮く。それでも彼はまだ許してくれない。

「いかがですか、これでちょうどですか？」

璃杏は唇を噛んだ。どうしようもなく苦しいし恥ずかしいけれど、嘘《うそ》をついたらもっとひどいことをされそうな気がする。

「まだ……央玖の……は、もっと……」

「では、これもあげましょう」

三本目までも入れられ、大きく抜き差しされた。充分に濡れてはいても、関節の目立つ央玖の指は内部をぐちぐちときしませる。

「はぁ、や、だめ、あぁぁっ！」

内壁が裏返ってしまうのではと思うほど激しく出し入れされて、璃杏のそこはみるみる充血した。入口を守る襞《ひだ》が厚く膨らみ、そして央玖に掻き回されている秘裂は、

「締めつけて、絡《から》んできますよ？」

「なんで、そんなことばっかり……っ！」

もう限界だ。

「ゆる、して！　もう、許してぇっ！」

璃杏は堰《せき》を切ったように声をあげて泣き出した。誇りも意地もかなぐり捨てずにはいられないほど、彼女はただ怖かった。

このまま無理矢理に純潔を散らされてしまうことがではなく。

ずっと穏やかで自分に忠実だった男の、別人のような変貌《へんぼう》を見せつけられることが。

「殺しなさい……！」

嗚咽《おえつ》混じりに璃杏は叫んだ。この行為が、これまでの仕打ちに対する報復だというのなら、ひと思いに殺せばいい、と。

だが。

「――いたしかねます」

興醒《ざ》めしたように央玖は言って、璃杏を嬲《なぶ》っていた指を引き抜いた。

「どうやら私は最後まで、貴女の従者でしかいられないようだ」

「おう、く……？」

璃杏はおずおずと身を起こした。顔を背《そむ》け、片膝を立てた央玖が、苛立たしげに呟《つぶや》いた。

「私はただ、欲しかったのです」

「……秦楼の、王位を？」

「我が主は聡明な方だとずっと思っていましたが、案外血の巡りが悪いのですね」

璃杏はぽかんとした。一拍置いて、小馬鹿にされたのだとわかったが、反駁《はんばく》する間もなく央玖は口調を強めて告げた。

「貴女です。璃杏様」

琥珀の瞳が、璃杏を射抜くように見据えた。

「私が欲しいのは、この手にしたいのは、ただ一人、貴女だけだ」

「……!?」

黙ったまま目を瞠《みは》る璃杏に、央玖は前髪を掻きあげて嘆息した。

「告げるつもりはありませんでした。ただ一生、お傍《そば》でお仕えできればそれでいいと思っていました。けれど、貴女が結婚すると――他の男のものになるのだと思うと、どうしても我慢ができなかった。一介の従者、しかも人質の身では、この想いを言葉にできない。それが蔡苑を滅ぼし、卑劣《ひれつ》な征服者となり、貴女に憎まれることであっても、私は」

ぐいと腕を引かれ、体が前のめりに倒れる。

「貴女に触れたかった。ずっと」

広い胸に掻き抱かれて、璃杏は嵐のような眩暈《めまい》に襲われていた。

言葉も出ないほど驚きながら、その反面、こんなふうに想いを打ち明けられる場面を、璃杏はすでに知っているのだった。

眠りながら見る夢で。

彼と出会って間もない子供の頃から。

想像していた。願っていた。互いの立場を思えば、決して現実になることのない物語。

――だが、もはや蔡苑の公主でもなくなった今なら、認めてもいいのだろうか？

「……私、も」

「璃杏様？」

「私も――お前が欲しい」

雪が溶けるように。

器いっぱいに満ちた水が溢れるように。

かすれる声に乗せた言葉につられ、璃杏はこの十年を振り返る。

どんな我儘もきいてくれる央玖に甘えて、いつしか彼がいなければ不安を覚えるようになっていた。滅多《めった》に本心を見せない彼に苛立ち、隠された感情を知りたいと焦《じ》れる気持ちは、不本意すぎるくらいに恋だった。

「でも……どうして、央玖が？」

璃杏は泣きたいような気持ちで呟いた。

「私が、お前にどんな仕打ちをしたのか忘れたの？　一度も優しくなんてしなかった」

少しでも甘い顔を見せれば、あっけなく想いを見透かされそうで。

「そうですね。優しくしていただいた記憶はありません」

璃杏を抱き締める体から振動が伝わる。——もしかして、笑ったのだろうか。

「けれど一度も『お前の顔など見たくない』と言われたこともなかった。璃杏様は癇癪《かんしゃく》持ちで、気に入らない従者は三日と経《た》たず解雇なさるのに。そのことに気づいて、私はとても嬉《うれ》しかったのです。祖国では、私の存在を許す人間など、母の他に誰もいなかったから」

「そんなことで？」

他愛もなさすぎるのではないかと思う。だが、央玖は頷《うなず》いた。

「璃杏様は私を必要としてくださった。それがどんな形でも、大した意味などなくても構いません。それに貴女は私の命を救ってくれた。首飾りの宝玉を拾わせたあのときです」

「あれは……」

璃杏の表情が強張った。自分で仕向けたとはいえ、思い出したくない場面だ。

「ああでもしなければ、私は間違いなく殺されていた。いざとなれば妖術を駆使《くし》して、処刑だけは免《まぬが》れたかもしれませんが、勝率の薄い賭《か》けでした。死ぬことを半《なか》ば覚悟して臨《のぞ》んだあの場で、貴女が私を庇《かば》ってくれた」

「わかって、いたの……？」

瞠目《どうもく》する璃杏に、央玖は薄く微笑した。

「どれほど嘲笑《あざわら》われようと構いませんでした。私を殺させまいと、蔡苑王を相手に貴女が戦ってくださった。嬉しかった。自惚《うぬぼ》れました。あのときに改めて決意したのです。この謀叛計画は必ず成功させるのだと」

たとえどんな汚名をかぶることになっても。

そう囁いた央玖の声は、決して揺らがない覚悟に裏打ちされていた。

「私は秦楼の王となり、蔡苑も秦楼も共に栄える国を作る。そのために貴女を利用する浅ましい男になるのです」

「利用？」

「蔡苑の最後の公主として、和平の礎《いしずえ》の証として――貴女は私に嫁《とつ》いでください」

驚きに息を呑む璃杏の前で、央玖は臥牀から滑り下り、静かに床に額《ぬか》づいた。

十年前の出会いを思い起こさせる光景に、璃杏は震える唇を噛み締めた。

――こんなにも傍にいながら、自分たちはどれほど長く、遠回りをしたのだろう。

言葉もなく頷けば、璃杏の頬をまた新たな涙が伝った。顔をあげた央玖の琥珀の瞳に、今まで見たこともないような感情が広がる。

安堵《あんど》と喜び。

璃杏の背筋を痺れさせるほどに、それは強くひたむきで純粋な。

「璃杏様」

伸び上がった央玖の、次の行動は素早かった。璃杏を衝動的に抱きすくめ、噛みつくように口づける。

唇を割って入り込んできたものに、驚いたのも一瞬。

（もっと……もっと求めて、私を……）

尖った舌先で歯列の裏をなぞられ、混ざり合う唾液が顎《あご》にこぼれた。焦らすように唇を離され、促されるままに舌を差し出せば、央玖はそれを柔らかく吸った。

「ん……ふ、ぁあ……」

耳や項《うなじ》をくすぐるように愛撫《あいぶ》する指が、遠ざかっていた疼《うず》きを呼び醒ます。膝頭を擦り合わせる璃杏の様子に気づいたのか、央玖は改めて彼女を褥《しとね》に横たえ、端整な面立ちに甘く酷薄な笑みを浮かべた。

「――続きをさせていただいても？」

「っ、馬鹿……！」

従者でしかいられないなんて大嘘だ。

この男は自分が思っていたよりずっと、意地悪で容赦《ようしゃ》のない征服者だ。

「ん、央玖……ぅ」

まだ硬く、実りきらない果実のような乳房を、央玖の掌《てのひら》が包み込む。

指の腹が頂に擦れると、殺し切れない声が洩れた。あられもない響きが恥ずかしくて、口元を覆《おお》った途端、

「駄目です」

央玖がやんわりと璃杏を叱った。

「何ひとつ隠さないで、可愛《かわい》らしい声を聞かせてください。――貴女は今宵《こよい》、私の妻になるのですから」

言いながら、硬くしこる感触を楽しむように両胸の突端を弾く。円を描き、指先で押し潰し、軽く爪を立てて引っ張る。

「やぁ……っ！」

自分が、調律のくるった楽器にされたような気がした。唇で食《は》まれ、唾液をまぶされ、舌で転がされるにいたっては、もっと堪えがきかなくなった。

「ほら……もうこんなに濡れていらっしゃる」

璃杏の足の間を覗き込み、央玖が感嘆したように呟《つぶや》く。

さきほどとは違う優しい指が、下肢《かし》の中心を探っていた。包皮を柔らかくめくられて、姿を露にした秘玉に、央玖はためらいもなく唇を寄せた。

「嘘……そんなとこ……あ、あぁ、あっ！」

ぬるりとした舌に腫《は》れあがった陰核を舐《な》められて、細い腰が大きく跳ねた。むき出しの神経を直に嬲られるような刺激に、悲鳴とも嬌声《きょうせい》ともつかない声が暗い天井《てんじょう》に反響する。

央玖の口元から生じる、じゅる、じゅく、といった生々しい水音とともに。

「あぁ、だめ……なんだか……っ」

ざらりとした舌の表面で執拗《しつよう》にそこを撫であげられると、脳裏《のうり》に白く火花が散った。

全身がだらしなくゆるんで、脚を閉じることもできなかった。自分がとんでもなく愚かな、理性のない生き物に貶《おとし》められる気がした。

「刺激が強すぎますか？」

ひどい、と璃杏は潤《うる》んだ声で呟いた。

どうしてそんなに冷静に笑えるのかわからない。こっちは本気で泣きそうなのに。

「私には……絶対服従だった、くせに……」

「今でもそうですよ。証を立てますか?」

身を起こした央玖が、ふいに璃杏の右足首を捉《とら》えた。

「ああ、また染め直して差し上げないと」

色づかないままの爪に舌が這わされ、甘い飴《あめ》をしゃぶるように、小指を口に含まれた。

「そ、そんなの駄目ぇっ……！」

あまりの振る舞いに叫びをあげても、央玖は頓着《とんちゃく》しなかった。

足指を舐められながら、とろけきった蜜口を再びくちゅくちゅと弄《なぶ》られる。

「また溢れてきましたね……」

「ぁ……言わな……で……」

「ここに私を欲しがってくださる証だと、思ってもよろしいですか?」

先刻の倍以上の時間をかけ、口では言えないような手管《てくだ》でさんざんに追い詰められながら、璃杏はこれまで知らなかった己を知る。

汗ばむ肌も、零《こぼ》れる吐息も、いつしか灼《や》けるような熱を帯びて、ただ一人の男を求め出す。

「央玖……」

璃杏は自ら腕を伸ばし、央玖の肩にしがみついた。

「好き……好き、なの……」

うわごとめいて繰り返せば、その余韻《よいん》すら味わい尽くすように、唇がまた深く奪われた。

「駄目だ」

息継ぎさえももどかしそうに。

「自制できません……どうにかなりそうだ」

己を持て余すように、唇を歪めて苦笑する。そんな央玖の姿に胸が詰まり、璃杏は自然と膝を開き、広い裸の背に腕を回した。

敬愛も忠誠ももういらない。

餓《かつ》えるほどに璃杏を欲する衝動を、伝えてほしい、その身ひとつで。

「璃杏様——」

央玖が熱く囁き、璃杏の内腿《うちもも》の間に腰を臨ませる。

触れた、と思った瞬間、滑り込んできた男の猛《たけ》りに、璃杏の喉が仰《の》け反《ぞ》った。

「あ……あぁっ——！」

痛い。狭い。苦しい。つらい。

だけど嬉しい。もっと欲しい。忘れたくない。この瞬間をずっと、ずっと。

「っ……やっと——」

零れた声が、自分と央玖、どちらのものだったのか、璃杏はもうわからなかった。

指を絡め、口づけ、揺すられて。

愛しい人の体温を感じて、互いが背負うものも忘れて、遠回りした過去を赦《ゆる》して。

「やはり痛いのですか、璃杏様……？」

頬を伝う涙に、央玖が戸惑うように身を引こうとした。璃杏は彼の首にしがみついてそれを止める。

「やめ、ないで……いいの」

ようやく自分の気持ちに嘘をつかないでよくなったのだ。

「教えて……ずっと、どんなふうに、私を抱きたいと思っていたの？」

央玖は無言で目を瞠《つむ》り、やがて彼のほうが痛みを堪えるように微笑んだ。

璃杏の反応を窺《うかが》いながら、じわじわと腰を進める。こめかみに唇を降らせ、耳朶《じだ》を食《は》んで苦痛を散らしながら、ゆっくりと隘路《あいろ》を開く。

「あ、ん……ひぁっ、ああ……！」

まぎれもない嬌声《きょうせい》が零れ出すのにつれて、央玖の息も荒くなる。遠慮がちだった律動《りつどう》が、次第に大胆になっていく。

「わかりますか？　こんなにも貴女を求めていたんだ……璃杏様を私のものにしたくて」

「お前、も」

央玖の頬に手を添え、璃杏は笑った。

「お前も、ずっと私だけの男だわ……一生、手離してなんかやらな……あぅっ！」

央玖の動きから完全に躊躇《ちゅうちょ》が消えて、璃杏は驚きと悦《よろこ》びに身悶《みもだ》えた。

「貴女のものです」

ぐっとのしかかられ、腰を浮かされ、真上から激しく打ちつけられる。貫かれるたび、快感に馴染《なじ》み始めた内壁は戦慄《おのの》き、はちきれそうな欲望をどこまでも深く受け止める。

「今までも、これからも、私は永遠に貴女のものです――」

ひときわ強く最奥《さいおう》を穿《うが》った、央玖の息が大きく乱れた。切なげな響きに璃杏の胸が引き絞られる。央玖を包み込む場所が勝手にぐんと蠕動《ぜんどう》し、言葉にできない感覚が嘘のように高まって――あとはもう、なだれ落ちるだけ。

「や……あ、あぁぁっ――！」

目がくらみそうな快楽の奔流《ほんりゅう》。白い闇《やみ》に呑まれる璃杏を、力強い腕が折れんばかりに抱き締めた。

体の奥深く放たれた熱い精に、これまでになく満たされた心地になりながら、璃杏はゆっくりと意識を手放した。


――しゃらり。

窓からの風が、髪に挿した銀細工の歩揺《ほよう》を鳴らした。

馥郁《ふくいく》たる梅の香りが鼻腔《びこう》をかすめる。鏡台の前に座り、女官に衣装を整えられながら、璃杏はそっと胸元を押さえた。

どんな土地でも季節は変わりなく巡る——そんな当然の理《ことわり》も、一生を共にすると決めた男の故国であれば、ことさらに感慨深く感じる。

と、控《ひか》えの間の扉が開き、金糸織の長袍《ちょうほう》を身につけた央玖が姿を見せた。

「すまぬ。入るぞ」

「まぁ、国王様」

「いけませんわ、花嫁様の準備はまだ……」

「あとは私がやる。后と二人にさせてくれ」

女官たちを追い出した央玖は、絢爛《けんらん》な花嫁衣装を纏《まと》った璃杏の前に跪《ひざまず》いた。その手には見覚えのある漆塗《うるしぬ》りの小函《こばこ》がある。

「何をしにきたの？」

尋《たず》ねる璃杏に、央玖は「決まっています」と澄まして沓《くつ》を脱がせた。

「私以上に貴女の爪を美しく染められる人間はいないのですよ」

「だけど見えないわ、婚礼の場では」

「その後のためですよ。まさか、見せてくださる気はないとでも？」

璃杏は絶句し、頬を紅潮させた。式典までは時間がないのに、まったくこの男は……。

「こんな姿、央玖を賢王だって信じてる官や民たちには見せられないわよ」

「私の評判がいいとしたら、貴女が陰で支えてくださるおかげでしょう」

面映《おもは》ゆい言葉だが、あながち間違いでもない。

あの戦の後、蔡苑は秦楼に併呑されたが、自治権を認められた地方領となり、不当な搾取《さくしゅ》は免れた。そこを治める領主を選抜したのは、他でもない璃杏である。今は亡き父も重用していた、人望厚い官だった。

「……できました。綺麗《きれい》に染まりましたよ」

沓を履《は》き、差し出された手を取って璃杏は立ち上がった。

魔性の瞳を持つ王に、元敵国の后《きさき》。自分たちが本当にこの国に受け入れられるまでは、長い時間がかかるかもしれないけれど。

「にぎやかね」

城下町では、婚礼祝いの銅鑼《どら》が高らかに打ち鳴らされていた。祭りのように市が立ち、湧きかえる人々の声も聞こえる。

「まいりましょう」

絡んだ指が、璃杏を守るように確かな力を込めてくる。そっと頷いて璃杏は歩き出した。

誰も知らない、足の爪先に宿った紅《くれない》が、甘やかな熱を帯びた気がした。

秘めやかな戯れ

とある春の宵《よい》。

深い闇《やみ》にも鮮やかな、金色《こんじき》の甍《いらか》を戴《いただ》く皇城《こうじょう》——ここ秦楼国《しんろう》の若き王が住まう天黎宮《てんれいきゅう》は、その壮麗《そうれい》な姿を静寂《せいじゃく》の内に潜めていた。

正殿の奥深く、回廊《かいろう》と階《きざはし》を通じた先には、高い城壁と近衛《このえ》に守られた王のためだけの後宮《こうきゅう》がある。

丹塗《にぬ》りの施された円柱や窓枠に、百花繚乱《ひやつかりょうらん》の花々が描かれた格子天井《こうしてんじょう》。百を超える寵姫《ちょうき》をも住まわせられる後宮は広大で、無数の棟に分かたれていたが、現王が足を運ぶのは、そのうちの一郭だけと決まっていた。

さや、と吹いた夜風に、庭院《なかにわ》に並び咲く杏《あんず》の花が、甘やかな香りを零《こぼ》れさせる。

まどろむ夕焼けのような淡い橙《だいだい》の実を結ぶ杏は、王が愛するただ一人の后《きさき》の名にちなんでおり、二人の婚礼があげられた一月《ひとつき》前に、ことさらに集めて植えられたものだ。

噂《うわさ》によれば、王の渡りがあった翌朝には、世継ぎの誕生を祈願して、庭師が一本ずつ数を増やしているともいう。このままでは木を植える場所がなくなってしまうと冗談まじりに囁《ささや》かれるほど、その訪《おとな》いは頻繁《ひんぱん》で、連日連夜の勢いだった。

とはいえ。

そんな夜毎《よごと》の王の寵愛《ちょうあい》を、まだ年若い后がどのように受け止めていたかというと——。

「あ、やぁっ……奥、きつ……」

ずぐっ——と。

押し開かれた下肢《かし》の中心へ、重量感を伴《ともな》って侵入する感覚に、璃杏《りあん》は涙目で訴《うった》えた。

「きつい？」

彼女の足を割り、細い裸身《らしん》に覆《おお》いかぶさる青年が、かすかな笑いを含んで囁《ささや》く。

帳《とばり》を下ろした臥牀《しんだい》の内で、その声は低く甘く、夜の空気を震わせた。

「本当に、いつまでも初々《ういうい》しい反応をなさる。たまりませんよ……璃杏様」

「や、まだ、動いちゃ……！」

密着した腰を緩慢《かんまん》に揺らめかされ、璃杏は悲鳴のように叫んだ。

青年の巧みな前戯《ぜんぎ》により、彼を受け入れている場所は充分に潤《うるお》っており、摩擦《まさつ》による痛みはほとんどない。

それでも十七歳の未熟な体は、与えられる刺激にいちいち戸惑《とまど》ってしまう。

自分たちはすでに正式な契《ちぎ》りを結んだ夫婦であり、なんらやましいことをしているわけではないとわかっていても。

「あっ、ひぁ……っう」

「声を殺さないで」

あられもない嬌声《きょうせい》が恥ずかしくて唇《くちびる》を噛《か》み締めれば、青年は璃杏に深く口づけ、熱い舌《した》で柔らかく口腔《こうこう》をほどいた。

そうしながら、彼の手は出し抜けに璃杏の膝裏《ひざうら》を押し上げる。踵《かかと》が青年の肩に載《の》ったと思った瞬間、ぐいと体重をかけられて、璃杏はくぐもった声をあげた。

「んんっ……！」

腰を支点に折り畳《たた》まれ、自《みずか》らの腿《もも》に乳房《ちぶさ》を潰されてしまうような、はしたなすぎる格好《かっこう》だった。宥《なだ》めるように唇を吸われ続けて、抗議の意志も言葉にできない。

「く……ぁん……っ！」

初めはゆっくりと――だが次第に奔放《ほんぽう》に、青年は璃杏の体内を穿《うが》った。

ぴちゃ、ぱちゃ、と濡れた音が立つ間隔が、たちまち短くなっていく。璃杏が高い声を放つにつれ、青年の息も荒々しく弾み出す。

「あ……ふ、ぁあ……」

雄々《おお》しく張りつめたものに突き上げられて、璃杏は酒に酔ったような浮遊感を覚えた。

普段は穏やかな笑みを浮かべ、丁重《ていちょう》な物腰を崩《くず》さない青年。

いつものその様子が凪《なぎ》だとすれば、このときの彼は荒ぶる嵐の海だ。快楽の波で璃杏を揉《も》みくちゃにし、高みに押し上げ――そしてふいに、真っ白な深淵《しんえん》に突き落とす。

「あ、んぁ、もう駄目ぇ……っ！」

きつく閉じた眼裏《まなうら》に光が弾《はじ》けて、璃杏はあっけなく陥落《かんらく》した。

絶頂に痙攣《けいれん》する体を、青年のたくましい腕が抱きすくめる。意志とは無関係に涙腺《るいせん》が緩《ゆる》み、気がつけばしゃくりあげている璃杏に、彼は陶然《とうぜん》と囁いた。

「反則ですよ璃杏様。貴女《あなた》は可愛《かわい》らしすぎる」

「ば……馬鹿《ばか》っ。ねえ、央玖《おうく》も、もう……」

広い肩に爪《つめ》を立てて訴《うった》えるが、

「無理です。こんなに艶《なま》めかしく気をやる貴女を、そうだな、あと三回は見たい」

「さ……!?　嫌よ、そんなの体がもたない、お願いだから終わって……!」

「いたしかねます」

まだまだ萎《な》える気配もないものを、これみよがしにゆっくりと前後させながら、青年は楽しそうにくつくつと喉《のど》を鳴らした。

むず痒《がゆ》いような快感がまたじわりと呼び起こされ、彼の手管《てくだ》にすっかり馴《な》らされてしまった事実に、璃杏は頬《ほお》を赤らめつつ絶望する。

本当は嫌というほどわかっている。

嵐相手に懇願《こんがん》などしたところで、聞く耳を持たれるわけがないのだ。


「嘘《うそ》……もう朝?」

玻璃《はり》の嵌《はま》った格子窓の向こうに、白んだ夜明けの光を見て、璃杏は朦朧《もうろう》としていた意識を、はっと取り戻した。

「ええ、そのようですね」

こともなげに言うのは、裸身の璃杏を抱き寄せて横たわる美貌《びぼう》の青年だ。普段はゆるやかに編んでいる髪は解《ほど》かれ、極上の絹糸のように艶《つや》めいて、敷布の上に散っている。

姓は劉《りゅう》。字《あざな》は央玖。先日二十二歳になったばかりの若い身ながら、ここ秦楼の頂点に立つ国王である。

何人であっても彼の前には跪《ひざまず》き、傅《かしず》かれるはずの立場にありながら、央玖が新妻に対する態度は異様なほどに恭《うやうや》しい。

その理由は、この夫婦のなれそめがいささか特殊だったせいだ。

「お身体《からだ》の具合は大丈夫ですか？」

「あ……あんな無茶をされて、平気なわけがないでしょう⁉」

璃杏はかっとし、央玖の腕を跳ねのけた。だが、帳《とばり》をめくって臥牀から降りかけた途端、がくんと膝が折れてしまう。

「あぁ、腰が萎《な》えるほどよかったというわけですね？」

「央玖、お前、私に殺されたいの⁉」

「構いませんよ。貴女が本気で、『死ね』とおっしゃるのであれば」

裸のまま叫ぶ璃杏に、央玖は身を起こして真面目《まじめ》に言った。

「私は永遠に璃杏様の僕《しもべ》です。この命はとっくに貴女に捧げたもののつもりですが？」

さらりと微笑《ほほえ》まれて、璃杏は気まずく口ごもった。

「僕だとか……そんなこと、もう忘れなさい」

かつて――といっても、ほんの三月ほど前まで。央玖は正真正銘璃杏の従者で、理杏は彼の主君だった。二人が暮らしていたのはこの秦楼ではなく、蔡苑《さいえん》という大国であり、璃杏はその国の公主《こうしゅ》であった。

ことの起こりは、両国の間で十年前に勃発《ぼっぱつ》した戦争だ。翡翠《ひすい》の採掘権を巡ったその戦《いくさ》で、秦楼は蔡苑に敗北し、かの国の支配下に下った。

その際、秦楼の公子だった央玖は人質として敵地に送られ、蔡苑国王の一人娘である七歳の璃杏に出会ったのだ。

（一目見て、私は決めたんだわ。この綺麗《きれい》で、賢そうで、鼻につくくらい冷静な男の子を、屈服させてやりたいって……）

思いつくやいなや、璃杏は父王にねだって強引に央玖を己《おのれ》の従者とした。

その後十年、璃杏のどんな我儘《わがまま》にも央玖は従順に応《こた》え続けた。そんな彼の姿に歯痒《がゆ》さと苛立《いらだ》ちを感じながらも、いつしか央玖は璃杏にとって、なくてはならない存在になってしまった。

しかし互いの立場を思えば、その恋情は決して表に出してはいけないものだ。

己の気持ちから目をそらし続けていた璃杏だったが、やがて事態は一変した。

蔡苑に服従し続けているかに見えた秦楼が、突如《とつじょ》として叛乱《はんらん》を起こしたのだ。結果、蔡苑という国は滅《ほろ》び、今は秦楼に併合された地方領となってしまった。突然の奇襲《きしゅう》が効を奏したこともあるが、長年にわたり暗躍した間諜《かんちょう》の存在が、叛乱を成功に導いたのである。

そして、その間諜こそが――。

「いかがなさいました、璃杏様?」

「……なんでもないわ」

床に視線を落とすと、央玖が臥牀《しんだい》から降り立つ気配がした。就寝《しゅうしん》用の薄い衫《さん》を羽織《はお》り、ゆるく帯を締めた姿で、璃杏の傍《そば》に膝をつく。

「蔡苑のことを考えていらっしゃったのでしょう?」

探るように璃杏を見つめる央玖の瞳《ひとみ》は、深みのある琥珀《こはく》色に輝いている。

常人とは違うその色彩に、璃杏はどきりとし、吸い込まれるように魅入《みい》ってしまった。

(こんなに綺麗な色なのに……)

彼の瞳を、かつて秦楼の人々は、魔性《ましょう》の証《あかし》だと蔑《さげす》んだ。

祖先に道士がいたためか、生まれつき不可思議な妖術《ようじゅつ》を操ることができた央玖は、実の父親にさえ気味悪がられ、誰からも愛されることはなかった。

央玖がこの国に受け入れられるためには、相応の代償が必要だった。人質として敵国に送り込まれながら、蔡苑の軍事機密を母国に流し、叛乱の機会を窺《うかが》う——忌《い》まれ続けた能力が、このときこそ役立った。

央玖は、自らの血を実体のない鷹《たか》に変えることができ、その鷹は彼の声で喋《しゃべ》る。そのような妖術を用いて、蔡苑の内情を秦楼に流し続けていたのだ。

十年に渡る計画は実を結び、そして今、央玖は年老いた父王から玉座を譲られてここにいる。

だが、それを彼自身が心から望んだわけではないのだと、璃杏は知っていた。

「蔡苑に、帰りたいですか？」

耳元で囁かれ、その不安そうな響きに、璃杏は慌《あわ》てて首を横に振った。

さっきまであれほど不埒《ふらち》なことをしたくせに、こんなときだけ打ち捨てられた犬のような目をするなんてずるい。

璃杏にとって、央玖は裏切り者なのに――この結婚自体、秦楼が蔡苑を征服したことを知らしめる証のようなものなのに、そんなことは二の次にして、ずっと愛していた男の胸に抱かれる幸福が先立ってしまう。

（裏切り者というなら、私も同じ）

故国《ここく》の人々に対する後ろめたさに苛《さいな》まれながらも、璃杏は央玖の手を取った。

「私は、どこにも行かないわ。蔡苑の民たちも、央玖の治世に不満がなければいずれ……時間はかかるかもしれないけど、秦楼を愛してくれるようになるんだと思うわ」

そうあってほしい、と祈りをこめて伝える。

「秦楼を、立派で平和な国にして。誰も飢《う》えることのない、争《あらそ》いのない国にして。簡単なことじゃないのはわかってるわ。それでも、私は央玖を信じる……何があってもお前のことを支えるから」

「まったく――貴女は」

央玖は感極まったように呟き、唐突に璃杏を抱き寄せた。

「そんなに優しいことを言われると、私はつけあがりますよ？」

「な、何よ、これくらいで優しいとか……ちょっと、どこ触ってるの！」

胸に這《は》わされる央玖の手を、璃杏は焦《あせ》って振り払った。央玖が珍《めずら》しく声を立てて笑う。からかわれたのだ、とわかって璃杏は真っ赤になった。央玖を突き飛ばし、脱がされたままだった夜着《よぎ》を拾って手早く身につける。

「さて、愛する妻の激励も戴《いただ》いたことですし、多少はしっかりと働きましょうか」

その言葉に、帯を結び終えた璃杏は、ちらりと央玖を振り返った。

「……そういえば、今日だったわね」

「ええ。しばらくの間、留守にさせていただきます」

今日から央玖は、十日ほど天黎宮を離れる。

以前から予定されていた、地方の治水工事の視察のためだ。門外漢《もんがいかん》の央玖が足を運んだところで工事がはかどるわけでもないが、それは単なる名目で、実際は登極して間もない新王とその土地の豪族との交流が主となる。

本来は向こうから接見を請《こ》うべきところを、あえてこちらから出かけていくのは、相手がそれだけの権勢を誇る有力な家柄であるからだ。魔性の瞳の若輩王に反発する一派は、まだ他にも存在し、彼らをいかに懐柔《かいじゅう》するかが央玖の当面の課題となる。

「田舎《いなか》の豪族ごときに、いいようにあしらわれるんじゃないわよ？」

璃杏の言葉に、央玖は「はい」と微笑んだ。

「璃杏様をお手本にさせていただきますから、大丈夫です」

「どういうことよ」

「常に堂々と、傲慢《ごうまん》に、全《すべ》ての人間は自分の前にひれ伏して当然と信じて行動すればよろしいのでしょう?」

「私がいつ、そんな……んっ!」

食ってかかる璃杏を、央玖は短くも深い口づけで黙らせた。

「なるべく早く戻ります。寂《さび》しい思いをさせてしまうかもしれませんが、お許しください。もしも、どうしようもなくなったときは――」

潜めた声で囁かれた続きに、璃杏の思考は一瞬止まった。言われた言葉を理解するや、声を震わせて叫ぶ。

「さっさと行きなさい、この痴《し》れ者がっ!」

「ああ、やはりその罵倒《ばとう》がいいですね」

璃杏の平手を軽やかに避けて、央玖は人を食った笑みを浮かべた。

「それでこそ、私の愛したご主人様です」

そのようにして央玖が旅立った日の午後。

自室で月琴《げっきん》を爪弾《つまび》いていた璃杏のもとに、金の鳥籠《とりかご》が届けられた。上部はゆるやかに弧を描き、底の部分には牡丹《ぼたん》の螺鈿《らでん》細工が施された手の込んだものだ。

女官に取り次がれて入ってきたのは、歳《とし》の頃なら四十を超えたほどの、鄭英《ていえい》という名の宦官《かんがん》だった。男子禁制の後宮ではあるが、男としての機能を奪われた宦官だけは例外であり、特に鄭英は央玖の信頼も厚く、璃杏と直に言葉を交わすことを許されていた。

「陛下より、王妃様への贈り物でございます」

「央玖が、私にこれを？」

しげしげと覗《のぞ》き込んだ鳥籠の中には、璃杏が見たこともない奇妙な鳥が捕らわれていた。珊瑚《さんご》を削った止まり木の上、くりんとした目に璃杏を映して、愛嬌《あいきょう》のある仕種で首を傾《かし》げる。

その羽は青や赤、緑や黄色と、さまざまな色に彩《いろど》られており、璃杏が身につける贅沢《ぜいたく》な綺羅《きら》にも劣らない鮮やかさだ。

白い鳥を染料で染めているのかと思ったが、鄭英の説明によると、もともとこのような色をしているのだという。海を越えた南国から取り寄せた、鸚鵡《おうむ》という種類の鳥らしい。

「根気よく教えれば、人の言葉を真似《まね》て喋るということです」

「まぁ」

（央玖の鷹以外にも、喋る鳥がいたなんて）

璃杏は感心し、鳥籠の隙間からそっと指を差し入れた。つややかな嘴《くちばし》で甘噛みされ、懐かれているのかと思えば、その愛らしさに気持ちがなごむ。

「綺麗ね……生きた宝石みたい」

初めて目にする鸚鵡の美しさに、璃杏は素直に見惚れた。

「陛下がおっしゃるには、皇后様は本物の宝石よりも、このようなもののほうが喜ばれるだろうということでした」

「……見透かされてるのって、あんまり気分がよくないけど。そうよ」

唇を尖《とが》らせる璃杏に、女官たちはくすくすと笑うが、鄭英は厳格《げんかく》な顔つきを崩さない。

彼は「忠義」という概念をそのまま人の形にしたような男で、それゆえに央玖の側仕《そばづか》えを任じられているのだが、璃杏は彼のことが少々苦手でもあった。何故なら――。

「ときに、皇后様。ご懐妊《かいにん》の兆《きざ》しは、いまだございませんでしょうか」

「まぁ、鄭英殿！」

「なんてあけすけな。口を慎《つつし》みくださいませ！」

単刀直入な問いかけに、女官たちが色めきたつ。その反応にも鄭英はどこ吹く風だ。

「王妃様。ここは後宮でございます」

当たり前のことを指摘され、璃杏は声が強くなりかけるのを抑《おさ》えて、あえて鷹揚《おうよう》に尋ねた。

「だから何？　央玖に他の寵姫《ちょうき》をあてがうべきだと言いたいの？」

央玖の父である前王の退位に伴って、後宮に山といた女たちは、すべて実家に帰されるか、臣下の妻として下賜《かし》された。

本来ならば、新王の即位と同時に、後宮には新たな女たちが集められる。だがそれを央玖は拒《こば》んだ。表向きの理由は、大戦を終えて財政を立て直すべき折に、湯水のごとく金のかかる後宮に割く予算はないとして。

「陛下が王妃様にご執心《しゅうしん》であることは、皆の知るところでございますが……」

「それを快《こころよ》く思わない者がいることは、私も知っているわ」

秦楼から長年、不当な搾取《さくしゅ》を続けてきた宗主国の公主。そんな娘が正后《せいごう》となり、世継ぎの御子を産む――それこそが和平の礎《いしずえ》となるという考えもあれば、争いの禍根《かこん》を引き継いでいくだけだという頑迷な意見もある。

いずれにせよ、このまま央玖と璃杏の間に嗣子《しし》が生《な》されなければ、後宮には数多《あまた》の美姫《びき》らが揃《そろ》えられ、央玖はその娘らを抱かないわけにはいかなくなるのだ。

（私以外の誰かに、央玖が触れる……）

それが王の務めでも、想像さえしたくない。

表情を強張《こわば》らせる璃杏に、鄭英は袖口から取り出したものを渡した。謹厳《きんげん》な彼には似つかわしくない、綾布《あやぬの》を張った美しい茶筒だ。

「薬茶でございます。女人《にょにん》の体を子宝に恵まれやすくするものです」

璃杏は目を瞬《まばた》いた。彼の真意を測りかねて。

「……お前は、私が央玖の子を産めばいいと思っているの？」

「この秦楼を背負うお世継ぎが、一日でも早く誕生されればよいと思っております」

答えになっているような、なっていないような返事だ。表情の読めない宦官に、璃杏は小さく苦笑した。

「贈り物をありがとう。もうお下がりなさい」

静かに拱手《きょうしゅ》して、鄭英は部屋を出ていった。女官たちは息巻いて彼の非礼を咎《とが》めたが、璃杏は適当にいなして退出させた。

鄭英は確かに不躾《ぶしつけ》だが、そこに私心がないことは理解している。

後宮を機能させるべきだと匂わせても、自分の息のかかった娘を送り込んで、出世の手段にしようとするような男ではない。ただ愚直《ぐちょく》に秦楼の未来を思い、央玖の血を引く子が生まれることを願っているのだ。

とはいえ、と璃杏は溜め息をつく。

「子作りに励めって言われても……あれ以上頻繁《ひんぱん》に抱かれたら、本当に体がもたないわ」

誰もいないのをいいことに、璃杏は脇息《きょうそく》に寄りかかって独《ひと》りごちた。途端、鸚鵡がクワッと囀《さえず》り、その習性を思い出してうろたえる。

「嫌だ。今の言葉を覚えて、喋ったりしないわよね？」

まさかそんなことはないだろうと思いながらも、次の言葉は胸に浮かべるだけに留めた。

(ひとまずこれからしばらくは、一人でゆっくり眠れるわ)

滅多《めった》にない解放感にきっと安眠できるはずだと、このときは心からそう思っていたのだが。


その夜は妙に寝苦しい一夜となった。

日の入りとともに篠《しの》つき始めた雨のせいか、まだ初夏とも言えない季節なのに、閨《ねや》の内には肌にまとわりつくような鬱陶《うっとう》しい湿気がこもっている。

時折、闇《やみ》の中でかさこそと物音が響《ひび》く。天井の梁《はり》から吊《つ》った鳥籠の中で、鸚鵡が身じろぎしているのだ。故郷とは違う新しい環境にまだ馴染《なじ》めずにいるのだろう。

一人寝の広々とした臥牀《しんだい》の上で、璃杏も幾度となく寝返りを打った。

（考えてみれば本当に初めてだわ。婚儀《こんぎ》のあとからこっち、一人きりで眠るのなんて……）

王としての政務がどれほど忙しい日であっても、央玖は必ず夫婦の臥所《ふしど》に帰ってくる。璃杏もなるべく起きて待っていようとするのだが、あまりに戻りが遅い日は、待ちくたびれて先に眠ってしまうことも多かった。

そんなときでも、夜半にふっと目を覚ませば、すぐ隣に央玖の気配があった。

璃杏を抱いて眠る夫の姿は、頼もしいのにどこか無防備で、そのたびに璃杏は微笑みたいような、泣きたいような気分にさせられる。

自分よりずっと大きな男の体に寄り添いながら、この人の妻になれてよかったと思う。互いのぬくもりを分け合い、解いた髪を絡ませて、眠る央玖を起こさないように、頬や胸元にそっと唇《くちびる》をつけるのだ。――うっかり起こしてしまうと、またいつものように、口にはできない戯《たわむ》れを仕掛けられるから。

（それだって、決して本当に嫌なわけじゃないけど……）

そんなことを考えながら目を閉じたせいだろうか。

やがて訪れたまどろみの中、璃杏は淫《みだ》らな夢を見た。

厳密《げんみつ》には、夢ではないのかもしれない——その光景は、ほんの数日前に央玖と交わしたやりとりそのものだったから。

『このようなものをご覧《らん》になったことはありますか？』
そのときの璃杏は閨《ねや》の中、帯だけを解かれた中途半端な格好《かっこう》で、央玖に背後から抱き締めら
れていた。袖口にでも忍ばせていたのか、腰に回された央玖の右手が、何やら奇妙なものを握
っている。
『っ……なに……？』
逆の手が緩急《かんきゅう》をつけて乳房を揉みしだくために、璃杏の声は浅くかすれた。すがめた目に映
ったのは、ひやりと冷たく硬そうな、象牙《ぞうげ》色をした棒状のものだ。
全体は反《そ》り返って湾曲《わんきょく》しており、なめらかに膨《ふく》らんだ先端には鈴のような割れ目が刻まれて
いる。目の前にかざされ、それが何を模しているのかに気づいた瞬間、璃杏はたじろいで息を
止めた。
『陽具とも、性具ともいいますね。これは磁器《じき》製で、中に温水を注ぐことができます』
『なんのために……』
『もちろん、璃杏様の体内に挿《い》れて、冷たい思いをさせないためですよ』
半ば想像できたこととは言え、璃杏の顔から血の気が引いた。陽具は、央玖自身のものより

も幾分《いくぶん》小ぶりではあったが、こんな硬そうなもので敏感な場所を掻き回されたら。

『嫌、そんなの怖い……！』

『大丈夫です。私は何もいたしません。璃杏様がご自身で、感じる場所をじっくりと探っていただくためのものですから』

平然と言われた言葉に、璃杏は耳を疑った。

『本来これは、女性が自分を慰《なぐさ》めるための道具です。私が留守にする間、体が疼《うず》くようなことがあれば、これを使って欲求を満たしてくださいね』

決して間男を引き入れたりなさいませんように――と、わざとらしく脅《おど》しながら、央玖は璃杏の項《うなじ》にかぷりと噛みつき、痛いほど強く吸い上げた。

『あんっ！』

声をあげた拍子に、陽具の先端が唇の隙間にこじ入れられた。

喉の奥までは突かないように、けれど吐き出すこともできない深さまで、じわじわと出し入れされる。舌や口蓋《こうがい》を擦られるうち、勝手に唾液が湧いてきて、それははしたなく顎《あご》に零れた。

（こんな真似……！）

まるで市井《しせい》の妓女《ぎじょ》が、男の股間に顔を伏せてすることのようだ。泣きたいほど屈辱的なのに、璃杏は両足の付け根がじゅくりと蕩《とろ》けだすのを感じた。

『ほら、よく濡れた。道具もこちらもだ』

乳房を弄《もてあそ》んでいた手が、今度は襦裙《じゅくん》の裾をめくりあげる。央玖の指先が沈められたそこは、くちゅ……と恥ずかしい水音を立てた。

『これならすんなりと入るでしょう。さぁ、ご自分でなさるところを見せてください』

背後にいる彼の表情は見えないが、きっととても楽しげな顔をしているのだろう。口の中を犯す陽具が引き抜かれ、璃杏の手に無理やり押しつけられる。

自らの唾液をまとって光る、男の象徴を形取った磁器の塊《かたまり》。

乳房と秘所を露《あらわ》に曝《さら》された姿のまま、璃杏はぼうっとした目でそれを見つめた。


（あ……）

臥所《ふしど》の中、ふいに夢から現実に引き戻されて、璃杏はびくりと肩を揺らした。

視線を巡らせれば、窓の外はまだ暗い。それほど長く眠っていたわけではないのだろう。

生々《なまなま》しい夢の余韻《よいん》に、心臓が疾走《しっそう》したかのような速度で脈打っていた。全身がじっとりと汗ばんで、薄い夜着が体に張りついている。

横たわったまま膝を擦り合わせれば、足の間は認めたくないほどに潤《うるお》っていた。今朝の央玖とのやりとりが、いやがおうにも蘇《よみがえ》る。

『寂しい思いをさせてしまうかもしれませんが、お許しください。もしも、どうしようもなくなったときは――』

端正な唇を悪戯《いたずら》っぽく綻《ほころ》ばせて、彼は囁いたのだ。

『そのときは、私が教えてさしあげたように、お一人で愉《たの》しまれて構いませんよ？』と。

（そんなはしたないこと、できるわけないわ）

璃杏は熱を持つ頬《ほお》を強く押さえた。だが、その目は知らず知らずのうちに、臥牀の傍らの卓《たく》子《し》へと向かう。

表面を七宝繋《しっぽうつな》ぎの文様で覆《おお》われた卓子には、小さな抽斗《ひきだし》が備わっていた。央玖はそこにしっかりと、例の陽具を残していったのだ。

（絶対に使わないわ、あんなもの）

結局、央玖の目の前で強要されたときも、絶対に嫌だと拒《こば》んだのだ。許してもらう代わりに、また別の淫猥《いんわい》な行為をされてしまったけれど、それはまた別の話だ。

卓子に背を向けて体を縮《ちぢ》こまらせると、胸の頂《いただ》きが夜着に擦れた。たったそれだけの刺激で切なくなってしまう部分に、指が伸びたのは無意識のうちだ。

「あ……」

布地ごしにもわかるほどの硬さに、璃杏は驚いて息を詰めた。

普段は意識もしないような場所が、どうしてこんなに――まるで木の実のように膨《ふく》れて、尖《とが》り立ってしまうのだろう。指先や掌《てのひら》の窪《くぼ》みでそろりと撫《な》でると、なんだか触っているほうの手までうずうずと心地よくなってくる。

（央玖がここをたくさん触るのは、だから？）

自分の手を央玖のそれになぞらえてみると、彼の愛撫を克明《こくめい》に思い出してしまう。

まずは衣《ころも》の上から、温《ぬく》もりを伝えるように全体をやんわりと包み込まれる。乳房自体の重みを測るように、下から手を添えて軽く揺すられる。

それだけで璃杏の息はあがってしまい、贔屓目《ひいき》で見てもさして豊かとは言えない胸が、快感で一回り膨れたように感じるのだ。豆粒のような突起に央玖が触れてくれるのは、さんざんに焦《じ》らしたその挙句《あげく》で――。

バサッ、と音がして、璃杏は息を呑んだ。

鸚鵡だ。まだ落ち着かないのか、色鮮やかな羽を打ち鳴らし、鳥籠を大きく揺らしている。

夜着の袷《あわせ》に差し入れかけていた手を、璃杏は慌てて引き抜いた。ひどく穢《よご》れた女になってしまったようで、衝動的に指の背を強く噛む。

（蔡苑にいた頃は、こんなことなかったのに……）

生娘《きむすめ》だったときには、男の手に触れられて体が変化することも、それが言葉にできないほど気持ちが良いことも知らなかった。

その快楽が麻薬のように根を張り、供給を断たれると、まるで禁断症状のように体が切なく疼《うず》くことも。

（でも、駄目。子供ができるわけでもないのに、こんなの……浅ましい）

きつく目を閉じ、璃杏は懸命に劣情を振り払った。

歯形の残った指にじわりと熱が集い、その痛みすらどこか甘いことが疎《うと》ましかった。

璃杏が意地を張っていられたのは、せいぜい三日ほどだった。

どうしたことか、央玖のいない夜を迎えるたびに、淫靡《いんび》な夢を見てしまう。

夢の中の璃杏は、犬同士が番《つが》うように後ろから貫かれていたり、目隠しをされたまま抱かれたり、言葉巧《たく》みに誘導されて央玖自身の剛直に舌《した》を這わせていたりするのだ。本当に経験したこともそうでないことも、恐ろしいほどの現実感を伴っていて、眠っているのにちっとも休んだ気持ちになれない。

（私、どこかおかしいの……？）

今夜も目覚めてしまった璃杏の眦《まなじり》に、不安の涙が浮かぶ。

認めたくはないが、これが欲求不満というものなのだろうか。央玖が帰ってきていつものように抱かれれば、こんな奇妙な夢も見なくなる？

（寂しい……）

璃杏は初めてはっきりと、その感情を意識にのぼらせた。

寝具に残っていた央玖の香りも、日が経つごとに薄らいでいく。一人で伸びやかに眠れると思っていたはずの臥牀は、ただでさえ小柄な璃杏には広すぎた。すがりつけるたくましい胸や、玉製の枕よりも寝心地のよい腕を、無意識のうちに求めてしまう。

（ああ、また……）

璃杏は唇を嚙み締めた。

夢の名残《なごり》で、自分の女の部分がしとどに濡れているのがわかった。央玖に触れられたわけでもないのに、勝手にそんな反応をしてしまう体は、ひどい裏切りを犯しているようだ。

しかも、そこはいまだに、ずくずくとした飢餓感を訴《うった》えている。夢の中では央玖の昂《たけ》りで隙間なく満たされていた場所は、現実の空虚さのほうこそを幻《まぼろし》のように感じてしまう。

（お願いだから鎮《しず》まって）

璃杏は泣きたい気持ちになった。

水をかけても踏みにじっても、しつこく燃え続ける熾火《おきび》のような欲望に、これ以上振り回されたくなかった。自分は本来、こんな淫蕩《いんとう》な性質《たち》ではないはずだ。

だが、何食わぬ顔でやりすごそうとしても無駄なことは、これまでの数日で思い知らされている。

（誰も……見てないわ）

璃杏は息を詰め、右手をそろそろと下肢《かし》に伸ばした。何も考えない。余計なことは何も考えずに、この火照《ほて》りをさっさと鎮めてしまえれば——。

寝ている間に身じろぎしたせいか、夜着の裾はすでにはだけかけていた。湿った内腿《うちもも》の奥を、ためらいがちに探ってみると、指先はすぐにぬかるみに触れた。

（あ……）

璃杏はそのまましばらく硬直した。

濡れる、ということの意味をおぼろげに知ってはいたけれど、もっとさらさらとした水のよ

うなものが湧いているのかと思っていた。

(何これ。指が……滑る)

瑞々《みずみず》しい卵白《らんぱく》のような、不思議な粘《ねば》りととろみ。恐る恐る感触を確かめていると、塗り拡げられた蜜《みつ》にぬめって、ふいに中指が吸い込まれる箇所があった。せいぜいひとつめの関節までだったが、璃杏は慌てて引き抜いた。

中を弄《もてあそ》ぶのは、まだ抵抗があった。央玖にされるときは指一本どころか、もっと凶器じみた分身で激しく穿《うが》たれているというのに。

(いつも、こんなところに央玖が入っていたんだわ)

一瞬だけの感触を、璃杏の指先は図らずも覚えた。体中のどこよりも熱く、柔らかいのに張りつめた粘膜は、強く爪を立てれば弾けてしまう、薄皮に包まれた果肉に似ていた。

一つになった瞬間、央玖が満足そうに雫す溜め息の理由が、なんとなくわかった気がした。きっとあそこに割り入ると、どんなときよりも璃杏を深く感じられるのだ。璃杏が彼の硬い芯を奥まで迎え入れ、熱い飛沫《しぶき》を浴びせられるときと同じように。

記憶の中の央玖は、吐精の寸前、苦しげに眉を寄せる。その表情に、璃杏の体の他の場所が、甘い痺《しび》れを帯びて尖った。薄い小豆《あずき》色の乳首と、芽吹いてしまった女の核と。

何をどうすればいいのかなんてわからない。破瓜《はか》を迎えて二カ月足らずの璃杏が知っているのは、央玖にもたらされたことだけがすべてだ。懸命に思い出し、ぎこちなく真似ているうちに、璃杏はふわふわとした快楽にたゆたい始める。

「んっ……は、ぁ……」

　弾力を持った真珠のような膨らみは、すでに愛液にまみれていた。指先で押し潰すようにすると、下腹部に重たい快感が集う。月琴《げっきん》の弦にするように軽く弾くと、璃杏自身が楽器になったように細く高い声が洩れる。

（ああ……もっと、このまま――）

　頭の中が、鮮やかな紅《くれない》の濃霧で埋め尽くされていくようだ。この霧が野分《のわき》のような突風で一掃される瞬間を、璃杏はもう知っている。もどかしく危うい螺旋《らせん》を昇りつめていった先の、そこが到達点なのだということを。

　だが。

「……っ」

　ふと気配を感じ、璃杏は指を止めた。

　振り返る。闇の中、円《つぶ》らな瞳を光らせた鸚鵡が、身じろきもせずにこちらを見据えていた。

（私、何を）

　波が引くように璃杏は我に返った。反動で押し寄せてきたのは、生半可ではない後悔と罪悪感だ。

　鳥の目を通じて、先刻の自分の痴態《ちたい》を思う。夜着の裾を乱し、脚を開いて、その挟間を弄んでは息を弾ませる――なんて浅ましく、獣《けもの》じみていることか。いや、むしろ本当の獣なら、生殖以外の目的で快楽を追い求めることなどないだろう。

もう指を嚙むだけでは足りなかった。できるなら両手を戒めて、この先変な気を起こしたとしても、何もできないようにしておきたいくらいだ。

（こんなの、私のせいじゃない）

自己嫌悪のあまり、璃杏は責任転嫁に走らずにはいられなくなる。

すべて央玖が悪いのだ。何も知らない処女《おとめ》だった璃杏に、淫《みだ》らな知識と快感を教え込んで、そのくせあっさりと放り出した。

（何が視察よ。田舎豪族のご機嫌伺いなんかしてるんじゃないわよ。従者が主人の側を離れるなんて、あるまじきことなんだから）

罵《ののし》りながら、怒りながら――それでもやはり、一刻も早く帰ってきてほしいと、新妻は恋しさを募らせるのだった。

そんなことがあった夜から、しばらくして。

予定よりもわずかに長引いた視察を終えて、王とその随従《ずいじゅう》は帰還した。

待ちくたびれ、不貞腐《ふてくさ》れた璃杏のもとには、大量の土産物が運び込まれた。貴石《きせき》を象嵌《ぞうがん》した手鏡や、銀の腕輪に翡翠《ひすい》の玉珥《ぎょくじ》。鼈甲《べっこう》の簪《かんざし》や梔子《くちなし》の香油に、さまざまな意匠《いしょう》の刺繡《ししゅう》や染めつけを施した綾衣は、長櫃《ながびつ》三つ分も。

だが、女官たちがうっとりと溜め息をつく高価な品々も、璃杏の機嫌を上向かせることはできなかった。国王不在の間の出来事を廷臣たちが報告し、中には早急な施策を講じるべき案件もあったため、央玖当人はいまだに正殿に留め置かれているためだ。

ようやく彼が後宮に足を向けたのは、すでにとっぷりと夜も更《ふ》けた頃。閨の扉を開けた央玖は、「おや？」というように首を傾《かし》げた。

てっきり顔を合わせるなり「遅いわ！」と罵声《ばせい》を浴びせられるか、ものを投げつけられるかと身構えていたのに、明かりを落とした房室《へや》はしんと静かだ。

臥牀の中央は小柄な人型に膨らんでおり、こちらに背を向けた璃杏はすでに寝入っているようである。——が。

央玖は歩を進め、横たわる妻を見下ろした。身を屈め、体の両脇に手をつき、

「贈り物はお気に召しましたか？」

囁きざま、薄い耳朶《じだ》に軽くかじりつけば、璃杏は「やっ！」と悲鳴をあげて飛び起きた。笑いを堪《こら》えた央玖と目が合った途端、しくじったというようにその顔が歪《ゆが》む。

「ただいま戻りました」

燃えるような瞳に睨まれても、央玖は微笑《ほほえ》みで応えて、ことさらに恭《うやうや》しく頭を下げた。

久しぶりに向き合った夫を前に、璃杏は何を言っていいかわからなかった。

癇癪《かんしゃく》を起こすのでは子供っぽいが、素直に再会を喜ぶのも気位が邪魔をする。何事もなかっ

たかのように平然と接する自信もなくて、その場しのぎの狸《たぬき》寝入りを決めこんでいたのに。

「……あんな無駄遣《むだづか》いをして、しめしがつくと思っているの？」

ようやく出てきた言葉は、そんなひねくれたものだった。だが実際、倹約《けんやく》を理由に後宮を空にしているくせに、あの山ほどの土産は贅沢《ぜいたく》すぎる。

「あれは、例の豪族たちからの貢《みつ》ぎ物ですよ」

央玖の声音《こわね》には、一仕事を終えたような満足感がにじんでいた。食わせ者らとの顔合わせはうまくいったのだと、璃杏にはそれで知れた。

「私がお尋《たず》ねしているのは、あの鳥のことです。気に入っていただけたでしょうか？」

鳥籠の鸚鵡《おうむ》について言われているのだとわかり、璃杏はぶっきらぼうに答えた。

「まぁ、退屈しのぎにはなったわ」

「退屈、でしたか？」

含みのある口調で尋ねられ、璃杏は己《おのれ》の失言に気づいてしまう。

「聞きたいですね。璃杏様。私がいなくて寂しかったですか？」

「別に」

「では、私が残していったあれも、お使いになることはなかったと？」

「つ、使わないわよ、当たり前でしょう！」

「そうですか。……でも」

央玖は璃杏の右手を掴み、口元にぐいと引き寄せた。中指の先を甘く吸い上げ、上目遣《うわめづか》いで意地悪く言う。

「この指は、一人での悪戯《いたずら》をもう知っていますね？」

「な……」

璃杏の喉がこくりと鳴った。

即座に、動揺してしまった自分を馬鹿《ばか》だと思う。あの秘密の夜を央玖が知るわけもないのだから、しらばっくれればそれですむのに。

そのはずなのに。

『知らない、とおっしゃいますか？　あんなに可愛らしく身悶《みもだ》えていらっしゃったのに？』

ふいに頭上から降ってきた声に、璃杏はぎょっとして宙を見上げた。

梁《はり》から吊《つ》るした金の鳥籠。その中の鸚鵡が――喋った。

央玖の声で。人の悪い笑みを浮かべた、妖術使いの夫の声で！

「覗《のぞ》いていたの――!?」

璃杏の顔は赤くなるどころか、血の気を失って青ざめた。

央玖が偵察《ていさつ》や伝言に使う鷹に、実体はない。この鸚鵡はただの鸚鵡のはずだ。

だが、鸚鵡の目を通じて、この閨《ねや》の光景が見えていたのだとしたら。そんな〈力〉の使い方もできるのだとしたら。

璃杏は央玖を睨み、声を低く震わせた。

「殺したいわ……」

「真に迫って聞こえますね」

「本気で言っているのよ！　――んっ」

いきなり唇を奪われて、璃杏は目を見開いた。割り入ってきた舌は、口内をくすぐるように躍り、尾骨《びこつ》のあたりに生じた快感がぞくぞくと背中を駆けのぼる。央玖の胸を叩く拳《こぶし》から、あっけなく力が抜けていく。

髪に指を差し入れられ、愛しげに繰り返し梳《す》かれるうちに、流されていることを知りつつも、璃杏は目を閉じて抱擁《ほうよう》に身を委《ゆだ》ねた。

仕方がない。好きなのだから。

どうしようもない。ずっとずっと、央玖にこうされたかったのだから。

「ずいぶんと素直ですね？」

璃杏の帯を解き、自分の衣も肩から滑り落としながら、央玖は意外そうに笑った。久しぶりに見る夫のしなやかな肉体に、璃杏は頬を染めて目をそらす。

「余計なこと、言わないで……」

「早くしてほしい？」

座ったまま開かれた脚の間に、央玖が顔を伏せる。前触れもなく吸いつかれて、璃杏は細い悲鳴をあげた。すでに芯《しん》をもった花芽を、央玖の舌はゆるゆるとあやすように転がす。

「硬いですね……まるで小石だ」

「言わない、で、ったら……ぁ！」

「嫌になるほど可愛がってさしあげますよ。ご自分では、達せなかったのでしょう？」

何もかも見られていたのだと思うと、羞恥《しゅうち》で消え入りたくなる。だが、その恥ずかしさに比例するように、愛液はとめどなく溢《あふ》れてくるのだ。

ぬかるむ蜜口を塞ぐように、指が二本揃《そろ》えて差し入れられた。央玖しか知らない弱点を執拗《しつよう》にこね回され、同時に口淫《こういん》を激しくされて、璃杏はすぐさま忘我《ぼうが》の境地に飛んだ。

「っ……！」

声も出せずに、下腹を大きく波打たせる。

「いつもよりずっと早いじゃないですか」

央玖が顔をあげて笑った。無邪気な子供のようなのに、次の瞬間には凄絶《せいぜつ》なほど色めいた眼差《まなざ》しになって、璃杏を褥の上に押し倒す。

「すみません。私もどうにも堪えがきかない」

「やっ。まだ、中だめっ……」

弱々しい抗議など意に介さず、まだ痺れの残るそこに、央玖は一息に己を突き入れた。

「やぁっー！　やだって言って……のにっ」

「……本当に、こちらは手つかずだったようですね」

狭い、と囁く声は楽しんでいる。

「思い出してくださいね。私の――」

念を押されるまでもなかった。

央玖の形も、熱さも、質量も。璃杏のそこは貪欲《どんよく》に呑み込んで、きゅうっと淫《みだ》らがましく絡みつく。

欲しかった。欲しいものはこれだったと、体が歓喜の声をあげている。血の通わない玩具や、拙《つたな》い一人遊びでは、この泣きたいほどの充足感は決して得られないだろう。

「央玖……」

璃杏は央玖の肩にすがりつき、皮膚《ひふ》を破るほどに爪を突き立てた。痛くないはずはないのに、央玖は慈しむように璃杏を見下ろし、かすれた声で囁いた。

「もう一度、お尋ねしてもいいですか。――聞きたいんです、璃杏様の言葉で」

何を問われているのか、璃杏は理解して唇を噛んだ。繋がったままじっと見つめられているのが恥ずかしくて、これ以上はもう意地も張れない。

「寂し、かった」

間近な琥珀色の瞳に、泣き出しそうな自分の顔が映っていた。

「お、おかしくなったのかと思ったんだから。すごくすごく、央玖と――したくて。自分であんなことまで、私っ……！」

「すみません。それは」

央玖は何かを言いかけ、言葉を切った。ばつが悪そうな表情になるや、訝《いぶか》しむ璃杏を抱き締めて唐突に腰を使い出す。

「なん、なの？　あ……んんっ！」

男だけが持つ勇壮な楔《くさび》を小刻みに出し入れされて、璃杏はすすり泣くように喘《あえ》いだ。

央玖の動きにも、いつもより余裕がないような気がした。彼も飢《う》えていたのだろうかと思えば、璃杏の胸が熱くなる。

央玖に満たされたいし、自分もまた彼を満たしたい。璃杏は央玖にしがみつき、本能のままに腰を揺らがせた。

「すごいな。初めてですね……自分から」

指摘されて、璃杏はいけないことをしてしまったのかと狼狽《ろうばい》した。だが央玖は微笑を浮かべ、「続けてください」と促《うなが》す。

「何も恥ずかしいことじゃない。もっともっと正直で、乱れた貴女が見たいんです。本当に愛らしくて、綺麗で——私のほうこそ、おかしくなる」

「あぁぁ、いやぁ……！」

堰《せき》を切ったような突き上げに、璃杏は叫び声をあげた。小石のようだと言われるまでに腫《は》れあがった陰核が、擦られて潰されて切迫《せっぱく》した浮遊感を生む。

そうして激しく貪《むさぼ》りながら、央玖は璃杏の胸を揉みしだき、赤く色づいた蕾《つぼみ》を吸い上げた。

「あぁ、それ……っ」

央玖と繋がったままの腰が、ますますはしたなく揺れてしまう。

剛直に貫かれながら乳首を可愛がられると、子宮に届く快感がいっそう深くなるようで、璃杏はこれが好きなのだった。好きだと口にしたことはないけれど、央玖にはすべてお見通しに違いなかった。

あられもなく悶《もだ》える璃杏を見下ろして、央玖が満足げに息をつく。

「こうすることを、どれだけ想像したか……」

「お……央玖も……私と、したかった……?」

「当たり前でしょう。お疑いなら、わからせて差し上げますよ。いくらでも」

次の瞬間、これまで以上の勢いで、がつがつと腰を打ちつけられる。

「あぁぁ、あっ、すご……!」

引き抜かれ、また抉《えぐ》り込まれるたびに、蜜にまみれた肉の芽がぐちゅぐちゅと圧迫されていく。愛液を纏《まと》って淫らにぬめる央玖のものが、充血した秘裂《ひれつ》を容赦《ようしゃ》なく掻き回す。

息をつく間もないほど激しい動き。体の上にぱたぱたと滴るものが央玖の汗だとわかった途端、璃杏はこれまでになくどきりとした。いつでも涼しげな顔を崩さない央玖が、こんなにも汗をかいて、自分でも止められないように淫らな腰遣いをしてくる。

璃杏の全身も同じように汗みずくだった。きゅうきゅうと、央玖を飲み込んだ内部が勝手な収縮を始める。

「璃杏様——もう……」

珍しく、央玖のほうが先に決壊を告げる言葉を洩らした。

「待っ、て……私も……!」

きつく閉じた眼裏《まなうら》に、白にも赤にも見える光が差す。沸騰《ふっとう》したように熱い血が、すさまじい速度で全身を巡る。

喉《のぞ》を仰け反らせ、璃杏は達した。時間が止まったような、重力から解き放たれたような一瞬ののちに、収縮しながら精を吐き散らす央玖の脈動を感じた。

「は……ぁ……」

最後の一滴までも注がれて、璃杏は惚《ほう》けた声を洩らす。しばらくは互いに言葉もなく、荒い息が収まるまで抱き合っていた。

やがて央玖は体をほどき、璃杏を抱き締めて反転した。彼が下になり、脱力した璃杏がその上に寝そべる形になる。

どろりとした白濁《はくだく》が溢れてきそうで困ったが、央玖は璃杏のこめかみにぎゅっと鼻先を埋《うず》めた。汗ばんでいるのではないかと気になるのに、彼は璃杏の髪の香りが好きらしい。

心地のよい倦怠感《けんたいかん》に、璃杏は目を伏せた。央玖は重たいかもしれないが、できるならばこのまま朝まで眠りたい。

だが、その前にひとつだけ。

「ねぇ。さっき、何か言いかけたわよね？」

「……覚えていらっしゃいましたか」

「どうして目をそらすのよ」

央玖の胸の上で伸びあがり、睨みをきかせる。あのとき央玖は何かを謝りかけたのだ。

央玖はしばらく逡巡《しゅんじゅん》していたが、やがて開き直ったように息をついた。

「ここ最近、璃杏様は就寝前に薬茶を飲んでいらっしゃったでしょう」

「ええ。鄭英がくれたお茶を」

子宝に恵まれやすくなるという触れ込みの。

「あれも、私が鄭英に取り寄せさせたもので――この鸚鵡の故郷で、媚薬《びやく》として使われる植物の実が混ざっているのです」

「は……!?」

璃杏は瞬時《しゅんじ》に理解した。

あんな淫らな夢を見たのも、やたらに体が疼いたのも、あの薬茶のせいだったのだ。そうやって璃杏を悶々《もんもん》とさせておいて、誰にも言えない戯れに耽る姿を覗き見していた――。

「お、お前はっ……！」

怒りのあまり舌がもつれ、眩暈《めまい》を覚える。意志とは無関係に瞳が潤《うる》んで、それを誤解した央玖が慌てたように謝った。

「正直に告白したんですから許してください。大体、あんなことくらい大したことじゃないでしょう。私だってそれなりにしますし」

「許せるわけな――え？」

拳を振り上げかけた璃杏は、大きく目を瞬《またた》いた。なんだか今、さらりと変なことを聞いたような気がする。

「……するの？」

「はい？」

「央玖も。自分で」

「あぁ……」

彼の目が「まずいことを言った」というように宙を泳いだ。

ずい、と顔を寄せ、璃杏は命じた。この上なく高飛車に。

「見せて」

「や、あの……それは、ちょっと」

「私のを覗いておいて言えた義理？」

「女性のそれは秘めやかで可愛らしいですが、男は、その、どうあっても滑稽《こっけい》というか」

「ふぅん？」

たじろぐ央玖に、璃杏は小首を傾《かし》げ、とびきり愛らしく微笑んだ。

「じゃあ、滑稽でみっともなくて恥ずかしいお前の姿を、存分に嘲笑《あざわら》ってあげるわね？」

「ああもう、勘弁《かんべん》してください！」

目元を赤らめた央玖が身を起こし、再び璃杏を押し倒した。悲鳴とも嬌声《きょうせい》ともつかない叫びは、噛みつくような口づけに途切れ、やがて甘く弾む吐息に変わる。

今夜も安眠を邪魔された鸚鵡が、迷惑そうにクルルと鳴いた。

――久しぶりの夫婦の睦《むつ》み合いは、まだまだ終わる気配もないのだった。

ささやかな叛逆

「友人の婚儀《こんぎ》に出席したいと思うのです」

そのように央玖《おうく》から切り出されたのは、二人きりの朝餐《ちょうさん》の席で、璃杏《りあん》は面食《めんく》らって瞳《ひとみ》を瞬《まばた》かせた。

季節はそろそろ初夏となり、秦楼《しんろう》の国王夫妻が暮らす天黎宮《てんれいきゅう》の食事の間には、格子窓を通した朝の光が差し込んでいる。

のどかで明るい光景の中、数々の料理が並ぶ卓の上には、一種奇妙な沈黙が落ちた。

「璃杏様？」

粥《かゆ》に匙《さじ》を浸《ひた》したまま返事をしない璃杏に、央玖が訝《いぶか》るように問いかけた。

「その料理はお口に合いませんか？　よろしければ、こちらの粽子《ちまき》をどうぞ」

「違うわよ。……央玖にも友人なんてものがいたのね、って意外に思っていただけ」

「なんですか、それは」

央玖は心外だというように顔をしかめた。

「私にだって、友と呼べる人間くらいおりますよ。……まぁ、さして数が多いわけでないのは確かですが」

なんとはなし、ぼやくような口調になった夫に、璃杏は慌《あわ》てて言った。

「それは、央玖はずっとこの国を離れていたんだし」

先王の長子《ちょうし》でありながら、母親が下級貴族の出身であった央玖は、生まれ持った奇妙な力のこともあって、幼少時はこの国の公子《こうし》とも思えぬ粗略《そりゃく》な扱いを受けていた。

そうでなければ、璃杏の祖国であった葵苑《さいえん》が秦楼を属国とした際に、恭順《きょうじゅん》の証《あかし》の人質として、敵地に送られるわけもない。

「それで、どういうお友達なの？」

気を取り直すように尋《たず》ねると、央玖が眼差《まなざ》しを和らげた。

「名は庚龍覇《こうりゅうは》というのです。本邸は逵遙《りくよう》の街にあるのですが、今は武官として皇城《こうじょう》にも出仕《しゅっし》してくれています」

「武官？」

それでは、龍覇というその男は、央玖の部下に当たるのではないか。

「今でこそ王と臣下という関係になってしまいましたが、私は彼に頭が上がらないのですよ。逵遙というのは、私の母の出身地でもあるのですが、体が丈夫《じょうぶ》でなかった母はたびたび宿下がりをすることがあって――」

療養につきあって母の実家に赴《おもむ》くことが多かった央玖は、そこでなら公子の身分を隠して、地元の子供たちと遊ぶことができた。

そのときに何くれと面倒《めんどう》を見てくれた兄貴分の少年が、その龍覇なのだという。

「私が即位して初めて顔を合わせたときには、ずいぶんと驚かせてしまいました。その彼がこのたび細君を迎えるというので、逵遙で行われる婚礼の宴《うたげ》に招いてくれたのです」

国王としてではなくただの友人として、彼の結婚を祝ってやりたいのだと央玖は言った。

「それはおめでたいことね」

璃杏は頷《うなず》いたが、にこやかに応じきれたわけではなかった。

ここから迕遙の街までは、車輿《くるま》に乗っても丸一日ほどの距離だ。往復するだけでも、単純に二日。いくら友人のためとはいえ、多忙な央玖が公務を差し置いてまで遠出をしたいというのが意外だったし――それに。

（その気になればそんなこともできるんなら、その時間を私と一緒に過ごしてくれたっていいじゃない）

意地でも口に出さないものの、それが璃杏の本心だった。

だが、唇《くちびる》を尖《とが》らせて黙りこんでしまった璃杏の胸中など、従者として長年仕《つか》えていた央玖には、曇《くも》りなき鏡を見るように明らかだ。

「よろしければ、璃杏様もご一緒に参りませんか」

「……え？」

「私のほうも、璃杏様を紹介したいのです。私ごときの身に過ぎた、自慢の妻ですからね」

璃杏はしばしぽかんとし――やがて、むずむずと綻《ほころ》びかける口元を意志の力で抑《おさ》えた。

「し、仕方ないわね。央玖の用事のついでっていうのが気に入らないけど、たまには外に出るのもいいわ」

つんとした口調を装っても、白桃《はくとう》のような頰《ほお》は喜びに紅潮《こうちょう》していた。

央玖の妻になってからというもの――いや、葵苑に暮らしていた頃であっても、公主《こうしゅ》という立場上、やすやすと外出できなかった璃杏にとっては、市井《しせい》に下りるというだけで心が弾《はず》む。

それが央玖とともにであれば、否《いな》やも何もあるはずがない。

璃杏は気づかなかったが、央玖の肩がわずかに震えた。

くるくると表情を変える璃杏が、まるで子供のように微笑《ほほえ》ましく、懸命に笑いを堪《こら》えていたのだった。


天黎宮の置かれた皇都ほどではないものの、逵遙はそれなりに栄える大きな街だ。

ひときわ盛んなのが養蚕《ようさん》業で、街壁で囲われた街の内には大規模な製糸工場《こうば》が点在している。紡《つむ》いだ糸を布に変える機織《はたお》り工場や、染色のための工房もあり、それらを売り買いする市は大勢の人でごった返してにぎやかだ。

「見て、央玖！　あの娘が着てる山吹《やまぶき》色の襦裙《じゅくん》、裾《すそ》のぼかし染めがすごく綺麗《きれい》じゃない？」

道行く若い娘たちが身につける衣《ころも》は、珍《めずら》しい織りや染めで彩られており、馬に引かせた車輿の窓から、璃杏は興味津々《しんしん》で見入ってしまった。

「ねぇ央玖……央玖？」

「あ——はい」

何度か呼ばれて、央玖は我に返ったように答えた。それまでは窓枠に肘《ひじ》をつき、彼にしては珍しくぼんやりと、風景を眺《なが》めていたのだった。

「何よ、疲れてるの？　だったら、昨夜もあんな——」

遠出の前にもかかわらず、執拗《しつよう》に抱いてきたことを反省させようとして、璃杏は咳払《せきばら》いをした。まだ日も暮れないうちからするような話ではない。

代わりにもう一度、さきほど見た着物のことを繰り返すと、央玖はようやくいつものように微笑んだ。

「お気に召《め》したのなら、似たものを誂《あつら》えさせましょう。龍覇の父君に頼めば、きっと良い商人を紹介してくれますよ」

央玖の友人だという庚龍覇の生家は、代々続く養蚕業で財を成した商家らしい。

だが庚家の長男である龍覇自身は、商《あきな》いにはまるで興味を示さず、手製の槍や弓で戦《いくさ》の真似《まね》事をするのを何より好む子供だった。算盤《そろばん》を弾かせても半刻と座っていられず、家人の目を盗んで邸《やしき》を飛び出し、近所の悪童仲間と泥まみれになって転がり回っていたという。

匙《さじ》を投げた庚家の当主は、龍覇の弟である次男を跡継ぎに定めた。それを幸い、龍覇は十五歳になるや単身で皇都に乗り込み、王府軍の兵士に志願した。

そこから十年。

二十五歳になった龍覇はめきめきと頭角をあらわし、現在は千人余りの府兵から成る連隊長を務めている。生まれが貴族でさえあれば、実力からいってさらなる出世も望めただろうと、もっぱら噂《うわさ》の豪傑《ごうけつ》らしい。

（――そう聞いてたから、どんなに厳《いかめ》しい人なのかと思ったけど……）

到着した邸の宴席で、璃杏はその龍覇をまじまじと見つめた。

広間の高座に座った新郎は、祝言《しゅうげん》の伝統に則《のっと》って、立襟《たてえり》の真紅《しんく》の長袍《ちょうほう》に、翡翠《ひすい》色の幅広な帯を締めている。

片膝《かたひざ》を立てて杯《さかずき》を呷《あお》る姿は一見不作法なのだが、その容色は意外にも整っていた。くっきりとした眉《まゆ》に、意志の強そうな唇。赤茶けた髪を無造作に伸ばして、酒を注《つ》ぎにくる祝い客とくだけた様子で笑い合う。

央玖のような秀麗《しゅうれい》な美丈夫《びじょうふ》というのではないのだが、武芸で身を立てた人物というだけあって、精悍《せいかん》で男らしい魅力を備えていた。

（それはいいけど……）

隣の席に座った央玖に、璃杏は小声で話しかけた。

「ねえ、どうして花嫁がいないの？」

およそ二百人ほどの客人が集った広間を、離杏はきょときょとと見回した。

部屋の隅《すみ》から隅までを縦断するような長卓が五つ。その上には食べきれないほどの馳走《ちそう》が並び、壁際には琴や笙《しょう》を奏《かな》でる楽人たちも控えているのに、肝心の花嫁らしい女性の姿がどこにも見えない。

「ああ、それは多分……」

央玖が酒杯を傾けながら答えかけたとき、

「よぉ！」

ばしん！　と背中を叩かれ、央玖は盛大に咳込んだ。ちょうど飲みかけていた酒が気管に入り込んでしまったらしい。

驚く璃杏が振り返った先には、いつの間にやってきたのか、主役である龍覇が上機嫌な笑顔を浮かべていた。まだ咳の治まらない央玖の首に腕を回し、体ごとぐいぐいと揺さぶる。

「はは、よく来てくれたなぁ！　無理かと思いながらも誘ってみた甲斐《かい》があったな！」

璃杏は呆気《あっけ》に取られた。古くからの友人だと聞いてはいたが、仮にも王である彼に、ここまで気安い態度をとる人物は初めてだ。

「龍覇……放してくれ、苦しい」

やっと落ち着いた央玖が訴《うった》えた。声こそ溜め息混じりだが、表情には親しげでくつろいだ色がある。

対する龍覇も嬉しそうに笑った。

「悪かったな、夕駿《ゆうしゅん》。忙しいところ無理させてよ」

夕駿というのは、公子であることを隠すために、央玖が昔から使っていた偽名だ。

こんなところに国王夫妻が列席していると知れれば、せっかくの楽しい宴が堅苦しいものになってしまう。今日の央玖はあくまでも龍覇の旧友として、この祝いの場にいるのだ。

「それで……こちらが？」

さすがの龍覇も、璃杏に対しては少しだけ畏《かしこ》まった態度になった。

きゃんきゃんとはしゃぎ回る大きな犬が、窮屈《きゅうくつ》そうにお座りをさせられているようで、璃杏は思わず笑ってしまった。

「來華《らいか》と申します」

こちらもあらかじめ決めていた偽名を、しれっと告げる。

自分でない誰かのふりをするというのは、思ったよりも楽しい。婚礼というめでたい席でもあることだし、少々羽目《はめ》を外しても許される気がする。

「はぁー……」

龍覇は眩《まぶ》しいものでも見るように目を細め、腕を組んでしみじみと言った。

「まさかこいつが、こんなに綺麗な嫁さんをもらうことになるとはなぁ」

「『まさかこいつが』って？」

芝居がかって天を仰ぐ龍覇に、璃杏は首を傾《かし》げて尋ねた。

「龍覇さんから見て、この人ってどんな子供だったんですか？　私がときどき尋ねても、あんまり答えてくれなくって」

「そりゃ来華さん。男たるもの、隠しておきたい過去のひとつやふたつはありますよ」

口ではそう言ったくせに、龍覇はにやっと笑って続けた。

「仲間んとこの飼い犬がいなくなって、探しに行ってやったのはいいけど、こいつまで迷子になって大騒ぎになったり？　ガキ同士で木登り競争したら、誰より高く登ったはいいけど、下りられなくなってめそめそ泣いたり？　それから……」

「いくつのときの話だ」

央玖がむっつりと吐き捨てて、璃杏は堪《こら》えきれずに噴《ふ》き出した。

いつでも沈着冷静で、厭味《いやみ》なほど泰然《たいぜん》としている央玖にも、そんな子供時代があったなんて意外すぎる。

「ま、そのたびに助けてやったのが、親友の俺だって話なんですけどね」

龍覇は悪戯《いたずら》っぽく言って片目を閉じた。璃杏が笑い続けていると、央玖は苦虫を噛《か》み潰したような顔で『自称・親友』を押しやった。

「新婚のくせに、人の妻に慣れ慣れしく近寄るな」

「は！　いっぱしに言うようになったなぁ。待ってろ、今に俺の自慢の女房も見せてやる」

呵呵《かか》と笑った龍覇の言葉が終わるか終わらないかのうちに、広間の入り口でどよめきがあがった。

首を巡らせた璃杏は、目を瞠《みは》った。

そこに立っていたのは、蜻蛉《かげろう》の羽のように透ける羅《うすもの》を目深《まぶか》にかぶった娘だった。

璃杏よりも小柄な身体《からだ》に纏《まと》うのは、目も覚めるような深紅《しんく》の上衣《じょうい》と、たっぷりと襞《ひだ》をとった長い裳《も》だ。要所要所に翡翠の飾りを身につけたその色彩は、花婿である龍覇とまったく同じものだった。

（まさか？）

璃杏が瞬《まばた》きをした、そのとき。

シャン――――！

楽士の誰かが鈴を鳴らし、真紅の衣装の娘が顔をあげた。

まだあどけなさを残した、可憐《かれん》な面差《おもざ》し。この場の注目を一身に受けて、紅《べに》を刷《は》いた唇が、うっとりと誘い込むように綻《ほころ》ぶ。

「来たぞ、花嫁のお出ましだ！」

招待客たちの歓声《かんせい》に、やはり彼女が花嫁なのだと知る。しかし何故、こんな登場の仕方をするのだろう。

璃杏が疑問に思った瞬間、花嫁が被っていた羅を、さっと宙に投げ放った。

それを合図に、広間には早鳴る楽《がく》の音《ね》が満ちる。弾けるように鼓《つづみ》が打たれ、高い笛の旋律と月琴の調べが混ざり合う。

花嫁が舞い始めた。

唐突《とうとつ》さに戸惑《とまど》ったものの、璃杏はすぐにその踊りに魅入《みい》らずにはいられなくなった。

周囲の口笛と手拍子に、彼女は愛らしい笑みで応《こた》えながら、複雑な振りを難なくこなした。

細い背中がしなやかに反り、腕に絡《から》ませた領布《ひれ》が立ち上る炎のような螺旋《らせん》を描く。

長い袖が宙になびき、彼女自身がつむじ風と化したかのように、床を蹴って旋回する。

誇張ではなく、見えない羽でも生えているのではないかと思うほど、彼女の身は軽かった。

ただの素人《しろうと》ではこうはいかない。宮廷の宴に招かれる舞姫もかくやと思われるほどの、惚《ほ》れ惚《ぼ》れするような芸だった。

「さすが春蘭《しゅんらん》！」

「逶遙一の舞天女《まいてんにょ》だ！」

周囲の招待客が、興奮の面持ちで口々に声をあげる。

「彼女が春蘭さん。龍覇の花嫁です」

央玖が璃杏の耳元に囁いた。

「この街でもっとも大きな劇場の、売れっ子の舞姫だそうです。大変な評判で、彼女の舞台を見るためには、三月《みつき》は予約待ちをしなければいけないそうですよ」

それでようやく、璃杏はこの趣向に納得した。それほどに人気高く、滅多《めった》に見られない春蘭の舞を、客たちは何よりも楽しみにしていたのだ。

――シャン！

ひときわ高まった曲が、始まりと同じ鈴の音でぴたりと途切れた。

一瞬の静寂の中、息ひとつ乱さず優雅に礼をした舞姫に、割れるような拍手が浴びせられる。

璃杏も思わず夢中になって手を叩いた。

「よかったぞ、春蘭！」

最も大きな声で賞賛したのは、新郎である龍覇だった。春蘭の表情がぱっと輝く。

「龍覇！」

幼《おさな》げな顔立ちを綻ばせた彼女は、龍覇の広げた腕の中に飛び込むように抱きついた。花婿が軽々と花嫁を抱え上げ、たくましい肩の上に座らせて、見せびらかすように練り歩く。

「さぁ皆、存分に飲み食いしてくれ！　俺と春蘭の門出を一緒に祝ってくれよ！」

龍覇の呼びかけに客たちも明るい声で応え、宴はいっそうの盛り上がりを見せ始めた。

璃杏も再び食事に手をつけようとしたのだが、皿の上の料理はいっこうに減らなかった。

——なんとなれば。

「ほら春蘭。あーん、だ」

「ん、おいしい。龍覇も食べて、あーん」

上座に戻った新郎新婦が、人目もはばからず、半分にちぎった胡麻餅《ごまもち》を食べさせあう——春蘭の指ごと咥《くわ》え込んだ龍覇が、花嫁に嬌声《きょうせい》をあげさせる——身をよじって彼の胸を叩く春蘭の唇を、龍覇は悠々と奪い、そんな二人にやんやの喝采《かっさい》が浴びせられる——。

（なんてはしたないことをしているの……!?）

「大丈夫ですか、璃杏様？」

甘いやりとりから目を離せなくなっていた璃杏に、央玖が気遣《づか》うように囁《ささや》いた。

何を心配されているのかと思った瞬間、璃杏の視界がくらりとぶれた。

気がつけば、手にしていた杯がすっかり空《から》になっている。動揺を鎮《しず》めようとして、どれほど強い酒なのかも考えず、無意識に飲み干してしまったらしい。

「あ……」

急速に襲《おそ》ってきた目眩《めまい》に、璃杏の体が傾《かたむ》いた。支えようと伸ばされた央玖の腕を、璃杏はとっさに押しやった。

「い、いいの、大丈夫」

「ですが」

「少し酔ったみたい……どこかでしばらく休ませてもらってくるわ」

璃杏はそそくさと席を立ち、邸の使用人らしい女性に声をかけて、気分が優れないのだと告げた。休息ができるという小部屋に案内してもらいながら、何かがつっかかっているような気のする胸を押さえる。

(私のときは、あんな風《ふう》じゃなかった……)

自分と央玖の婚礼は国をあげての大典であり、どこまでも厳粛《げんしゅく》なものだった。

だが、市井の結婚式というのはあんなにも奔放《ほんぽう》で明るくて――普通の花婿と花嫁は、あそこまで仲睦《なかむつ》まじいものなのだろうか。

(……別に、真似したいなんて思わないわ。あんな恥知らずな振る舞いなんて。人前で、く、唇を合わせるなんて……)

だが、龍覇も春蘭もとても幸せそうだった。

二人の眩《まぶ》しい笑顔が目の前にちらついて、自分と央玖はあんな風に無邪気に笑い合ったことがあっただろうかと考えて――うなだれそうになった璃杏は、あえて昂然《こうぜん》と顔をあげ、歩き続けたのだった。


(あれ？　……私、何をしてるのかしら)

目を覚ました璃杏は、見慣れない部屋の様子に困惑《こんわく》した。

漆塗《うるしぬ》りの花台《かだい》や青磁の壺《つぼ》が飾られた、応接室のような場所だ。

（そうだわ。宴《うたげ》でお酒を飲みすぎて……）

通されたここで榻《ながいす》に横たわり、そのまま眠りこんでしまったらしい。

ほんの少し休んで、すぐに戻るつもりだったのに。あれからどれくらいの時間が過ぎてしまったのだろう。

央玖が心配しているかもしれない――そう思って身を起こしかけたとき、ふいに扉が開いて、さざめくような忍び笑いとともに、二つの人影が入ってきた。

一瞥《いちべつ》するだに鮮烈な、祝い事のための翡翠色と真紅。

（あの二人……⁉）

璃杏はとっさに、隠れるように身を縮《ちぢ》めた。榻の背が入り口を向いていたために、気配を殺した璃杏の姿は、彼らには死角になっていただろう。

――でなければ、いくらなんでも、あんなことを始めるはずがない。

「ん、龍覇。駄目よ、今は……」

「いいだろ、春蘭。そんな綺麗な花嫁姿を見せつけられて、我慢しろってほうが無理だ」

「まだ宴の最中なのよ？　お化粧を直しに行くって言っただけなのに、龍覇までついてくるなんて」

「少しだけだ。すぐ終わらせるから、な？」

「もう、どうしてそんなに勝手なのっ」

言葉だけを聞けば怒っているようだが、春蘭はくすくすと笑っていた。一体何をされているのか、「ん……!」「ひゃうっ」といった、甘やかな悲鳴まで混ざる。

(これって……)

璃杏の鼓動《こどう》はたちまち大きく打ち始めた。

覗いたりはしない。自分はそんな、浅ましいことをするような人間ではない。

それでも耳までは塞げない。少しでも物音を立てれば気づかれてしまいそうだし、それは彼らにひどい恥をかかせることになるのだし……。

(だけど今、こんなところで始めることじゃないでしょう――!?)

璃杏の心の叫びが届くわけもなく、部屋にはどんどん濃密な空気が立ち込めていく。

「立ったまま、いいか? 後ろから……」

熱を帯びた男女の吐息。衣擦《きぬず》れの音と、貪《むさぼ》りあうような口づけの気配。

璃杏とてすでに無垢《むく》な生娘《きむすめ》ではないわけで、何が起こっているのか嫌でも想像できてしまう。この先に始まることを思うと、頭に血がのぼり、喉《のど》がからからに渇《かわ》いた。――と。

「待って、龍覇。やっぱり、このままじゃ……せっかくの衣装が汚れたら嫌」

そんな春蘭の言葉が聞こえて、璃杏は胸中で激しく頷いた。そうだ。そのままきっぱり拒めばいい。

「だったら脱いじまえばいいだろ」

「駄目。この服、飾りがいっぱいで着つけが面倒《めんどう》なんだもん。すぐ戻らなきゃいけないんだから、そんなことしてる暇ないわ」

「くそ、なんだよ……！」

いかにも悔しそうに龍覇が唸《うな》り、璃杏は安堵《あんど》の息をついた。

だが、これで終わりだと思いこんだのは甘かった。

「拗《す》ねないの。……してあげるから」

（——何を？）

疑問に思った璃杏は、何気なく視線を泳がせ、ぎょっとした。

今まで気づかなかったが、この部屋の壁には、螺鈿《らでん》の縁取《ふちど》りが施された大きな鏡がかかっていたのだ。

そこには何もかもが映し出されていた。榻の上で身を縮《ちぢ》めて硬直している璃杏の姿と——まさか見られているとも知らずに、夫婦の戯《たわむ》れに耽《ふけ》る二人の様子が。

「ん、龍覇……すごく熱いよ……？」

長袍の裾を割った龍覇の下肢《かし》には、すでにそそり立った肉塊がほの見えた。春蘭はそれに両手の指を絡め、上下にゆるゆるとしごいている。

「はっ……春、蘭……」

息を弾ませる龍覇に、春蘭は愛らしく首を傾《かし》げた。

「もっと？　強く？」

「ていうか……調子乗ってるってわかってるけど……見たいな。その恰好で、俺の、一生懸命に咥《くわ》えてるとこ」

「もう、馬鹿っ」

そう言いながらも、春蘭はその場に膝をついた。彼女の顔のすぐ正面に、龍覇の雄茎が突き出される位置になる。

直後、璃杏は目を疑った。

春蘭はなんのためらいもなく、握り込んだものの先端に、かぷりと吸いついたのだ。

ちゅ、ちゅっ――と音を立てて甘嚙《あまが》みを繰り返し、やがてその根本までを頰張《ほおば》ってしまう。

可憐《かれん》で小さな口のどこに、あんな大きなものが入ってしまうのか、璃杏にはまるでわからない。

鏡の中に映る龍覇を、璃杏は信じられない思いで睨みつけた。

（なんてひどい男なの……！）

龍覇に抱いていた好意の情が、璃杏の中で音を立てて崩《くず》れた。

春蘭はあくまで舞姫であり、春を売る妓女《ぎじょ》ではないのだ。あんなに屈辱《くつじょく》的で下賤《げせん》なことを、愛する妻にさせるだなんて信じられない。

けれど春蘭は一心に、夫のものを吞み込んで、頭を前後に振り立て続ける。

「んっ……ぅ……ふぅ……っく」

「いいぞ、春蘭。そのまま……そうだ……」

春蘭の肩に手をかけて、龍覇は深い吐息を洩らした。

と、もう一方の彼の手に、春蘭が自《みずか》らの右手を伸ばした。愛《いと》おしげに指を絡《から》め、円《つぶ》らな瞳で龍覇を見上げる。

口は塞がったまま。鏡に映るのは彼女の横顔だけ。

けれど、璃杏はどきりとして息を呑んだ。

まぎれもなく、春蘭が微笑んだとわかったから。

この行為を嫌がる様子など微塵《みじん》もなく、龍覇の横暴を受け入れるように、繋いだ手に力を込める――。

「っ、あ……もう、出るっ……！」

誘われるように、龍覇はあっけない絶頂を迎えた。

がく、がくん、と腰を大きく震わせ、春蘭の頭を深く掻《か》き抱く。

彼の身に何が起こっているのかは、璃杏にももちろん察せられた。

では、つまり春蘭は。

放たれたものを、まさか、あのまま――？

「っふ……」

ようやく龍覇の胴震いが収まり、春蘭が息をつきながら顔を離した。

紅が擦れて剝げた唇の端から、唾液にしては粘っこい液体が糸を引いた。あどけない顔だちをしているだけに、眩暈《めまい》がするほどいやらしい光景だ。

「……ありがとな」

衣装を整えた龍覇が指を伸ばし、春蘭の唇をぬぐった。わずかにばつの悪そうな、けれど、それ以上に満足そうな声で、璃杏の予想を超えたことを口にする。

「全部、飲めたのか？」

「うん……多くて、濃くて、大変だった」

拗《す》ねるように言ったくせに、立ち上がった春蘭は龍覇にぎゅっと抱きついた。

その行動の意味もわからない。さっきからもうずっと、璃杏にはついていけないことばかりだ。

「ね。早く、宴が終わるといいな」

もじもじと言った春蘭の前髪を、龍覇はくしゃりと撫《な》でた。

「お前もしたくなったんだろ？」

「……意地悪」

「わかってるよ、今夜は寝かせない。ちゃんとたっぷりお返ししてやる」

「約束よ？」

あまりにも屈託のない二人の様子に、璃杏は啞然《あぜん》とするほかなかった。今見た光景のすべてがうまく呑み込めず、眩暈《めまい》を堪《こら》えるように目を閉じる。

だから、璃杏は気づかなかった。

龍覇と腕を組み、部屋を出ていこうとする春蘭が、去り際にふとこちらを振り返って、はっと息を吞んだことを。

「あの……ね、央玖」

「はい」

おずおずと呼びかければ、返るのはいつも通りの穏やかな声。

夜着を纏《まと》い、鏡台の前に座した璃杏の髪を、央玖は柘植《つげ》の櫛《くし》を手にして丁寧《ていねい》に梳《くしけず》っていた。

鏡ごしに目が合うと、央玖は柔らかに微笑む。わけもなく心臓が高鳴り、璃杏はやましさを誤魔化《ごまか》すようにうつむいた。

先刻目撃した光景も鏡に映ったものだった——そのことを央玖に言い出せず、自分から声をかけたくせに口ごもってしまう。

「やはりご気分がすぐれないのですか？」

央玖が案じているのは、あくまでも璃杏の体調だ。

結局あのあと、璃杏は宴の場に戻れなかった。すっかりのぼせたようになってしまい、一人で放心していたところを、心配した央玖が迎えにきてくれたのだ。

今の璃杏がいるのは、邸の倒座《とうざ》にある客室だった。

遠方からの客のために、もともと宿泊の準備はされていたので、宴を中座する形になったのは申し訳なかったが、早々に寝《やす》ませてもらうことにしたのだ。

央玖が璃杏の顔を覗き込み、その額に手を当てた。

「少し熱いかもしれませんね。熱冷ましの薬湯《やくとう》をもらってきましょうか」

「……いらないわ」

「ですが」

「いいから。お前は私の夫でしょう？　いつまでも従者みたいな真似はよしなさい！」

とっさに言い放ってしまってから、はっとする。

なんて偉そうに。従者のような真似はよせと言っておきながら、自分のほうこそ主君気どりが抜けていない。

「璃杏様のお世話をするのは、私の趣味のようなものですよ」

気を悪くした様子もなく、央玖は椿の香油が入った小壺を手に取った。掌《てのひら》に塗り伸ばし、璃杏の長い髪に丁寧になじませていく。

「せっかく、女官《じょかん》も連れない気ままな旅なのです。今日くらいは存分に趣味を堪能《たんのう》させてください」

央玖の心遣いはわかっていたが、璃杏はどこかもどかしかった。

央玖にいたわられることも、尽くされることにも、璃杏はすっかり慣れている。髪を梳く仕種など、女官よりも彼のほうが器用なくらいだし、久しぶりにこんな時間をもって、安らぐ気持ちも本当なのに。

「もういいわ」

口を吐《つ》くのは、自分でも可愛《かわい》げがないと思う、突き放したような言葉。

「そうですね。旅疲れもあるでしょうし、早めにお休みになったほうがいいかもしれません」

璃杏の尖《とが》った気配を察したのか、央玖は存外あっさりと身を引いた。

そんな態度までが予定調和のようで、璃杏は無言で臥牀《しんだい》に潜り込んだ。

（……どうして私、苛々《いらいら》してるの？）

自分でも説明のできない感情に振り回されていることが嫌になる。

央玖と出かけられることになって、嬉しかったはずなのに。

どうして——龍覇と春蘭の嬌態《きょうたい》が頭から離れなくて、こんなにもやもやしてしまうのか。

「皇都に戻るのは明後日《あさって》でいいんでしょう？」

遅れて臥牀に入ってきた央玖に、気分を切り替えるように璃杏は言った。

「明日はどうするの。せっかく公務を離れられたんだから、久しぶりにゆっくりしたら？」

「はい。璃杏様のお許しがいただければ、龍覇と街を巡ってきたいと思っています」

央玖が車輿の中から、街の風景を眺めていたことを璃杏は思い出した。

物思いに耽《ふけ》るような表情は、いつもの彼らしくなくて、少し気になっていたのだが——。

「そうね、懐かしい場所もあるでしょうし」

何気なく受け答えしながら、ひそかに落胆する。

（私を誘ってはくれないのね）

本当は自分も一緒に行きたい。

央玖が子供時代を過ごした土地なら、思い出話だって聞きたい。

ただそれだけのことが、けれど、璃杏は素直に言えなかった。

男同士のつき合いに水を差してはいけないとも思うし――そんなふうに甘えたことを言うのは、あまりに自分らしくない気がして。

（……春蘭さんなら違ったかしら）

龍覇の腕にしがみついて、「連れていって」とねだる姿が容易に想像できた。その髪をくしゃくしゃと掻き回し、「仕方ないな」と笑う龍覇の姿も。

「央玖……」

もの言いたげな眼差しで、央玖を見つめるものの。

「駄目ですよ。早くお休みください」

央玖は掛布を引き上げて、璃杏の肩を包み込むように覆った。そのまま耳元に唇を寄せ、悪戯めいた口調で言う。

「ご安心ください。具合の悪い璃杏様に、さすがに悪さはいたしませんから」

「あ、当たり前よ、他人の家でしょう！」

央玖が何をほのめかしているのかに気づき、璃杏は頬を赤らめて背を向けたが。

（せっかく忘れかけてたのに……！）

刺激の強すぎる光景をまた思い出してしまい、その夜はなかなか寝つけなかったのだった。


男連中が出かけるのであれば、女は女同士で。

そんなふうに誘われて、翌日の午後を、璃杏は春蘭と過ごすことになった。

手入れの行き届いた園林《ていえん》の一郭、百日紅《さるすべり》が鮮やかに咲き零《こぼ》れる下には、小造りな四阿《あずまや》が建てられている。

「お口に合うといいんだけど」

愛らしい笑顔を浮かべた春蘭は、今やこの邸《やしき》の女主人であるはずだが、侍女《じじょ》には任せず、手ずから茶を淹《い》れてくれた。世間の女性たちが好んで飲む、美容に良いと言われる花茶だ。

陶器の椀の底で、熱い茶を注がれてたゆたう蕾《つぼみ》が、ほろほろと黄色い花弁を綻《ほころ》ばせる。

「美味《おい》しいわ」

璃杏は一口飲んで答えたが、それ以上の言葉を紡《つむ》げずに沈黙した。

（こういうときって何を話せばいいの？）

春蘭は璃杏のことをあくまで、「夫の友達の奥さん」として見ている。

龍覇も余計なことは喋《しゃべ》っていないようで、気安く接してもらえるのはありがたいのだが、会話の糸口が見つからなくて困ってしまった。

生粋《きっすい》の公主《こうしゅ》の暮らししか知らない璃杏と、市井の舞姫である春蘭。

立場の違いもあるが、そもそも璃杏は、同世代の女性と話をする機会があまりなかった。

女官たちはあくまでも璃杏に仕えるための存在だったし、母親も早くに亡くしており、姉妹もいない。葵宛の貴族の娘たちとはたまに交流することもあったが、誰もが公主である璃杏におもねり、へつらうばかりでうんざりした。

（……私も、央玖のことは言えないかも）

彼に友人がいることに驚いたが、胸襟《きょうきん》を開ける相手が少ないことでは、自分も似たようなものだ。

そんなことを考え、溜め息を嚙《か》み殺していると。

「ごめんなさいね、來華さん」

ふいにそう詫《わ》びられて、璃杏は面食らった。「何が？」と尋《たず》ねれば、春蘭は神妙な顔つきで言葉を続けた。

「昨日のこと」

「昨日の？」

「見てたでしょう？　……鏡で」

「熱っ――！」

驚きに手を滑らせ、璃杏は茶碗を取り落とした。淹れたての茶が卓子《たくし》に広がり、滴《したた》る熱い液体が、膝《ひざ》の上に降りかかった。

「來華さん！」

慌てて回り込んできた春蘭がしゃがみ込み、濡れた襦裙《しゅきん》を手巾で拭《ぬぐ》ってくれる。

「大丈夫？　火傷《やけど》してない？」

心配そうな彼女に、璃杏はかろうじて「平気よ」と答えた。

「ごめんなさい……せっかく淹れてくれたお茶を」

「いいえ、こっちこそびっくりさせちゃって」

ごめんね？　と璃杏を見上げる瞳は、まるで子犬のように黒々としてあどけない。

ふっくらとした柔らかそうな唇に、璃杏の視線は吸い寄せられた。

昨日、この唇で、春蘭は龍覇に――。

「ご……ごめんなさい」

璃杏は急いで目をそらした。なんだかお互いに謝りあってばかりいる。

「覗いたりするつもりじゃなかったの。でも、あの場面じゃ出ていくに出ていけないし……声をかけるのもどうかと思って」

「ううん」

春蘭も気まずそうに口ごもった。

「私たちがいけないの。浮かれて、周りが見えてなくって。とんでもないところを見せちゃって、本当に悪かったわ……恥ずかしい」

春蘭は本心から恥じ入っているようだった。面《おもて》を伏せ、手巾をぎゅっと握り締めて、蚊《か》の鳴くような声で言う。

「私のこと、軽蔑《けいべつ》したでしょ？」

「そんな」

「だって、見ててわかったでしょう？　……龍覇とああいうことするの、初めてじゃないって」

正式な夫婦の契《ちぎ》りを結ぶ前から、璃杏が見たようなことを繰り返していたというわけだ。

未婚の娘が貞節を守るべき道義からすれば、春蘭たちの行いは、確かに褒《ほ》められたものではないのだろうが。

「それは……気にしなくていいんじゃないかしら」

しおれている春蘭を見かねて、璃杏はおずおずと言った。

「私も――なの。初めては、結婚する前に」

「本当⁉」

ぱっと顔を跳ね上げた春蘭に、璃杏は気圧《けお》されつつ頷《うなず》いた。

思い返すと、頬が赤らむけれど。祖国を蹂躙《じゅうりん》された胸の痛みも伴《ともな》うけれど。

あの時、あの場で、央玖と結ばれたことを後悔はしていない。

「よかったぁ……」

春蘭は、心底ほっとしたように息をついた。そうしてやおら瞳を輝かせ、璃杏の座る横長の籐椅子《とういす》に体をねじこんでくる。

「ねぇ聞かせて、來華さんと夕駿さんの話。どこで知り合って、どうして結婚することになったの？」

「べ、別にそんな、大した話なんかじゃないわ」

璃杏はしどろもどろにはぐらかした。

とっさに適当な嘘《うそ》をつければいいのだろうが、人懐っこい春蘭に根掘り葉掘り尋《たず》ねられて、ぼろを出さない自信がなかった。

「それより、春蘭さんたちの話が聞きたいわ」

「私の？」

「ええ。二人とも、すごく仲が良さそうだったし……」

追及をかわすための言葉だったが、これは効果的だったらしい。春蘭は惚気話《のろけ》ができるのが嬉しいようで、弾むような口調で龍覇とのなれそめを話し始めた。

二人が出会ったのは、戦勝を祝う宴席だったという。宴に華を添えるため呼ばれた舞姫の春蘭に、酔漢《すいかん》が無体《むたい》を働こうとしたところを、龍覇が救ってくれたらしい。

「ありがちだって思うでしょ？　でもね、龍覇のほうも、そのときはもうすっかり酔っぱらってて、助平男を撃退した途端にひっくり返っちゃって」

「まぁ」

「一応助けてもらった恩もあるし、一晩介抱してあげたのね。なのに朝になったら、私を助けたことなんてちっとも覚えてないの！　それどころか、自分が手を出したんだって勘違《かんちが》いして、土下座で平謝りしたのよ。間抜《まぬ》けすぎるでしょ？」

「それは……あんまりね」

璃杏は思わず声を立てて笑った。

歳《とし》の近い少女と恋の話をするなんて、初めてのことだ。

身振り手振りを交えながら、小鳥がさえずるように話し続ける春蘭の姿は、同性から見ても可憐で、璃杏は微笑ましい気持ちになった。もし自分に姉妹がいたなら、こんなふうな時間を過ごすこともあっただろうか。

「それでね、龍覇は強いのにすごく優しくて」

「ええ」

「本当にすることになったときも、すごく優しくて」

「ええ……え？」

「私が痛がって、なかなか最後までできなかったんだけど、ゆっくり慣らしてくれたからどうにか……あっ」

硬直してしまった璃杏に気づき、春蘭は我に返ったように口元を押さえた。

「やだ、余計なこと話しすぎちゃった。いつも舞姫仲間の子たちと喋《しゃべ》るときみたいなつもりで……來華さんみたいな上品な人にする話じゃなかったわよね。昨日だって、あんなとこ見られたばかりなのに、私ったら」

「そ……そんなことないわ！」

璃杏はとっさにそう口にした。

——來華さんみたいな上品な人。

その言葉に璃杏は、距離を置かれたような、もどかしい感情を覚えた。

本当の身分を明かしたわけでもないのに、やはり自分は、お高くとまった印象を与えているのだろうか。せっかく春蘭が打ち解けてくれているのに、話の腰を折ってしまうような反応しかできないことが情けなかった。

「……訊《き》いていい？」

口火を切ってみると、璃杏自身、それこそが尋ねたかったことだとわかった。

「その、昨日みたいなことって……あなたたち、いつもしているの？」

「昨日みたいな？」

「だから……」

言葉にするのに、相当な決意を振り絞る。

「く、口で、とか……」

「やっ！」

どん！　と体ごとぶつかられて、璃杏は危うく椅子から転げ落ちそうになった。

「ちょ、ちょっと、春蘭さん……!?」

「やだもう、もうっ」

春蘭は璃杏の腕にしがみつき、肩口にごんごんと頭をぶつけてくる。かなり痛いのだが、どうやら照れ隠しらしいとわかって、無下《むげ》に突き放すこともできない。

そうしてひとしきり身悶《みもだ》えてから。

「いつもかって訊かれれば、違うけど」

「そ、そうよね」

やはりあれはよほど特殊なことなのだ。そう思って璃杏が安堵した瞬間。

「どっちかっていえば、龍覇は挟まれるほうが好きみたい」

「はさ……む？」

「ここで」

ふにゅっ、と自《みず》らの人差し指を、春蘭は「そこ」に埋めた。

あどけない顔立ちとは裏腹の——璃杏のそことは比べものにならないくらいの——豊満に盛り上がった胸の谷間に。

「は、挟んでどうするの⁉」

何を挟むのかは察せられたが、そんなことをする意味と目的がわからない。

「えーと、こう、両側から押しつけるっていうか、絞《しぼ》り込むっていうか……」

問われると素直に答えてしまうところが、春蘭の天真爛漫《てんしんらんまん》さだろう。——話しながら実際に、手本を見せてくれる必要まであるのかどうかはともかく。

「柔らかくて、この世のものとも思えないくらい気持ちいいんですって。そうしながら、先のほうを吸ったり舐《な》めたりするの。そうすると龍覇はすぐに我慢できなくなって、そのまま出されちゃうんだけど……」

その光景を、璃杏は自分と央玖で想像してみた。たちまち全身の血が沸騰《ふっとう》した。

「なんで？　なんでそんなことするの？」

混乱のあまり、詰問は涙声のようになっていたかもしれない。

「普通するの？　皆するの？　どうしてもしなくちゃいけないの？」

「ら、來華さん？」

さっきとは逆に詰め寄られ、春蘭が面食らっている。

璃杏は駄々《だだ》をこねるように訴《うった》えた。

「だってそんなことしても、子供はできないじゃない！」

璃杏の最大にして唯一《ゆいいつ》の務めは、この国の王である央玖の血を引いた男子を産むことだ。

王の子種は何よりも貴重で尊《とうと》いもの。

この胎《はら》に注ぎ込まれる種を受け止め、見事孕《はら》んでみせなければ。

（――そうじゃなきゃ、央玖は他に寵姫《ちょうき》を迎えるかもしれない）

想像するだに、みじめで不安でたまらなくなる。小さく震える璃杏の肩に、春蘭がいたわるように触れた。

「……來華さんは、子供を作るためだけに、夕駿さんと抱き合うの？」

声音《こわね》は優しかったけれど、諭《さと》すような響きだった。

「私も龍覇の子供は欲しいわ。男の子でも女の子でも、どっちに似てても似てなくても、きっとすごく可愛いと思う。……でも、いちいちそんなこと考えながら、龍覇に抱かれてるわけじゃないわ」

愛しい良人《おっと》の姿を思い浮かべるように、春蘭は瞼《まぶた》を伏せた。

「大好きな人と、その人相手にしかできないことを、求めたり求められたりするのが嬉しいの。誰も知らない龍覇の姿を、私だけが独《ひと》り占《じ》めしてるって思ったら、すごくすごく幸せで……」

――怖いくらい気持ちよくなっちゃうの。

はにかむように囁《ささや》かれ、璃杏は毒気を抜かれた。

口にする言葉はあけすけなのに、春蘭はやはりどこまでも可憐なのだった。

「來華さんが嫌だって思うことまで無理にする必要はないだろうけど。夕駿さんの前で、少しは積極的になってみてもいいんじゃない？」

小首を傾げて、春蘭は軽やかに言う。

「案外可愛いわよ？　男の人が気持ちよさそうに悶《もだ》える姿って」

（悶える――央玖が？）

璃杏は思わず真剣に考えてしまった。

央玖とは何度も体を重ねたけれど、彼が余裕をなくして乱れる様など、ほとんど見たことがない。

いつもいつも璃杏が彼の手管に翻弄《ほんろう》されて、あられもない声や姿を晒《さら》してしまうばかりで。

璃杏は低い声で呟いた。

「確かに、やられっぱなしっていうのは私の流儀《りゅうぎ》に反するわ……」

「あの、來華さん？」

「教えて」

璃杏に手を握られて、春蘭は目を白黒させる。

「どうしたら彼に仕返しができるの？　何をしたら『どうか許してください』って言わせられるの？」

「え、えー……その、仕返しとか、そういうんじゃなくてね？　お互いもっと自由に、楽しめばいいんじゃない？　って話で」

「だって、私ばっかり言わされるのは悔しいじゃない！」

「『許してください』って？　夕駿さんって、一体どんなことするわけ……？」

たじろぎながらも、春蘭は求められるまま、彼女の持ちうるすべての知識を伝授した。

やがて日が傾き、四阿の周囲が黄昏《たそがれ》に彩られるようになった頃。

「何話してんだ？　外だってのに、でかい声でとんでもねぇことべらべらと」

「龍覇！」

いつの間に帰ってきたのか、龍覇が呆《あき》れた顔で春蘭の頭に手を置いた。

璃杏は我に返り、慌てて周囲を見回した。龍覇がここにいるということは、央玖も——と思ったのだが、彼の姿はどこにもない。

「あの、うちの人は？」

「ああ、夕駿とは割と早いうちに別れた。なんだか一人で行きたいところがあるらしくてな。まぁそのうち帰ってくるだろ」

そろそろ夕飯の時間だから戻れよ——と気軽に言い置いて、龍覇は邸に入っていった。

（央玖が一人で行きたいところ……？）

残された璃杏は、理由のわからない不安に胸を押さえた。

「來華さん、これは大事《おおごと》かもしれないわよ」

春蘭が声をひそめ、ものものしい口調で言った。

「夕駿さんは、昔この迼遙で暮らしてたことがあったんでしょう？　もしかしたら、過去につき合ってた女の人に会いに行ったのかも……！」

「まさか」

とっさに否定したものの、具体的な言葉にされてしまうと、そんな気がしてくるから怖い。

（でも、央玖が蔡宛に来たのは十一歳のときよ。それ以前に恋人がいるなんて……いくらなんでも、そんな早熟なことって）

ない、とは言い切れなかった。

十一歳のときの央玖がいかに見目麗《うるわ》しい少年であったか、璃杏はよく知っている。彼自身にその気がなくとも、執拗《しつよう》に纏《まと》わりつく年上の女官がどれほど多かったかも。

（それに昨日の夜、央玖は私を誘ってくれなかった――）

考えてみれば、それも不自然な話なのだ。あれほど面倒見のいい央玖が、よく知らない他人の家で璃杏を一人きりにするなんて。

「私にまかせて、來華さん！」

春蘭が胸を叩いて立ち上がった。

「央玖さんを探しにいきましょう。もし他の女と逢《あ》い引きしてるなら、現場を押さえてとっちめなくちゃ！」

まかせて、と言いきるだけあって、春蘭の行動力は実際大したものだった。

「ちょっと人を探してるの」

生まれも育ちも涬遙《ここ》だという彼女は、知り合いにこと欠かない。舞姫としての人気や、人好きのする性格も相まって、街中の人間が春蘭に協力的だった。

「そういう背格好《かっこう》の男なら、あっちで見たなぁ」

「男のくせにやたら綺麗な顔の兄さんだろ？　なんか花抱えて歩いてたから、目立ってたんで覚えてるよ」

「ありがとう！」

人通りの多い場所も、複雑に入り組んだ小路《こみち》も、春欄はためらうことなくずんずん進む。

その間、璃杏はずっと彼女に手を引かれていた。自分の足で、こんなにも長い距離を歩くのは初めてのことかもしれない。

「ま……待って、春蘭さん……もう少し、ゆっくり歩いて」

「あ、ごめん。疲れちゃった？」

息を切らしている璃杏を眺め、春蘭はしみじみと言った。

「來華さんって、やっぱりお嬢様なのね」

「え……」

まさか正体がばれているのかと、璃杏はぎくりとしたが。

「体力ないのもそうだけど、仕種とかいちいち上品だし。ちょっと下世話な話になると、すぐに真っ赤になっちゃうし」

「そ……そうかしら」

「うん。でもそういうところが可愛い」

そういう彼女のほうがよっぽど愛くるしく微笑んでから、春蘭は憤然《ふんぜん》と言った。

「だから夕駿さんが許せないわ。花まで抱えて会いに行くなんて、相手は女に決まってる。これはもう浮気確定ね」

「確定……」

璃杏は力なく呟《つぶや》いた。

まさか央玖がと思うものの、不審《ふしん》な点はいろいろとある。

そもそも多忙な政務の合間を縫《ぬ》って、私情で皇城を空《あ》けること自体、本来の央玖らしくない。

ただ単に龍覇の婚礼を祝いたいだけなら、昨日の夜か今日の朝にでも、帰路についてしかるべきだ。親友の婚儀にかこつけて、逹遙を訪れたい理由があったのだとしか思えなくなってくる。

ただ、もしも本当に会いたい女性がいるのなら、璃杏を伴うのは彼にとっても不都合なはずだが――。

(この間の視察で、央玖が長く留守にしたとき、私が拗《す》ねたから)

機嫌を損ねないようにと思っているのだとしたら、一応は璃杏のことを慮《おもんぱか》ってはいるのかもしれない。

とはいえ、それもずいぶんと馬鹿にされた話だ。夫の浮気のための旅に、何も知らないまま同行させられる妻だなんて。

「……このあたりは静かなのね」

璃杏はぽつりと口にした。

央玖の足取りを追ううち、璃杏たちはいつしか、人気のない街外れを歩いていた。舗装《ほそう》もされていない道はきつい傾斜がかかっており、藍色《あいいろ》の空を背後に街路樹がざわざわと音を立てる。目抜き通りの喧噪《けんそう》もここまでは届かず、うら寂しい空気が漂っていた。

「男女の逢い引きは、人目のない場所でっていうのが鉄則なのよ」

春蘭が相変わらずきっぱりと言い切る。

「でも……ここって」

坂道をのぼりきったところで、璃杏は足を止めた。

彼女の目の前には、白茶けた石の柱に瓦《かわら》屋根のかかった門があった。低い壁で囲われた敷地の中には、薄闇に沈むいくつもの四角い影が見える。

誰かが燃やした紙銭《しせん》の匂《にお》いが、冷たい風に乗って感じられた。

あの世に旅立った死者が金銭に不自由することがないようにと、墓石の前で紙銭を炊き上げるのが、この国での習慣だ。

「逢い引きの場所が墓地？　ますます不謹慎きわまりないわ！」

春蘭が声を荒らげたそのとき。

「なわけねぇだろ、阿呆《あほう》か」

「きゃあっ！」

春蘭の小さな体が宙に浮いた。背後から忍び寄った龍覇が、彼女の腰に腕を回して、米俵を担ぐように肩の上に抱きあげたのだ。

「龍覇！　どうして⁉」

「どうして、じゃねぇよ。夕飯だって言ってんのに、お前が來華さんと一緒に出て行ったって門番が言うから」

呆《あき》れた様子の龍覇に、春蘭は手足をじたばたさせて叫んだ。

「夕駿さんの浮気の証拠を押さえにきたのよ！　龍覇も、友達が人の道に外れたことをしようとしてるんだから、一緒に止めて！」

「ってのが、思い込みの激しいうちの女房の弁なんだが……実際のとこ、どうなんだ？」

龍覇が呼びかけると同時に、墓所の奥から現れた人影があった。――央玖だ。

「來華？」

驚いたように目を瞠《みは》る央玖が、かりそめの名を呼んだ。

離れていたのはたった半日ほどなのに、久しぶりに彼と向き合うような気がして、璃杏は無《む》性《しょう》に落ち着かなくなる。

龍覇から改めて経緯《いきさつ》を聞いた央玖は、苦笑して璃杏を見下ろした。

「春蘭さんの言葉を信じて、ここまできたのか？　私が女と会ってるんじゃないかって？」

「そ……そういうわけじゃないけど……」

璃杏はしどろもどろになった。

春蘭たちの手前なのだろうが、敬語を用いずに話しかけられるのも変な感じだ。

「嘘をつかなくていい。——おいで」

「っ……⁉」

唐突に抱き寄せられて、璃杏の頭は真っ白になった。

璃杏の結髪に鼻先を埋めるようにして、央玖はくすくすと笑っている。

（人前！　人前でこんなこと……！）

「あー、俺らはお邪魔だな。帰るぞ、春蘭」

「ご、ごめんね來華さん！　いろいろ誤解だったみたい！」

溜め息をつく龍覇と、彼に担がれたままの春蘭が遠ざかっていく。

確かに央玖は一人だったし、女がいたような気配は微塵《みじん》もない。

浮気ではなかったのだと、その点はわかって安心したが。

「どうしてこんなところにいたの？」

央玖を見上げて問いかければ、彼の瞳から笑みが引いて、神妙《しんみょう》な顔つきになった。

「今まで、一度も来たことがなかったので」

意味がわからず首を傾げると、央玖は静かに答えた。

「私の――死んだ母が、ここに眠っているのです」

央玖が抱えていたという花は、淡い紫の菖蒲《あやめ》だった。

苔《こけ》むした墓石の前に供えられたそれは、彼の母が好きな花だったのだろうか。すっかり日が落ちた闇の中、吹きつける夜風に、儚《はかな》げな花弁が震えていた。

「……言ってくれればよかったのに」

墓石に向かって手を合わせたあと、璃杏は隣に立つ央玖に呟いた。

「滄遙に来たのは、このためでもあったんでしょう？　黙ってお参りにくるんじゃなくて、最初から私も連れてきてくれればよかったのに……」

恨みがましい言い方をしたつもりはなかったが、央玖は居心地が悪そうに目を伏せた。

「そうしようかとも考えたのですが……やはり、女々《めめ》しいのではないかと思いまして」

いい歳《とし》をした男が、いつまでも死んだ母親にこだわっているようで。

央玖が言っているのは、おそらくそういうことだ。

「馬鹿じゃないの」

璃杏はつっけんどんに言った。

そうしなければ、うっかり瞳を潤ませてしまいそうだった。

「自分の母親も愛せないような非情な男を、私は好きになったつもりはないわ」

「……璃杏様」

央玖が虚を衝《つ》かれたように呟いた。それから、薄く笑って寂しげに続ける。

「その理屈で言うと、実の父親を憎んでいる私は、璃杏様に好かれる資格はないということになりますが」

「黙って」

璃杏はぴしゃりと言い放った。そのまま素っ気なく命じる。

「しゃがんで」

「？　……はい」

不得要領な顔つきながら、央玖は璃杏の言葉に従って地面に片膝をついた。

璃杏は怒ったような表情のまま、その首に腕を回した。ぎゅっと、鳩尾《みぞおち》のあたりに押しつけるように、央玖の頭を抱き寄せる。

央玖が驚いたように息を呑んだのがわかった。

「私も、央玖のお母様にお会いしたかった」

生まれたときから父王に疎《うと》まれ続けた央玖にとって、母親の存在だけが救いだったはずだ。

「本当に、会いたかったのよ」

央玖の母は、紹《りょ》家という下級貴族の一人娘だった。

その美貌《びぼう》と穏やかな気性で、一時は先王の最愛の妾妃《しょうひ》として遇されたが、央玖という不可思議な力を持つ子を産んだことで、あやかしと通じた姦婦《かんぷ》の汚名を着せられ、王の寵愛《ちょうあい》を失った。

彼女は死後、王家の墓に連なることも許されなかった。いわれのない罪に弾劾《だんがい》され、心を病《や》んで自害したために、その亡骸《なきがら》は忌《い》まわしいものとして、生家に送り返されたのだ。

幼かった央玖は、その弔《とむら》いに立ち会うことも禁じられた。

王宮にあげた娘が不名誉な死を遂《と》げたことで、紹家の家名にも瑕《きず》がついた。

央玖の祖父に当たる紹家の主は、やがてこの土地を離れ、今はもう、央玖が少年時代を過ごした邸も人手に渡っているという。

ついさきほど、言葉少なに聞かされた話を思い返すと、央玖を抱く手に力が込もった。

央玖はもう成人していて、こんなにもたくましい体をしているのに、璃杏の知らない子供時分の彼が、傷ついた暗い瞳で立ち尽くしているような気がした。

「璃杏様……」

央玖が顔をあげ、腕を伸ばした。

濡れた頬をぬぐわれ、璃杏はそれで、自分が涙を堪えきれなかったことを知る。

「どうして貴女《あなた》が泣くのです」

「……悔《くや》しくて」

うまく言葉にできる自信はなかったが、璃杏は嗚咽《おえつ》まじりに呟いた。

「もう、間に合わないわ。央玖のお母様にも……お母様を亡くしたときの央玖にも、私はもう会えない……っ」

そこにいたかった。

その当時の璃杏は、やっと物心ついたばかりの子供だったけれど。

出会う前の央玖に、その孤独《こどく》な悲しみに、せめて寄り添っていたかった。

「璃杏様」

央玖が立ち上がり、璃杏の肩を抱き寄せた。震える背中をあやすように撫でられ、璃杏はますますふがいなくなる。

慰《なぐさ》めたいのは自分のほうなのに……そう思う璃杏に、央玖は嚙み締めるように囁いた。

「ありがとうございます。——嬉《うれ》しいです」

「なんで、お礼なんて」

自分は何もしていない。何もできない。それどころか。

不遇な公子《こうし》が人質として差し出されたのをいいことに、その彼を従者にすると宣言し、十年もの間、我儘《わがまま》を押し通してきたのだ。

途切れ途切れにそう伝えると、央玖は「そうです」と瞳を細めた。

「十年間、璃杏様は私を傍《そば》においてくださった」

央玖は璃杏の手を取って、爪先《つまさき》に唇を押し当てた。

「私は従者としての存在意義を賜《たまわ》って、璃杏様だけを見つめることを許されました。気まぐれな貴女に振り回されたことや、腹の立ったことが、一度もなかったとは申しません。けれど、璃杏様の本気の我儘を叶えられるのは私だけです。——璃杏様が本気で甘えてくださるのは、他の誰でもない、私だけです」

違いますか？　と目で問われれば、璃杏はただ頷くしかない。

「我儘で、強がりで……寂しがりやの小さな姫君に、私はいつしか心を奪われました。生涯《しょうがい》そばにいたいと思う大切な人を見つけられたのです。――母を亡くしてから初めて」

爪先から遡《さかのぼ》った唇が、恭《うやうや》しく手の甲に落とされる。

いつもよりも熱い気のする感触に、ぞくりと甘やかな痺《しび》れが腕を走った。

「璃杏様が昔の私を想って泣いてくださる。それだけで過去の私は救われます。生きる気力すらなくしていた、あの頃の自分に言ってやれる。絶望することはない、と――この人のためだけに生きたいと、心から希《こいねが》う相手に出会える未来が必ずあると」

「……大げさよ」

璃杏はようやくそれだけ呟いた。

こんな恥ずかしいことを臆面もなく言えるのが央玖なのだと、わかっていてもこそばゆい。

「璃杏様が追いかけてきてくださって、よかった」

央玖が墓石を眺めながら言った。

「きっと母も喜んでいます。こんなに愛らしく、優しい妻を持てた私を、自慢に思っているでしょうね」

「だから、そんなにできた嫁なんかじゃ……」

「謙遜《けんそん》ですか？　珍しいな」

「珍しいって何よ！　央玖の思う私って、どれだけ傲慢《ごうまん》なの⁉」

思わず癇癪《かんしゃく》を起こす璃杏を、央玖は愛おしそうにきつく抱き締めた。

「傲慢でも高飛車《たかびしゃ》でもいいですから、ずっと傍にいてください」

「高飛車とまで言ったわね⁉」

「約束してください」

間近に迫った瞳の、渇望《かつぼう》するような光に負ける。

央玖の袖を握り、璃杏は消え入りそうな声で告げた。

「……傍にいるわ」

耳が熱い。

きっと頬も赤い。

こんな言葉、婚礼の誓いのときにも言わされなかった。

「私は、央玖と死ぬまで一緒にいたい――。十年前には間に合わなかったけど、この先、央玖に悲しいことやつらいことがあるなら……私も全部一緒に背負うわ」

「璃杏様――」

央玖の表情は、いっそ凶暴なほどだった。

お墓の前なのだから、と止めることすら間に合わない。

照れくさい約束を紡《つむ》いだ唇を、噛みつくように塞がれて、「せめて場所を移してからにするんだった」と、璃杏は乱れる息の合間に後悔した。

「だめ、央玖、待って……」

「もう充分待ちました」

「でも、ここじゃ」

「墓所でも、帰り道の間も堪《こら》えました。これ以上は無理な相談です」

「や、やだ、あっ……！」

抱き締められて身をよじるが、央玖は慣れた手つきで、胸高に締めた帯の結び目を探り当てる。締めつけが緩む感覚に、璃杏は焦《あせ》って声をあげた。

「ここは人の家なのよ⁉」

龍覇の邸に戻って客間の扉を閉めるなり、央玖は璃杏を抱きすくめ、墓所でのとき以上に深々と唇を奪ったのだ。

巧《たく》みな舌遣《したづか》いに璃杏の体はたちまち火照《ほて》り、普段のように流されてしまいそうになる。

とはいえ、客人として泊めてもらっている場所で、淫《みだ》らな行いには及べない。

後宮の臥所《しんしつ》にはいつも情交の痕《あと》がくっきりと残って、敷布を取り替える女官にさえ気まずい思いをしているくらいだ。ここで情事が行われたと知られるなんて、そんな恥ずかしいことは――。

「龍覇なら気にしませんよ」

璃杏の戸惑《とまど》いを見透かしたかのように、央玖は言った。

もがく璃杏を軽々と抱きあげ、臥牀《しんだい》の帳《とばり》をくぐる。

「むしろ、何もしていないとわかるほうが心配されてしまいます。悔しいことに私はまだ、彼にとっては頼りない弟分らしいので」

「私は嫌よ！」

央玖が一人前の男になった証《あかし》のように、睦《むつ》み合った事実を残されるなんて冗談じゃない。

訴《うった》える璃杏を、央玖はいともたやすく褥《しとね》の上に組み敷いた。

「さきほどは慰めてくださったでしょう？」

邪気のない微笑みとともに言うのだから、ずるい。

「あんなに嬉しい言葉をいただいておいて、煽《あお》られない男なんていませんよ」

「それとこれとは……っ」

反論は、またしても唇で塞がれる。

抵抗の意志を奪うだけの長さで、執拗《しつよう》に舌《した》を絡めておいてから、

「貴女が思うよりずっと、男というのは単純なものなのですよ」

「た……んじゅん……？」

「好きな相手とこんなことをするだけで、簡単に立ち直ってしまうという意味です」

「そ……即物的すぎるわっ」

「そうですね」

くつくつと喉を鳴らす央玖に呆《あき》れてしまう。

（でも、――今日だけは多目に見てあげる）

央玖が笑っている。

笑いながら、その指は、唇は、すぐに不埒な真似をしようとするけれど。

璃杏が諦めて体の力を抜くと、その瞳はますます嬉しげに細まる。そんな顔を見せられたら――拒《こば》めない。

「あ……」

かろうじてひっかかっていただけの帯が取り払われた。はだける衣《ころも》を、央玖の手が泳ぐように大きく掻き分ける。

露《あらわ》になった白い肩を、央玖は何かの果実でもあるかのようにやんわりと噛んだ。

「んっ……」

果汁を啜《すす》ろうとするように吸いついてくる唇と、淡い痛みをもたらす力具合とが、璃杏の官能に火を灯す。

同じことをされたいと疼《うず》き出す場所の近くに、央玖は唇を移した。乳房《ちぶさ》の裾野からその頂《いただき》にかけて、甘噛みをされた痕《あと》が花弁のように散る。

「まだ触れてもいないのに……こんなに硬くして」

膨《ふく》らみを揉《も》みしだかれながら、中心で尖《とが》ってしまった乳首を、見せつけるように舐《な》められた。

「ほら。こうすると、私の舌を押し返してきますよ」

「あ、押しちゃ、やぁ……！」

赤く色づいて膨れた先端を、舌先で押し込めるように刺激される。

逆側の蕾《つぼみ》は指先でつままれ、ねじるように捏《こ》ねられた。どちらも信じられないくらい硬く勃《た》ち上がっていることが、恥ずかしくてたまらない。

「これは嫌？　では、どうされるのがお好きですか？」

笑いまじりの、嬲《なぶ》るような問いかけ。

「強く吸われるのがいいですか？　それとも、舌で弾くように？　飴《あめ》のようにじっくりと、長い時間をかけて舐めましょうか」

そんなことを訊かれても、答えられないに決まっているのに。

「ときどき痛くされるのも、お嫌いではないですよね。……こんなふうに」

かりっと強めに歯を立てられて、悲鳴じみた声が洩《も》れる。

「あぁっ……！」

痛かった。

苛《いじ》められた。

ひどいとなじっていいはずだった。

なのに――。

（襦裙《じゆくん》が汚れちゃう……）

ずくずくと疼く足の間から滲《にじ》むものが、高価な布地を湿らせているのがはっきりわかった。

粗相《そそう》をしてしまったようで気持ちが悪く、それ以上に恥ずかしい。なんとか央玖に気づかれなければいいと思うけれど、きっとほどなくばれてしまう。

「痛かったですか？　可哀《かわい》そうに、こんなに腫《は》れてしまいましたね。……可憐な桃の蕾のようだ」

じんじんと痺《しび》れ、鮮やかな色に染まった乳首を、央玖はさきほどとはうって変わった丁寧さで、ゆっくり舌で転がした。怪我をした子猫を親猫が舐めて癒《いや》すような、情愛と優しさに満ちた仕種だった。

「や……嫌っ……」

嚙まれた痛みが拡散していく代わりに、今度こそ誤魔化しようのない愉悦《ゆえつ》が湧きあがる。

素直に身を委《ゆだ》ねるにはまだ理性が邪魔をして、意味もなくかぶりを振る璃杏に、央玖は溜め息をついた。

「痛くしても、優しくしても駄目ですか？　璃杏様はもう、私とこんなことをするのが嫌になってしまわれましたか……？」

「違っ……」

傷ついたような央玖の様子に、とっさに声をあげると、

「そうですね」

央玖の膝が、璃杏の足を広げて割り入り、その付け根に押し当てられた。

「本当にお嫌なら、襦裙がここまで湿るほど、淫《みだ》らな蜜《みつ》を溢《あふ》れさせるはずはない」

「あ、あっ、やだ……やめて……！」

膝頭で突き上げるように刺激されて、璃杏は泣きそうになった。

指や唇で愛撫《あいぶ》されるときとはまるで違う乱暴さなのに、ひそかに感じていたことまで暴かれて、被虐《ひぎゃく》的な快感に打ち震える。

身をよじる璃杏を抱き締めて、央玖はその耳元に口を寄せた。

「嫌がるふりの璃杏様も可愛らしいですが、たまには素直な姿も見せてください」

熱っぽい訴《うった》えに、璃杏は困惑《こんわく》して瞳を瞬《まばた》かせた。

「素直って……？」

「私と過ごすこの時間を、璃杏様も望んでいらっしゃるのだと思わせてくださいませんか？」

「望んで……ないわけじゃ、ないけど……」

「なら今夜は、『嫌』と『やめて』は禁句です」

璃杏の唇を人差し指で封じて、央玖は艶然《えんぜん》と微笑んだ。

そんなに「嫌」とばかり言っているつもりはないし、口にしているとしても、さして深い意味はない。

それでも、璃杏がおずおずと頷《うなず》いたのは、昼間に春蘭に言われた言葉が、ふいに脳裏《のうり》に蘇《よみがえ》ったからだ。

『夕駿さんの前で、少しは積極的になってみてもいいんじゃない？』

（そういえば、春蘭さんにいろいろ教えてもらったんだったわ――）

璃杏は考え込みながら央玖を見上げた。それをねだる仕種と受け取ったのか、央玖が誘い込まれるように口づける。

「ん、ふっ……ぁ」

他の人と比べたことなどないからわからないけれど、央玖の舌は厚いと思う。

口腔《こうこう》で躍るそれは、歯列を辿り、口蓋《こうがい》をくすぐって、璃杏の喉から甘い声をいくらでも引き出した。

そうしながら、央玖はよどみのない手つきで髪に差した簪《かんざし》を抜き、璃杏の纏《まと》う衣をあまさず脱がしきってしまう。

生まれたままの姿にされて心細くなるのも一瞬、たくましい体に抱き締められれば、胸の奥がじんと温《ぬく》もった。

「央玖……」

彼の体温をもっと直に感じたい。そう思った璃杏は、ためらいがちに彼の帯に手をかけた。

「私が……脱がせても、いい……?」

央玖が驚いたように目を瞠《みは》った。

一拍置いて、璃杏に覆《おお》いかぶさった姿勢から身を起こす。呆《あき》れられてしまったのかと慌てたが、臥牀の上に座り直した央玖は、くつろいだ様子で「どうぞ」と微笑んだ。

「じゃあ……」

璃杏も起き上がり、央玖の前にちょこんと膝を揃《そろ》えて座った。

長い髪で隠されている部分もあるが、自分だけ素裸《すはだか》では落ち着かない。そして央玖は、場合によっては、行為の最後まですべての衣を脱がないこともある。

（私だけ恥ずかしい思いをするのは嫌だから……だからよ）

理由をつけて自分を励まし、再び帯に手をかける。

男性用の帯は、女性のそれに比べればずっと簡単に結ばれているのに、初めての経験に戸惑う手はもたついて、ずいぶん時間がかかってしまった。

（……できた）

ほっと息をついても、それで終わりではない。

さっきまで外出をしていた央玖は、夜着《よぎ》のときとは違い、袍《ほう》の下にも衣《ころも》を重ねているのだ。

そのすべての帯を解き、綾紐《あやひも》でできた鈕釦《ぼたん》を外し――たどたどしくも一生懸命に脱がせていくと、央玖がくすりと笑った。

「なんだか照れてしまいますね」

答える言葉が思い浮かばず、璃杏は目をそらした。

最後の一枚、肌着代わりの衫《さん》を脱がせると、しなやかな筋肉に覆われた上半身がようやく露《あらわ》になった。

（……やっぱり、綺麗）

見るのは初めてというわけでもないのに、均整の取れた夫の肢体に目を奪われ、ふいに恥ずかしくなる。

とにかく脱がせることはしたのだと身を引こうとした途端、手首を掴まれてぐいと引かれた。

雄々しいと見惚れたばかりの胸に、軽く額をぶつけてしまう。

「これだけですか」

「だけ、って？」

「珍しく璃杏様が積極的で嬉しかったのですが、それはもうおしまいですか？」

積極的。

春蘭が口にした言葉を、央玖にも言われた。

（これ以上、何を……）

まだ下衣さえ脱がせていないけれど、璃杏にはこれだけでも勇気を振り絞《しぼ》った行動なのだ。央玖と肌を合わせるときは、璃杏から何かをすることなんてなくて。いつも彼にすべてを委《ゆだ》ねるばかりで――。

（でも、それだから央玖の好き勝手にされるのよ）

璃杏ははっと思い直した。

一晩に三度も四度も挑まれたり、足腰が立たなくなるほどに激しく抱かれたり。

（そうよ――仕返しをしてやりたいって思ったんじゃない）

「央玖」

璃杏は意を決し、凛《りん》とした声で言いつけた。

「今日は、私のすることに従いなさい」

「……璃杏様？」

「逆らっては駄目よ」

命じたものの、このときはまだ、そこまでのことをするつもりではなかった。

春蘭に授けられた様々な知識の中で、今の自分にもできそうなことを思い出す。

央玖の肩に手をかけ、膝立ちになって伸び上がる。黒髪の間から覗く形の良い耳朶《じだ》を、璃杏はそっと唇で食《は》んだ。

「っ……」

央玖がかすかな声を洩らした。

単純に驚いたのか、感じたのかがわからなくて、今度は舌を這わせてみる。耳の付け根や裏側の皮膚を舐めると、震えるような吐息が聞こえて、璃杏のためらいも薄らいだ。

(私も、こうされると気持ちいいもの)

『基本的には、自分がされてよかったことを、そのましてあげればいいの』

春蘭の言葉に従って、唇を耳から首筋に落としていく。

喉の中心の、わずかに隆起した箇所に口づけると、そこが大きく上下した。

むき出しになった肩が少し寒そうで、ゆっくりと手で撫でおろす。

璃杏を軽々と抱き上げる腕は、着物の上から見るよりずっとしっかりとしていて、その硬さにさえどきどきした。

自分は今、生まれて初めて、意志をもって男の肌に触れている。

彼を快感に導くために、次にできそうなことは――。

「ふっ……く」

央玖が息を詰めた。

胸の左右、あるかなきかの突起を、璃杏がさするように撫でたのだ。

「くすぐったい、です、璃杏様」

央玖の肩が震えているのは、笑いを堪《こら》えているからだろうか。

やはり女性と同じようには感じないのか——と落胆した璃杏だが、央玖の顔を見上げて、もう少し続けてみることにした。

央玖は眉根《まゆね》を寄せ、苦痛に耐えるような表情をしていた。ただ単に笑うのを我慢しているだけなら、もっと頬も口元も緩《ゆる》むだろう。

(私も、初めはくすぐったかったけど、今は触られると気持ちのいい場所がいっぱいあるわ)

背中や、内腿《うちもも》や、耳の内側。腋下《えきか》を舐められてさえ感じてしまうのだから、央玖も同じように快感を覚えるようになるかもしれない。

「我慢して？」

上目遣いになって囁くと、央玖は戸惑うように瞳を揺らしたが、結局は璃杏の好きにさせることにしたらしい。

広い胸板の上、皮膚《ひふ》の色がかすかに変わる境目を、璃杏は円を描くようになぞった。何度かそうしているうちに、指の腹に触れる感覚が変わる。

ぷつりと膨れ上がる、小さくとも確かな手ごたえに、璃杏は唇を寄せた。ちゅっと音を立てるように吸いつくと、央玖の体が強張《こわば》った。

「な、んですか……これは」

「気持ちよくない？」

「正直、よくわかりません……でも」

璃杏の後頭部を抱き寄せて、央玖が浅い息をつく。

「璃杏様がしてくださることなら、私はなんでも嬉しいです」

その答えに、璃杏は満足と反発を半分ずつ覚えた。

央玖が嬉しがっているのなら、それはそれでいい。

けれど、璃杏の今夜の目的は、央玖に「仕返しをする」ことなのだ。いつも璃杏だけが乱れさせられていることの報復に、央玖を同じくらい追いつめてやりたい。

「どうすればいいのか言いなさい」

「どうすれば——ですか？」

「さっき私には訊《き》いたでしょう」

強くすればいいのか、舌で弾くようにすればいいのか——と、璃杏の羞恥を煽るように。

「璃杏様はお答えくださいませんでしたよ？」

央玖は苦笑し、璃杏の乳房をふいに両手ですくいあげた。

「指や舌もよいですが、こちらで擦ってみてくださいませんか？」

そう言って央玖が親指でこねるのは、桃の蕾に喩《たと》えられた乳房の先端だ。

互いの胸の頂《いただき》を擦りつけ合いたい——ということだと理解して、璃杏は真っ赤になって拒《こば》もうとしたが、

「ん……！」

背中に片腕を回され、密着させられたために、まろやかな乳房が央玖の胸で潰れた。逆の手が揺さぶりをかけて、先端の当たる先を定める。

乳首同士が触れ合わされ、めりこんで、尖ったその形を歪ませた。

「あ、嫌っ……」

「『嫌』は禁止だと申し上げたはずです」

「でも、こんな……！」

ものすごく淫《みだ》らなことをされている気がして、璃杏は顔をそむけた。

この上なく鋭敏になってしまっている乳首は、央玖の小さな突起に擦れるだけでも、痺れるような刺激が走る。

「ああ、だんだんよくなってきました」

「ほ、ほん、とっ……？」

「璃杏様が感じていらっしゃるのがうつったようです」

「感じて、なんか、っ」

「嘘ばかりつく舌は噛み切りますよ？」

噛み切りこそされなかったものの、唇を犯され、舌の根が痺れるほどに強く吸われて、璃杏

は息も絶え絶えになった。

(これじゃ、いつもと同じじゃない――!)

「よくなってきた」と言うくせに、央玖の口ぶりにはまだ余裕がある。結局は彼の思うままにされて、喘《あえ》いでいるのは璃杏ばかりだ。

(こんなやり方じゃ、まだ生《なま》ぬるいんだわ)

生来の負けん気が頭をもたげ、璃杏は思い切って央玖の下肢《かし》に手を伸ばした。

布越しではあったが、敏感な場所を握り込まれて、さすがに央玖がぎくりとする。

その隙に璃杏は素早く下衣の腰帯を解いた。勢いにまかせてずらした布地から、ほとんど正視したこともない雄茎が弾むように顔を出した。

(確か、これを……)

遮《さえぎ》るもののない状態で両手を添えると、それは予想以上に熱かった。汗をかくような場所なのかはわからないが、掌に吸いつくようなしっとりとした感触もある。

直《じか》に触るのはこれが初めてだ。璃杏はこくりと息を呑み、ゆるゆると上下に擦り始めた。

「く……」

央玖がわずかに前屈《まえかが》みになり、熱い吐息を洩らした。

手の中の塊《かたまり》がより硬くなるのを感じて、璃杏はそわそわした。

(間違って、ない?)

央玖の反応を窺《うかが》いながら、春蘭に教えられたことを忠実に再現していく。

始めはゆっくり。徐々《じょじょ》に速く。

片手で擦《こす》りあげながら、もう片方の手で、根本に下がっている袋のようなものを撫でさする。下から包み込み、やんわりと揉《も》みしだくようにすると、央玖が呻《うめ》き声をあげ、璃杏の肩を摑んで押しやった。

「璃杏様……どこで、こんな」

怖いような瞳《ひとみ》で睨《にら》まれる。

やはり何か間違っていたのだろうかと、璃杏はおずおずと答えた。

「あの……教えてもらったんだけど」

「誰に──まさか、龍覇に!?」

「龍覇さん？」

一瞬きょとんとした璃杏は、何を疑われているのかに気づき、かっとなって叫んだ。

「馬鹿《ばか》ね、そんなはずないでしょ！」

「ですが、あいつは昔から手が早いから」

「教えてくれたのは春蘭さんよ！」

「──は？」

今度は央玖が惚《ほう》けた顔をする番だった。

それで璃杏は、宴を抜けたときに目撃した光景について、語らなければいけなくなった。詳細に話すことはさすがに憚《はばか》られたので、具体的に何をしていたのかは、うやむやに誤魔化しながらではあったが。

初めこそ目を丸くして聞いていた央玖は、やがて小さく苦笑した。

「なるほど……二人が睦《むつ》み合っているのを見て、璃杏様も触発されてしまったと？」

「触発っていうか……私が知らないこととか、してたから……」

「では、どうぞ存分に」

央玖は璃杏の手首を摑み、再び己自身に導いた。

「璃杏様がどれだけのことをご存じなのか、拝見させていただきましょう」

どうにもからかわれている気がする。

璃杏はむっとし、握らされたものを絞るように力を込めた。央玖が痛そうに顔をしかめたのに溜飲《りゅういん》を下げて、今度は少し優しく撫《な》でてやる。

話している間に少し硬さを失っていたそれは、たちまち鋭い角度を取り戻した。

男は単純、と言っていた央玖自身の言葉を思い出し、璃杏はこっそり笑う。それとも、触れているのが璃杏だからこうなるのだろうか。

そうだったらいい。

自分だけが、こうして央玖を感じさせられるのならいい。

他の誰にも、同じ反応なんてしてほしくない。

そのかわり、自分にできることはしてあげるから。

できないと思っていたことでさえ、してみようかという気持ちになるから。

璃杏はゆっくりと体を屈めた。

長い髪がさらりと帳のように降りて、央玖の目からは、璃杏のすることは見えないはずだった。けれど――。

「璃杏様……!?」

央玖の腰がとっさに引かれた。

手で触れたときよりもずっと、それは硬く、熱かった。

ほんの先端を唇で捉《とら》えただけなのに、今にも爆《は》ぜてしまいそうに。

「璃杏様、駄目です、いけません――」

央玖が本気で苦しそうに言った。

璃杏は顔をあげ、不安になって尋《たず》ねた。

「どうして止めるの？」

「さすがに、これは……璃杏様がなさるようなことではありません」

「なんで!?」

軽蔑《けいべつ》されてしまったのか。

やはり女性からこんなことをするのは、はしたなすぎるのだろうか。

（でも、春蘭さんはしてたのに。龍覇さんも嬉しそうだったのに）

（二人は、すごく仲が良さそうだったのに――）

「璃杏様？」

悲しげに眉を下げた璃杏に、央玖がうろたえたように言った。

「すみません。ですが、やはり畏《おそ》れ多くて」

「私が公主《こうしゅ》だから？　長い間、央玖の主だったから？」

璃杏は声を詰《つ》まらせた。

拒絶されたのでないことはわかっている。

それでもやはり、自分と央玖の間には、かたくなな一線があるのだ。

「……羨《うらや》ましかったの」

うつむいたまま、璃杏はほろりと本音を零《こぼ》した。

「春蘭さんと龍覇さんが。人前でもあんなふうに仲良くできて、お互いに遠慮がなくて――」

心に隔てがないから、互いの身体《からだ》をすみずみまで愛することにもためらわない。

恥ずかしいことや淫らなことでも、相手を心地よくさせて、それを自分の喜びに感じられるなら、何も間違ったことではないのだ。

「私は、もう央玖の妻でしょう……？」

「――嫌では、ないのですか？」

央玖は璃杏の唇を親指でなぞり、瞳の奥を探るように覗きこんだ。

「無理をされているのではないのですね？　汚いとか、おぞましいと感じているのを、我慢なさっているのでは……？」

「してないわ」

間髪《かんはつ》を置かず答えられるほどに、それは偽《いつわ》りのない本心だった。

璃杏はつんと顎《あご》をそらし、わざと居丈高《いたけだか》に言った。

「私が、お前相手に我慢なんてしたことがあった?」

「……十年間、たったの一度も」

視線を交わし合い、同時に噴き出す。

次の瞬間、璃杏は息もできないほど強く抱き締められた。

「貴女が愛おしいです、璃杏様」

「――私もよ」

髪を梳かれる感触が優しくて、璃杏はうっとりと目を閉じる。

その眦《まなじり》に短く口づけ、央玖は秘密めかして囁いた。

「一緒に、同じだけ気持ちよくなれる方法を試しても?」

「ええ。……どうするの?」

「私が横になりますから、頭を跨《また》いで、上に乗ってください。璃杏様のお顔はそちらに向けて――」

腰を掴まれて導かれ、言葉通りにしてしまってから、璃杏は四つん這《ば》いの姿勢で硬直した。

頭を入れ違いにして、それぞれの秘所が、互いの目と鼻の先にあるこの体勢。

こんなことは、春蘭にも教えられていない。

激しすぎる羞恥に目がくらんだが、央玖の腕は璃杏の腰を強く抱いて放さない。何もされていないうちから勝手に潤《うる》みきっている蜜口《みつくち》に、央玖がふっと息を吹きかけた。

「はぁんっ！」

璃杏の腿が戦慄《わなな》き、膝ががくりと崩れかけた。そうするとますます央玖の顔に恥ずかしい場所を近づけてしまう。

濡れに濡れた襞《ひだ》を、央玖の指が左右からくちゅりと掻き分けた。ひたひたと軽く叩くようにされるたび、臥所《ふしど》には卑猥《ひわい》な水音が響く。

「すごいな……こんなに糸を引いていますよ」

「ん、央玖がそんな、触るから、ぁっ」

「甘い匂いがします……味わっても？」

いいと答えてもいないのに、央玖は首をもたげて璃杏の秘部に吸いついた。

「あぁ、ああ、はぁっ……！」

ただでさえ濡れているところにたっぷりと唾液をまぶされ、色づいた二枚の花弁を大胆に舐めしゃぶられた。ひとりでに顔を出した微小な花芽は、指の先でこりこりと刺激されて、痛いほどに腫《は》れあがってしまう。

「うっ、ふ、あん、あぁっ！」

「これは好き？」

「ん、うん、気持ち、い……っ」

「璃杏様も……できますか？」

感じすぎてぼうっとした頭に、のろのろと理解が届く。

目の前にそそり立つものに、璃杏はすがるように指をかけた。二、三度擦り立ててから、飢《う》えを満たすような衝動で、剛直の半分ほどを口に含む。

「んっ……」

海水を薄めたようなかすかな塩気と、雄の香りとしか形容のできない匂いを、璃杏の舌は直に感じた。

思っていた通りに不快ではなかった。――むしろ。

(あ……また、大きくなった……)

口蓋《こうがい》に硬い弾力が触れ、みるみる質量を増していく。その感触が予想外に心地いい。

少しだけ舌を動かして舐《な》めると、びくんと大きく根本から揺れた。普段は取り澄ましている央玖とは別の、我慢を知らない生き物のようだ。

(……これ、嫌いじゃないかも)

璃杏は頭を深く沈め、できる限りを口の中に収めようとした。

そうしてみると、央玖のそれは、目で見る以上に大きいことを思い知らされる。根本まで咥《くわ》えきらず喉の奥に当たってしまい、こほこほと咳《せ》き込むと、央玖が背中を撫でてくれた。

「無理をしないで。ゆっくりでいいです」

「ゆっくりでも気持ちいいの？」

「充分です。……あまり激しくされると、男の面目《めんぼく》が保てないことになりそうなので」

「……ふぅん？」

央玖が何を言っているのか、深く考えることはしなかった。

輪にした指を絡めて擦り、舌で愛撫《あいぶ》することに、璃杏はすぐに夢中になった。

角度を変えて首を振ると、頰の内側の柔らかい場所に先端が触れて、央玖が低い声で呻《うめ》く。

彼を感じさせているのだと思えば、ただ嬉しく、愛おしく、及び腰になっていた自分が馬鹿みたいだと思った。

「ねぇ……ちゃんと、できてる？」

「ええ、とてもお上手です」

「何か出てきたわ。これは、子種？」

少ししょっぱい味を感じて、璃杏は口を離して凝視する。

蛇の頭のような赤黒い先端に、朝露にも似た透明な雫《しずく》が、今もじわじわと滲《にじ》み出ていた。ぬるついたその液を指で塗《ぬ》り広げると、にちゃりと粘着質な音が立った。

「子種ではありませんが……気持ちがいいと出るのです。璃杏様と一緒ですよ」

「ん……あっ！」

央玖が再び口淫《こういん》を施し始めた。

尖らせた舌を小刻みに動かし、露出した欲望の芽を刺激する。揺れる璃杏の腰を押さえつけ、秘口にも指をじゅくじゅくと抜き差しして、逃げ場のない快感の袋小路に追いつめる。

「あ……あぁあ、はぁ……ん……」

「休まないで。続けてください」

「ん……うんっ……あ、んむっ……」

央玖が与えてくれるのと同じだけの快感を返したいと、懸命に肉茎をしゃぶってみても、もはや集中できなかった。

自分の喘ぎ声で呼吸もままならなくて、口を塞ぐとますます息苦しくて。

「だめぇ……そんな、したら、央玖の、できな……っ」

「できない？」

央玖ががっかりしたように言った。

それが装った口調だと、普段の璃杏なら気づいたのだろうが、熱に浮かされたような今の状態ではわからない。

「璃杏様のお口でいかせていただけるのだと、期待してしまっていました」

「あ……ん、頑張《がんば》る……するから、舐めるの、やめてぇ……」

「私は璃杏様と一緒にいきたいんです」

「そんな……無理、よ」

せめて手でしごいてみるが、この姿勢自体がそろそろ苦しい。

四肢《しし》から力が抜け、とうとう央玖の上にぐったりと伏してしまった璃杏に、央玖は「仕方ありませんね」と囁いた。

「あんっ」

璃杏の体が反転し、背中が敷布についた。

臥牀《しんだい》がぎしりときしんだ。央玖が膝立ちになり、仰向《あおむ》けになった璃杏を覗き込む。

「私はこれをどう鎮《しず》めればよいですか？」

はちきれんばかりになった、足の間のもののことだ。

「口で……」

璃杏は言いかけ、言葉を止めた。央玖の期待に応えたかったが、もう璃杏自身も限界だ。

「ごめんなさい……」

璃杏は細い声で謝った。

「また、するから……次はちゃんとするから……ねぇ、今は……」

「どこに収めればよいですか？」

「私の……」

そこでやっと璃杏は、央玖に誘導されていることに気づいた。

「言わせるんじゃないわっ！」

「おっと」

ひらめかせた手を、央玖はやすやすと捕まえて、そのまま璃杏の上にのしかかった。

わざとなのか偶然なのか、張りつめた肉茎が秘唇《ひしん》の合間に寄り添う。

璃杏はひくりと息を詰めた。

もう一気に貫かれても構わないくらい、そこは熱く蕩《とろ》けきっているのに。

「あ……何、して……？」

央玖自身の、傘に喩《たと》えれば柄にあたる部分が、璃杏の愛液を纏《まと》って表面を滑った。

それだけでももちろん感じるけれど、欲しいところに届かない歯がゆさのほうが先立った。

「あん、あっ、あ……」

「これもなかなか具合がいいですね……私はこのままでもいけそうです」

「や……嫌っ！」

半端な刺激がもどかしくて、璃杏は声をあげた。

「いつものがいいの……ねぇ……ねぇ……」

「いつもの、とは？」

わかっているくせに央玖はとぼける。

璃杏がそれを簡単に口にできないことまで、ちゃんと知っているくせに。

けれど璃杏が屈服しなければ、この生殺《なま》しのような状態は延々と続くのだろう。

弱火で炙《あぶ》られるような快感に苦しめられながら、璃杏は己《おのれ》の浅慮《せんりょ》さを思い知った。

閨《ねや》の内で央玖に勝とうなんて、どだい無理だったのだ。

「……れて」

璃杏は瞳を潤ませて懇願《こんがん》した。

「入れて……もう、これ、すぐ……」

「どこに？」

「わ、わからな……っ」

かぶりを振ったのは、本当にわからなかったからだ。

自分のその場所を言い表す言葉を、璃杏は正確には知らなかった。世間ではとても俗めいた、いやらしい言い方があるのだろうけど、深窓《しんそう》の姫君だった璃杏が、そんなものを耳にする機会はなかったから。

「言わないと、あげられませんよ」

「ほんとに知らないのっ」

「じゃあ考えて。璃杏様自身の言葉で、言ってごらんなさい？　……ほら」

「あ——！」

指でいえば、ほんの第一関節ほどまで。

それだけの浅さで、央玖の分身が蜜口にくぷりと沈められた。

入口を少し割られただけなのに、その先が自《おの》ずから綻《ほころ》びていくような気がする。

もっと招き入れたくて。央玖の楔《くさび》を、根本まで呑み込みたくて。

「奥……もっと、奥に……」

「そこはどうなっているんですか？」

「あ、……熱い、の。いっぱい、濡れて、て……」

璃杏がたどたどしく口にするのにつれて、央玖はじわじわと腰を沈めた。

この上なくもどかしく、緩慢《かんまん》に。口ごもると意地悪にも引き抜く素振りをみせるから、璃杏はなりふり構わずにねだるしかなかった。

「んっ……央玖の、全部埋めて……ひくひくって、する……一番奥……私の、大事なところ……擦って……央玖しか、入ってきちゃ駄目なとこ……お願い、たくさん突《つ》いてぇ……っ！」

「よく言えました」

「あぅっ⁉」

ずん、と最奥《さいおう》まで埋め込まれて、璃杏は意識を飛ばしかけた。

ただ挿入《はい》ってきただけで、体がばらばらになってしまいそうなほどに感じた。これでいつものように動かれたら、どうなってしまうのかと身の裡《うち》が震える。

「央玖、お願い……」

怖いから、ゆっくりして。

そう口にしかけた璃杏に、央玖は先手を打った。

「申し訳ありません」

「え……？」

「先に謝っておきます。――今夜は、いつもより乱暴にしてしまいそうです」

「や、嘘っ⁉」

ここまでさんざん焦《じ》らしたくせに、一旦《いったん》体を繋げた央玖は、己の欲望に忠実だった。

璃杏の右脚だけを抱え、肩に大きく担《かつ》ぎあげる。本能的に逃げようとする璃杏の左腿に乗りあげ、下半身を拘束しておいてから、手加減なく腰を打ちつけ始めた。

「やだ、だめぇ！」

遮るもののない抽挿《ちゅうそう》は、これまでに感じたことのない強烈な刺激で、璃杏の肌がざっと粟立《あわだ》つ。

「たくさん突いて、とおっしゃったのは璃杏様ですよ？」

「でも、怖い、怖いのっ……！」

「大丈夫です。私がいます。ずっと抱いていますから、存分に乱れて構わないんです」

央玖は璃杏の頰に口づけ、零れた涙を舌ですくい、ぐしゃぐしゃになった髪を撫でつけた。

腰使いは凶悪といってもいいくらいなのに、そんなふうに優しい仕種で触れられると、璃杏はますます混乱した。

彼のすることならすべて受け入れたいと思う心と、大きすぎる快感に尻込みする体が、相反してわけがわからなくなる。

「この姿勢だと、こんなに深くまで届くんですね……」

央玖が腰を突き上げながら、感嘆したように言った。

「わかりますか？　奥のほうで……ほら、こんなに当たるんです」

ごつごつと、扉を叩くのにも似た振動が、璃杏の胎内に響いていた。

内臓を直に掻き回されているような、不安のほうが勝る快感。

ぺたんと平らかな下腹が、内側から突き破られそうな錯覚《さっかく》に、璃杏は心底から怯《おび》えた。

「も、やめて……」

璃杏は弱々しい力で、央玖の胸を押し返した。

「この恰好《かっこう》、嫌……脚、いっぱい開かされて、痛いのぉ……」

「注文の多いお方だ」

駄々《だだ》っ子を見るような目になったものの、央玖は璃杏の右足を肩から下ろした。ほっとして力を抜いた瞬間、璃杏の上体は引き起こされた。

「えっ……?」

「そんなに文句ばかりおっしゃるなら、私は何もしませんよ?」

仰向けに寝転んだ央玖の上に、璃杏は座り込まされていた。もちろんその中心を、硬い肉の杭で貫かれたままだ。

「腰を振りなさい」

冷静で容赦《ようしゃ》のない命令だった。

「そ、んな、できないっ」

「今夜は璃杏様が私をいかせるんです。そうでないと、一晩中このままですよ?」

璃杏はさっと青ざめた。彼は本気で口にしている。

「放して、嫌ぁ!」

逃れようと暴れるも、央玖の手はがっしりと璃杏の腰を摑んで、その抵抗を許さない。

「もがくだけもがきなさい。どこに当たると気持ちいいのか、そのうちにわかるでしょう」

恐ろしいことに、央玖の言うとおりだった。

身をよじるのは快感を追いかけるためではないのに、押し広げられた内側が擦れて、むず痒《がゆ》い刺激に苦しめられる。

「止まらないで。もっと動いて」

「ん……んんっ」

「我慢をするほど苦しいだけですよ」

「無理……無理なのぉ……」

「私のこれを舐《な》めることはできても、自分から腰を振るのは恥ずかしい？」

璃杏は涙目でこくりと頷いた。

自分でも羞恥の基準がどこにあるのかわからないが、今は央玖が冷静だから、余計にいたたまれないのだ。

「なら、少しだけ手助けをしましょうか」

央玖が璃杏の腕を摑み、前屈みになるように引き寄せた。ふるりと揺れる小ぶりな乳房が、央玖の目の前に突き出される格好になる。

「ご自分ではご存じありませんか？　普段私と繫がっているときでも、璃杏様は感じてくると、自然に腰が振れているんですよ……？」

央玖の手が胸を這い、硬くすぼまった乳首を甘噛みされながら吸われる。

新しい導火線に火がつけられたような心地だった。堪えようとしても嬌声《きょうせい》が洩れ、じっとしていられずに体が揺れる。

「前後だけではなく、上下にも動けるでしょう?」

腰からお尻にかけて撫で下ろされ、ぱしんと軽く叩かれた。痛みにというよりも驚きに、反射的に腰が宙に浮く。

央玖の屹立が抜けそうになるぎりぎりのところで、

「そのまま落ちて」

催眠術《さいみんじゅつ》にかけられたように、璃杏の膝から力が抜ける。再び根本まで呑み込まされて、熟れた内壁が淫らにひくついた。

「それを繰り返すんです」

「ん……うっ……ぁあぁ……」

璃杏はもう考えることを放棄《ほうき》した。

央玖の胸に手をついて、言われるがままに腰を振りたくる。

そうして動いているうちに、ぬかるむ隧道《ずいどう》が、央玖のものに寄り添ってきゅうきゅうと狭まっていく気がした。食いちぎろうとするかのように、貪欲に絡《から》みついて放さない。

「璃杏様……そんなに締めつけては……」

「知ら、ない……勝手に、なるのっ……」

央玖がぐっと奥歯を食いしばる。

次の瞬間、真下から抉《えぐ》るように突き上げられて、璃杏は高い声を放った。璃杏の淫靡《いんび》な姿に煽られた央玖が、主導権を奪い返したのだ。

「ああっ、あっ！」

間断のない律動を送られて、体を起こしていられなくなる。広い胸に倒れ込む璃杏を、央玖は力いっぱいに抱き締めた。

唇を貪《むさぼ》り合う。

視線が絡む。

快感に溶けた瞳の色で、互いの極みが近いことを、言葉にしなくとも通じ合う。

「央玖……ねぇ、一緒に……」

切なくねだれば、央玖の突き上げはますます勢いを増し、暴れ馬の背に乗っているように、璃杏の体は大きく跳ねた。

こんなことばかりしていたら、どうにかなってしまいそうだった。

朝も夜もなく、臥牀から一歩も外に出ないで、永遠に裸で絡み合っていたい。

「あぁ、だめ……央玖、央玖も……」

「ええ――受け止めてください……！」

深く深く穿たれた最奥で、央玖の灼熱《しゃくねつ》が弾けた。

精を注がれた璃杏の背中が波打ち、細い腰が激しく戦慄《わなな》く。白い喉がのけぞって、長い髪が宙に躍った。

「璃杏様……」

央玖が荒い息をつき、璃杏の頭を自分の肩に引き寄せる。

達してからも、まだ絞り出し足りないかのように、央玖の分身はびくびくと収縮した。体の裡《うち》で感じるその脈動が、どうしようもなく愛おしい。

璃杏は央玖の頬に手を伸ばし、自分から彼の唇を求めた。まだ呼吸も整わないのに、そうせずにはいられなかった。

「……やはり、璃杏様を涖遙《りくよう》にお連れしてよかったです」

柔らかく舌を探り合ったあと、央玖が満ち足りた風情で言った。

「春蘭さんの入れ知恵がきっかけで、こんなにいやらしい璃杏様が見られたのですからね」

「しゅ……春蘭さんがっていうより、結局は央玖がいろいろさせたんじゃない」

「もちろん、それくらいはしなくてはね。正直初めは、春蘭さんに少し腹がたちましたから」

「どうして？」

首を傾げる璃杏に、央玖は悪びれもせずに答えた。

「お節介なことをしてくれる、と。璃杏様に余計な知識を吹き込んで――そんなことはいずれ、私が教えるに決まっているでしょう」

「えっ？」

「まぁ、璃杏様の想像もつかないだろうあれこれは、まだたっぷり残されていますから。私の本当の楽しみはこれからです」

「楽しみって⁉」

「覚悟なさってくださいね」

不吉な予感に慄《おのの》く璃杏に、央玖は涼やかな微笑みを浮かべて言い切った。

「璃杏様自身も知らない淫らな姿を、ひとつひとつ暴いていくのが、私の何よりの生き甲斐《がい》ですから」


後日のこと。

皇都に戻った央玖は龍覇を召し出し、王としての勅命《ちょくめい》を下した。

央玖自身にもっとも傍近く仕え、その身を警護する大役を任じたのだ。

異例の出世ではあったが、龍覇の実力は誰にも引けを取らない。妬《ねた》みからの風当たりも強かったようだが、豪快な彼は批難や中傷を気に病む性格でもない。

婚礼をあげたばかりの新妻を都に呼び寄せ、皇城の一郭《いっかく》に与えられた住まいで、相変わらず仲睦まじい日々を送っているということだった。

そんな中――。

「え、なんでここに來華さんが――ええっ、実は王妃様⁉」

「隠しててごめんなさい」

龍覇の留守中に、璃杏はひそかに春蘭のもとを訪れた。

璃杏と央玖の正体を打ち明けられ、初めは混乱していた春蘭だったが、畏《かしこ》まらないでほしい、と再三頼むと、結局はおずおず頷いた。

「でも、來華さ……いえ、王妃様」

「璃杏でいいわ。口調も今まで通りでいいから」

「えっと……じゃあ璃杏さんは、こんなところまで来てどうしたの？」

「愚痴《ぐち》をこぼしたくて」

「愚痴？」

瞳をぱちくりさせる春蘭の前で、璃杏は悄然《しょうぜん》と言った。

「春蘭さんの教えに従ってみようと頑張ったけど。一朝一夕《いっちょういっせき》に挑んでみても、やっぱり勝てるものじゃなかったし……それに」

国王その人の口から、民たちには絶対に誇れない「生き甲斐《がい》」を宣言されてしまったし。

「この国の、未来を憂《うれ》うわ……」

「璃杏さん、目が遠い、遠すぎっ！　一体何があったのよー⁉」

春蘭にあたふたと肩を揺すられながら。

生まれて初めてできた友人に、夜毎の連敗の有様をどこまで伝えるべきかと考えて、璃杏は深い溜め息をついた。

貴《あて》やかな誘惑

——日や月や　あまねく下界《かかい》を照らし
——星辰《せいしん》何ぞ煌煌《こうこう》たる　なお眩《まばゆ》きは彼《か》の人の俤《おもかげ》

朗々《ろうろう》とした謡《うた》い手の声と、琴弦《きんげん》の澄んだ音色《ねいろ》が、星々の瞬《またた》く空に広がる。奏《かな》でられる音曲《おんぎょく》に合わせ、宴席《えんせき》の中央で踊る舞姫たちの装束《しょうぞく》が、ひらりひらりと夢のようにたなびく。

広い庭院《なかにわ》を囲む石灯籠《いしどうろう》の篝火《かがりび》が、林立した木犀《もくせい》の白い花を明々《あかあか》と照らし出していた。その光景はさながら、闇《やみ》に灯《とも》る炎の花が咲き零《こぼ》れているかのようでもあった。

なんとも美しく、幻想的な風情だったが、秦楼《しんろう》よりも南方に位置するこの国——聯逢《れんほう》の夜気《やき》は、初秋ではあってもまだ蒸《む》し暑い。

璃杏《りあん》は手にした扇《おうぎ》を揺らめかせ、襟元《えりもと》に風を送った。

（……まだ終わらないのかしら）

毛氈《もうせん》の敷《し》かれた賓客席《ひんきゃくせき》に座りながら、ぼんやりと思う。

日が暮れると同時に始まった戸外での宴《うたげ》は、すでに二刻以上が過ぎようとしていた。

目の前の卓には鮑《あわび》の蒸し物や串焼きの雉肉《きじにく》、鼈《すっぽん》と餅《もち》入りの羹《あつもの》といった料理が並び、よく冷えた梨《なし》や葡萄《ぶどう》、旬《しゅん》の柘榴《ざくろ》なども供されていた。色つきの玻璃《はり》を見事な細工で継ぎ合わせた杯《さかずき》には、鮮やかに赤い山査子《さんざし》の酒がなみなみと満たされている。

酒肴に舌鼓《したつづみ》を打ち、舞姫たちを眺《なが》めて上機嫌なのは、居並ぶ聯逢の官吏《かんり》たちだ。

彼らは時折、こちらにも意味ありげな目を向ける。

隣国から招かれた今宵《こよい》の主賓《しゅひん》――秦楼《しんろう》の国王である央玖《おうく》とその后《きさき》の璃杏に、興味と好奇の入り混じった視線を投げかけるのだ。

彼らの関心は、璃杏たち夫婦の、皮肉ともいえる奇妙ななれそめにあるのだろう。

人質として宗主国《そうしゅ》に差し出された秦楼の公子《こうし》と、彼を従者として侍《はべ》らせていた蔡苑《さいえん》の公主《こうしゅ》。しかし運命は流転《るてん》し、栄華《えいが》を誇っていた蔡苑は、秦楼の謀叛《むほん》によって滅《ほろ》ぼされた。蔡苑最後の公主璃杏は、秦楼の王として返り咲いたかつての従者のもとに嫁《とつ》いだ。

征服の象徴《しょうちょう》とも和睦《わぼく》の証《あかし》ともとれるこの婚姻《こんいん》の、実態はどのようなものであるのか。詮索《せんさく》めいた目で見られるのも仕方がないが、何を話しかけてくるわけでもなく遠巻きに見つめられるのは、どうにも気疲れのすることだった。

扇で口元を覆《おお》い、小さく息をついたとき。

「お疲れかの、璃杏殿？」

「あ……いえ、紫香様《しきょう》」

倦《う》んだ様子を指摘され、璃杏は焦《あせ》って居住まいを正した。

声をかけてきたのは、央玖を挟んだ先に坐《ざ》した、艶冶《えんや》なる美女だった。

水白粉《みずおしろい》を刷《は》いた肌は、降り初《そ》めの雪の白さ。切れ上がった瞳《ひとみ》は緑の染料で眦《まなじり》が協調され、優美に弧《こ》を描く唇《くちびる》は熟《う》れきった茱萸《しゅゆ》のように赤い。

艶《つや》やかな黒髪は蝶《ちょう》の翅《はね》を思わせる形に高々と結い上げられ、その髻《もとどり》には金銀の笄《こうがい》をふんだんに挿《さ》している。ほっそりした首をよく見せるように襟元はくつろげられており、豊満な胸元が危うく覗《のぞ》かんばかりだ。

この麗人の名は頌《しょう》紫香。

二十五歳という若さの女性ながら、彼女こそが、ここ聯逢を総《す》べる国王だ。

聯逢の気風《きふう》は進歩的で、男女の区別なく長子《ちょうし》が世継ぎとなる。

紫香が即位したのは今から四年前で、彼女は殊《こと》に革新的な女王だった。西方の遊牧民や南方の海洋国家と積極的に交易を行うばかりか、外国人に定住権を与え、優秀な人材であれば官吏への登用さえ認めた。

余所者《よそもの》との摩擦《まさつ》や、それに伴う諍《いさか》いももちろんあったが、紫香は短期間に数々の法を施行し、逆らう者は自国他国の隔《へだ》てなく厳罰《げんばつ》に処した。しかし逆に言えば、彼女の定めた法の内であれば、商売も移住も婚姻もあらかたの自由が許されているのだ。

聯逢の人口は増加の一途を辿り、各地の特色が融和《ゆうわ》した多様な文化が花開いた。国が豊かになるにつれ、他国からの侵略に備えて、紫香は軍備の増強にも力を入れた。

実のところ、秦楼が蔡苑を攻め滅《ほろ》ぼした際、手を結んだ周辺国の中には、聯逢も名を連ねていた。璃杏からすれば、聯逢に――ひいては紫香に、複雑な感情を抱くのは当然のことだ。

ただ、今の璃杏が秦楼の王妃である以上、せいぜい愛想を良くして良好な関係を結んでおかねばならない。

「心づくしのおもてなし、いたみいります。とても楽しんでおりますわ」

らした。

饗応《きょうおう》への礼を述《の》べた璃杏に、紫香は言葉を返さず、長い睫《まつげ》に縁取《ふちど》られた瞳を細めた。

微笑《ほほえ》むというよりは、取り繕《つくろ》った態度を見透かされているようで、璃杏は居心地悪く目をそらした。

（なんだか苦手だわ――この人）

そもそもこのたびの来訪自体、璃杏は気が進まなかった。

蔡苑からの独立の際、秦楼は確かに聯逢の援軍を頼みはしたが、その礼にはすでに充分な金品が充《あ》てられている。

央玖が登極《とうきょく》する際には、彼自《みずか》ら報告の書状を認《したた》め、紫香はそれに通り一遍の祝辞を返した。それ以降はこれといった交流もなかったのに、今になってふいに使者を寄越《よこ》し、聯逢へと招待してきたのだ。

表向きは、「秦楼の新たな国王夫妻と親睦《しんぼく》を深めたい」という理由だったが、そこは海千山千の女王の言葉。

どんな裏があるのか、何か無茶な要求をされるのではないか――とやきもきする璃杏に、央玖は『しかし、逃げるわけにもいかないでしょう』と肩をすくめた。

『それに、紫香女王の政策には、為政者として見習うべき点も多くあります。一度、直に語ってみたいと思っていました』

そんなわけで璃杏たちはわずかな随従《ずいじゅう》を連れ、およそ七日に及ぶ旅程を経て、聯逢にまでやってきたのだった。

歓迎の宴は長く続き、央玖と紫香は、璃杏には口の挟めない政《まつりごと》の話をしている。さりげなく耳をそばだててみるが、特に剣呑《けんのん》な雰囲気《ふんいき》でもなく、不当な要求をされている様子でもない。璃杏はひとまず安堵《あんど》した。

央玖は柳のように穏やかな青年に見えるが、その本性はなかなかに老獪《ろうかい》なのだ。公子《こうし》とはいえ、後継に目されていたわけでもないのに、一国の王にふさわしい素養や威厳《いげん》をごく自然に身につけている。

強《したた》かな女王に堂々と渡り合える夫を、璃杏は改めて誇りに思った。

場の空気が変わったのは、そんなときだ。

「それにしても、央玖殿は実に美しい容貌《かお》をしておるの」

ふふ、と含むように笑って、紫香が斜《なな》めに身を乗り出した。

長く尖《とが》らせ、真珠の粉をまぶした爪先で、央玖の顎《あご》をついとすくいあげる。その馴《な》れ馴《な》れしい仕種に璃杏は息を呑んだ。

「紫香様――」

当の央玖も困惑《こんわく》したように瞳を瞬《まばた》かせている。

女王はますます顔を近づけ、両者の鼻先は触れ合わんばかりになった。

「本当に、まるで女性《にょしょう》のように麗《うるわ》しいこと。このように肌理《きめ》細かな膚《はだ》をした男を見るのは初めてじゃ」

「――紫香様ほどの佳人《かじん》に、そのようにおっしゃっていただけるとは光栄です」

央玖は慇懃《いんぎん》に答え、やんわりと身を引いた。紫香の手は離れたが、見えない糸のようなものがまだ絡《から》みついている気がして、璃杏は央玖の袖をぎゅっと摑《つか》んで引き寄せた。

紫香が璃杏を一瞥《いちべつ》し、笑った。

「そのように全身の毛を逆立てずとも」

「……っ」

嫉妬《しっと》を見抜かれ、璃杏は頰《ほお》を赤くして口ごもった。

「どれ。ならば、猫のように愛らしい璃杏殿にふさわしい見せ物をご覧《らん》いただこうかの」

紫香は首を巡らせ、傍《かたわ》らに控《ひか》えていた近侍《きんじ》に何事か目配せした。

頷《うなず》いたその者が舞台に向かうと、楽の音が止み、舞姫たちはそそくさと退いた。代わりに高らかに銅鑼《どら》が打ち鳴らされ、黒い布に覆われた函型《はこがた》のものが、車輪つきの台に載《の》って運ばれてくる。

何が始まるのかと見守る先で、布がざっと取り払われ、鉄《くろがね》でできた巨大な檻《おり》が現れた。その中に閉じ込められていた生き物に、璃杏は目を瞠《みは》った。

「虎――!?」

赤茶けた毛並みに黒い縞《しま》模様を持つ四つ足の獣《けもの》。絵に描かれたものは知っていても、実物を見るのは初めてだ。

紫香が自慢げに言った。

「妾《わらわ》の随獣《ずいじゅう》じゃ。南方の珍獣《ちんじゅう》商人から、調教師ごと買い取ってやったわ」

なるほど、檻の傍には浅黒い肌をした異国人の男が影のように佇《たたず》んでいる。

彼は檻に近づき、手にした鍵で無造作にその戸口を開けた。咆哮《ほうこう》とともに飛び出してきた獣に、璃杏は思わず悲鳴をあげた。

「まぁ見ておれ」

紫香がくつくつと喉《のど》を鳴らす。

そうこうするうち舞台には、木蔓《きづる》を編んで火を灯した大きな輪がしつらえられた。客席とはそれなりの距離があるというのに、伝わってくる熱気が璃杏の前髪をそよがせる。

と、調教師が鞭《むち》を取り出し、ぴしりと強く床を打った。虎の耳がぴんと立ち、その巨体が素早く伏せられる。

続いて鞭が二度鳴った。

虎の背が小山のように盛り上がり、太い四肢《しし》が力強く地を蹴った。

ためらいも恐れ気もなく、炎の輪の中心にまっすぐに飛び込む。

たっ――と着地の音が聞こえるほど静まり返った瞬間のあと、見物人たちの喝采《かっさい》が沸《わ》いた。

一方、璃杏は驚嘆《きょうたん》して声も出ない。

火の輪には余分な隙間はほとんどなかった。ほんの少しでも炎にかすれば、毛皮を火傷《やけど》していたはずだ。それでなくとも、獣は本能的に火を怖がるものだというのに。

その後も繰り返し、虎は軽々と火の輪をくぐってみせた。

「見事なものですね」

「そうであろう？」

あながち追従《ついしょう》だけとも思えない央玖の言葉に、紫香はころころと笑う。

そうしていると、臈《ろう》たけた美女であるはずの紫香も、思いのほか稚《いとけな》い。

けれどそれは、子供のように無邪気だというわけではなく――。

「どれ、褒美《ほうび》を遣《つか》わそう。眞珠《まじゅ》や、ここへ」

機嫌よく言った紫香のもとへ、眞珠と呼ばれた虎はのっそりと近づいてきた。

（こっちにくる……！）

璃杏は青ざめ、央玖の腕にしがみついた。調教された虎だとわかっていても、巨大な肉食獣を間近にして平然といられるほど、豪胆《ごうたん》な性格はしていない。

央玖が宥《なだ》めるように璃杏の肩を抱いた。そんな二人を尻目《しりめ》に、紫香は長裙《ちょうくん》の裾を捌《さば》いて悠然と立ち上がる。

いつの間にか例の近侍が戻ってきており、大皿を捧げ持っていた。

そこに載った何かを、紫香は無造作に鷲掴《わしづか》みにした。ぬちゃりと湿った音が立ち、生臭《なまぐさ》い匂いがあたりに立ち込めた。

「喰《く》らえ」

紫香が地面に投げ出したものが、篝火《かがりび》に照らされる。

「ひっ……！」

璃杏の喉が恐怖に鳴った。

赤黒く濡《ぬ》れそぼって光るそれは、何かの生き物の臓物《ぞうもつ》だった。

虎は瞳を爛々《らんらん》と輝かせ、夢中でその餌を貪《むさぼ》りだす。目と鼻の先で鋭い牙《きば》が見え隠れするのに、璃杏は気が遠くなりそうだった。

「生きながらに引き裂いた猿の臓腑《ぞうふ》じゃ。眞珠はこれがことのほか好物での」

怯《おび》える璃杏を楽しげに見やり、紫香は血に濡れた小指で自《みずか》らの唇《くちびる》をなぞった。奇妙な呪《まじな》いのための化粧《けわい》のように、唇が毒々しい色に染まる。

内臓を喰らいつくした虎が、血の匂いに惹《ひ》かれたように紫香に近寄ってきた。女王の頭を一呑《の》みできるほどに巨大な顎《あぎと》が迫り——紫香がこそばゆそうな笑い声を立てた。

虎の分厚い舌が、血に彩られた彼女の口元を舐めたのだ。

震えの止まらない璃杏の前で、紫香は虎の首に両腕を回して抱き寄せた。耳の後ろを撫《な》でられて、虎は心地よさそうに目を閉じた。機嫌のいいときの猫のように、ぐるぐると喉を鳴らしさえする。

「可愛《かわい》かろう？」

紫香の口ぶりは、我が子を自慢するかのようなものだった。実際の彼女は子供どころか、妙齢の婦人にしては珍しく、夫も持たない身であったはずだが。

「今はおとなしいものじゃが、初めの頃の眞珠は相当なはねっ返りでの」

芸を仕込む最中に暴れ出し、食い殺された者の数は、片手では足りないと紫香は言った。

「眞珠だけではないぞ。妾は、獅子《しし》も鰐《わに》も狼《おおかみ》も羆《ひぐま》も飼った。いずれは象《ぞう》とやらも手に入れたいの。あれは戦車の代わりにも使えるというではないか」

「そんな危険な獣ばかり……どうして」

「決まっておろう」

うっとりと目をすがめ、紫香は答えた。

「手の焼けるじゃじゃ馬を飼い慣らし、妾だけに忠誠を誓わせる。――この愉《たの》しさはいかんともしがたいからのぅ」


時はすでに夜半近く。

「なんてーか、おっかない女王様だったなぁ」

客間としてあてがわれた房室《へや》で、はぁ……と大きな息をつくのは、警護役として同行した龍《りゅう》覇《は》だった。

宴の最中は気配《けはい》を殺しておとなしく控《ひか》えていたが、いざ央玖《おうく》と璃杏《りあん》の三人きりになると、遠《えん》慮《りょ》のない言葉がぽんぽんと飛び出す。職務とはいえ、およそ半月近くも新妻の春蘭《しゅんらん》と引き離される鬱憤《うっぷん》が溜まっているのかもしれない。

「あの虎が近寄ってきたときは、つい刀を抜きそうになったぜ。央玖が平然としてるから堪《こら》えたけどな」

「短慮《たんりょ》は起こすな、龍覇。帯刀が許されただけでもいいほうだ」

榻《ながいす》に腰掛けた央玖が、息巻く龍覇を諌《いさ》めた。

建前上はあくまで、親好を深めるための私的な訪問だ。随従の中でも武人と言えるのは龍覇一人で、あとは荷を運ぶための人足程度。その龍覇にしても、女王の御前ということで、持ち込みを許されたのは護身用にしかならないような短刀だけだ。

腰に差したその鞘《さや》を不満げに撫《な》でながら、龍覇はぼやいた。

「それにしても、やっぱり変だろ、あの女王。美人だし、色っぽいっちゃ色っぽいけど……日替わりで千人くらい男食ってそうな感じ？」

「龍覇」

央玖が低い声でたしなめた。隣に座る璃杏をちらりと見たのは、品のない言葉を聞かせるなという牽制《けんせい》だろう。

だが、璃杏は逆に身を乗り出した。

「龍覇さんもそう思う⁉」

「思う思う」

龍覇はうんうんと頷《うなず》いた。

「わざわざ独身でいるのは、そういう理由もあるんじゃね？　ありゃ頼まれてもお相手したくねえなー。精も根も貪りつくされそうだわ。気をつけろよ、央玖」

幼馴染《おさなな》《じ》みの気安さで、主君を呼び捨てにしてはへらりと笑う。央玖が眉をひそめ、「何をだ」と問い返した。

「何ってお前、狙われてたろ？　女みたいな別嬪《べっぴん》さんだって褒められて」

「あれはやっぱりそういうことなの⁉」

ますます前のめりになった璃杏の肩を、央玖が溜め息をついて引き戻した。

「落ち着いてください、璃杏様。紫香女王にそんなつもりはなかったはずですから」

「ないわけないじゃない！　あんなにべたべた触って……か、顔まで近づけてっ！」

「いや、あれはどちらかというと……」

央玖が何かを言いかけたが、璃杏は聞いていなかった。怒りの矛先《ほこさき》を彼に向け、指まで突きつけて詰め寄る。

「央玖こそ、もっと毅然《きぜん》とした態度がとれないの？　あの人、央玖に触ったあと私を見て笑ったのよ？　人のこと猫なんかに喩《たと》えて……馬鹿《ばか》にするにもほどがあるわ！」

「おー、奥方の焼きもちか、いいねぇ」

龍覇がにやにやと茶々を入れ、央玖が「煽《あお》るんじゃない」と言いたげに顔をしかめたとき。

「失礼いたします」

部屋の外から女官《にょかん》の声がかかった。

璃杏は慌てて座り直し、「どうぞ」と入室を促した。

茶でも運んできてくれたのかと思ったが、現れた女官は茶器らしいものは持っていない。代わりに胸に抱えているのは、籐《とう》で編まれた籠《かご》だった。折りたたんだ大きな巾《きれ》や、香油《こうゆ》でも入っているような壺《つぼ》や櫛《くし》が覗き見える。

「秦楼の皇后様を、湯殿《ゆどの》にご案内するよう仰《おお》せつかってまいりました」

「湯殿に?」

問い返した璃杏に、女官はにこりと微笑んだ。

「紫香様ご自慢の御湯なのですわ。どうぞごゆるりとおくつろぎくださいませ」


湯殿というからには、建物があるのだろうと思えば、それは間違いだった。

温かい湯に肩まで浸《つ》かりながら、璃杏はぼうっと空を仰《あお》いだ。流れる雲の狭間《はざま》に浮かぶ満月が、まろやかな白い光を下界に投げかけている。

(あ、月が綺麗《きれい》……)

女官に案内されたのは、いわゆる露天《ろてん》風呂だった。

広々とした六角形の浴槽は大理石で作られており、底に彫られた大きな芙蓉《ふよう》が揺らめく湯の奥に見える。

その花の中心から、湯が湧き出る工夫がされているのだった。天然の温泉を引き入れているのではなく、人工的に作られたものだというから、その技術力には感嘆する。

浴槽の六角には白玉《はくぎょく》製の魚が身を躍らせており、湯の周囲には玉砂利《じゃり》を敷《し》くとともに、背の高い前栽《せんざい》が植《う》え込まれていた。その先はさらに塀《へい》で囲まれており、誰かに覗かれる心配もなく入浴を楽しめるというわけだ。

蔡苑や秦楼にも湯治《とうじ》のための温泉はあり、戸外で入浴するものだということは聞いていたが、璃杏は訪れたことがない。

初めはどうにも落ち着かず、髪や膚《はだ》を洗おうとしてくれる女官も退けてしまったが、遙《はる》かな夜空の下でたった一人、裸《はだか》で湯に浸かっていると、次第に心身がほぐれていった。公主として何不自由ない生活を送ったきた璃杏にとっても、まごうことなき贅沢《ぜいたく》だと思える時間だ。

（嫌な女だと思ったけど……こういうところの趣味は悪くないのね）

強烈な印象を残した女王の顔を思い浮かべ、璃杏は複雑な気持ちになった。

紫香はまだ二十五歳。世間的には充分に若いと言える年齢なのに、あの凄まじく練れた色香はなんだろう。龍覇の言葉と通じるが、男の精を啜《すす》り続けてすでに百年を生きた魔性《ましょう》だと言われても信じられそうな気がする。

（あと数年すれば、私もあんなふうになるかしら……？）

なんとなく己《おのれ》の胸元をじっと見下ろしてしまう。——空《むな》しい気持ちになって、意味もなくお湯をばしゃばしゃとかき回していると、

「水遊びが好きかえ？　秦楼の皇后殿は存外と幼《おさな》いのぅ」

背後から響いたその声に、璃杏は心臓が止まるかと思うほど驚いた。

「し……紫香様!?　その恰好《かっこう》——」

「湯浴みをしにくるのに、他にどのような格好をすればよいと？」

湯煙の向こうから泰然《たいぜん》と近づいてくるのは、生まれたままの姿の紫香だった。璃杏の動揺な

どものともせず、当たり前のように湯に浸かる。

璃杏は慌ててそっぽを向いたが、その脳裏《のうり》には一瞬だけ目にした裸体《らたい》がしっかりと焼きついていた。

（なんなの――!?）

ほとんど怒りに近い感情に唇を噛《か》む。

他人の入浴中に闖入《ちんにゅう》してくる非常識さも信じられないが――もっと信じられないのは、いっそ「至宝」とでも言えそうな紫香の身体《からだ》だ。

化粧を落としてもなお艶《あで》やかな、凄絶《せいぜつ》なほど整った美貌《びぼう》。

解かれた髪は、生来の癖なのかゆるやかにうねり、女らしい丸みを帯びた肩に豊かに落ちかかっている。

その下に実る胸の膨《ふく》らみに、理杏は衝撃を受けた。

大きいのだろうとは着物の上からでもわかっていたが、それだけではなく、どこまでも柔らかそうな二つの白い塊《かたまり》。あのたゆんとした曲線が、羨《うらや》ましくてたまらない。

位置の高い腰は見事にくびれ、臀部《でんぶ》と太腿《ふともも》はほどよく張りつめ、その足ときたら何かの芸術品のように指先の一本一本までが美しかった。白い肌には染みひとつなく、内側からほのかな光を放つようで、練り絹のような滑らかさが触らずとも想像できてしまう。

璃杏は必死に考えた。

（きっと、とんでもなく美容にお金をかけてるのよ。そうよ……！）

同性の裸を見るのなど生まれて初めてだが、こんなにも完璧《かんぺき》で蠱惑《こわく》的な女がそうそういてたまるかと思う。

ほとんど罪悪だ。公害だ。男を堕落《だらく》させるこんな体は、幾重《いくえ》にも衣《ころも》でくるみ、御簾《みす》の中に押し込めて、決して表に出すべきではない。

「のう、璃杏殿」

「ひゃっ！」

紫香が目の前に回り込んできて、璃杏は慌てて自分の体を抱き締めた。

湯の中に顎《あご》まで沈み、じりじりと後退する璃杏に、紫香が面白《おもしろ》そうに笑った。

「女同士で、さように必死に隠すこともなかろうに」

「れ、聯逢には、同性で入浴をともにする習慣があるのですか……⁉」

少なくとも蔡苑や秦楼にはない。庶民《しょみん》の間では普通のことかもしれないが、璃杏のような貴人には考えもつかないことだ。

璃杏の問いに紫香は答えず、その腕を絡《から》めとるように摑んだ。

「そのように疎《うと》んじてくれるな。妾は璃杏殿とゆっくり話がしたくて参ったのじゃ」

「私と……？」

璃杏はにわかに気を引き締めた。

央玖相手ではつけ入る隙がないから、璃杏を舌先三寸《さんずん》で丸め込み、秦楼からなにがしかの利権を奪い取るつもりなのではないか。

世間知らずの自分が、この女傑《じょけつ》に太刀《たち》打《う》ちできるとも思えないが、やすやすと騙《だま》されるわけにはいかない。

険しい顔つきになった璃杏に、しかし紫香が口にした言葉は、予想を超えたものだった。

予想を超えて不躾《ぶしつけ》だった。

「そなたは、あの央玖殿にまこと抱かれているのかや？」

「は――？」

一瞬意味を取り損《そこ》ねる。

「あのようになよやかな男に、女を悦《よろこ》ばせる雄《おす》のものが本当に備《そな》わっているのかと思うての」

「なっ……！」

理解した瞬間、あまりの憤怒《ふんぬ》に声が詰《つ》まった。

一国の王としても一人の女性としても信じがたい暴言で、紫香は央玖を侮辱《ぶじょく》したのだ。

「れ……聯逢の女王陛下《へいか》といえど、夫を侮《あなど》ることは私が許しません……！」

「侮ってなどおらぬわ」

紫香は鷹揚《おうよう》に笑った。

「央玖殿の美貌には、妾は心底驚嘆《きょうたん》しておるのじゃぞ？　男にしておくのは惜しいと思えばこそ、下世話な興味も湧くというもの。のう、あの者はまことに逸物《いちもつ》を備えた男なのじゃな？」

「お戯《たわむ》れも大概《たいがい》になさってください！」

きつく言い返し、璃杏ははたと思い至った。

龍覇も言っていたし、自分も疑ったのではないか。紫香は央玖を「狙っている」と。

こんなふうにあけすけな問いかけをしてくるほど、彼女は央玖に執心なのだ。

「それで？　そなたは、央玖殿との夜では、悦楽《えつらく》の極みを味わうのかの？」

「っ……いいえ！」

叩きつけるように璃杏は答えた。

大嘘も大嘘だが、紫香の興味の矛先《ほこさき》をなんとしても逸《そ》らさなくてはならない。

「夫は、閨事《ねやごと》に関しては淡泊ですから。私は一度も満足を覚えたことはありません」

（ごめんなさい、央玖）

彼の面目《めんぼく》は丸潰《つぶ》れだが、この女郎蜘蛛《じょろうぐも》のような女の毒牙にかけるわけにはいかなかった。たとえ実際にことに及ばなくとも、紫香の想像の中で央玖が穢《けが》されるのすら耐えられない。

「ほぉ」

紫香は璃杏の体を無遠慮に眺め、得心したように頷いた。

「道理で。璃杏殿の御身は、生娘《きむすめ》同然に熟《う》れておらぬわけじゃ」

「……!?」

今度は璃杏自身への侮辱だ。舐めるような視線にすくんでしまい、顔色が変わるのが自分でもわかった。

（確かにあなたに比べたら、いろいろ足りないところはあるけども——！）

ただでさえ未熟な体つきを気にしているのに、それが央玖のせいだと言われたことが余計に耐えがたかった。

紫香がわざわざ湯殿にまで現れたのは、その見事な肢体《したい》を見せつけ、自分こそが央玖にふさわしい女だと言いたいがためなのかもしれない。

悔しさに腹の底が滾《たぎ》るようで、言い返せない喉がひくっと鳴った。

感情が昂《たかぶ》ると目元が熱くなるのは、璃杏の止められない癖《くせ》だ。悲しくなどないし、こんな女に負けたくないのに、温かいものがみるみる目尻に溜まる。

「おや……泣いておるのかえ？」

頑是《がんぜ》ない幼子をあやすように、紫香が猫撫《な》で声を出した。しなやかな指が伸ばされ、濡れた頬に触れようとするのに、璃杏の理性が振り切れた。

「触らないでっ！」

激情のまま腕が動き、紫香の顔に思い切り湯をひっかける。

はっとしたときには後の祭りだ。

呆気《あっけ》にとられた紫香の髪から、顎《あご》から、ぽたぽたと雫が落ちていく。璃杏の顔から血の気が引いた。

（やっちゃった……！）

腐っても紫香はこの国の女王だ。あれだけ波風を立ててはいけないと自戒し、央玖も神経を遣《つか》っていた相手に、自分は何ということを。

「ご、ご無礼を――」

屈辱感を抑え込み、面《おもて》を伏せる。許しを乞《こ》う言葉を口にしようとしたとき、がさりと木立の鳴る音がした。

「謝る必要はありませんよ」

「――央玖!?」

璃杏は驚いて叫んだ。

姿は見えない。けれど生《お》い繁る木々の奥から聞こえた声と、静かな憤《いきどお》りを孕《はら》んだ口調は間違いなく央玖のものだ。

「先に我が妻を愚弄《ぐろう》したのは紫香様、貴女です。その程度の返礼で済んだのは僥倖《ぎょうこう》だったと受け止めてくださいますように」

「そ、そなたがどうしてここに？」

さしもの紫香も動転している。彼女の問いに、央玖はいとも白々《しらじら》しく答えた。

「妻は湯あたりをしやすい性質《たち》なので心配になりまして。女官の方に無理を言って、清掃用の戸口から様子を窺《うかが》いにきたのです」

（それはどういう出まかせなの？）

璃杏は困惑《こんわく》して瞳を瞬《まばた》かせた。もちろん、自分はそのような体質ではない。

「どうせなら、私もついでに入浴をさせていただこうかと思いましたので、多少あられもない姿をしていますが――」

「は……裸ということか!?」

紫香がいっそう激しく狼狽《ろうばい》した。

さきほどまで露骨《ろこつ》な言葉で央玖を語っていたくせに、いざ本人を前にすると、さすがに淑女の慎《つつし》みを思い出したのだろうか。

「紫香様がお望みなら、そちらに参りましょうか？　私の体がどこまでなよやかか、その目で確かめてくださっても構いませんが」

「何を言っているのよ！」

怒鳴ったのは、紫香ではなく璃杏のほうだ。

紫香もおかしいが、央玖も大概おかしい。この場に現れれば、彼もまた紫香の裸体を目にすることになってしまう。絶対に許せないし、その逆も嫌だ。

「いい？　央玖は目をつぶってて。絶対に開けないで。紫香様はその間に出ていってください！」

どうして自分がこの場を仕切っているのだろう。

頭の片隅で疑問に思うが、璃杏の指図に、紫香は舌打《したう》ちを洩《も》らしながらも従った。苛立《いらだ》った足音が遠ざかり、脱衣場に続く扉が乱暴に閉められる。

「行ってしまいましたね」

玉砂利を踏んで姿を見せた央玖に、璃杏は思わず声を高くした。

「なっ……何よ、脱いでなんかいないじゃない……！」

「そう言ったほうが、紫香様を追い返しやすそうでしたので」

ぬけぬけと言った央玖は、その長身に簡素な白の単衣《ひとえ》を纏《まと》っていた。

寝るときや湯あがりに着るもので、あられもない姿といえばそうだが、全裸を想像していた璃杏は、脱力して軽い眩暈《めまい》を覚えた。

「もう嫌……私もあがる……」

「今出ていけば、また紫香様と鉢合わせですよ？」

その通りなので、璃杏は言葉に詰まった。央玖が入ってきたという戸口から出ることも考えたが、そちらには着替えを置いていないのだ。

「じゃあしばらくしたら出るから……央玖も帰って」

璃杏は央玖から距離を取り、湯の中で膝を抱いて体を丸めた。

「どうして隠そうとなさるのです」

央玖がくすりと笑い、浴槽の縁に膝をつく。

確かに、何もかもを晒した夫の前で恥じらうなんていまさらだが。

「私だけ裸で……しかも外だし……なんだか落ち着かないじゃない」

「なるほど」

相槌《あいづち》を打った央玖が平然と湯の内に入ってきて、璃杏は大いにたじろいだ。

「何してるの!?　衣だって着たまま」

「ああ、そうでしたね。璃杏様が落ち着かないということなので、今度こそ脱ぎましょう」

「そんなことをしろなんて言ってないわ――！」

璃杏の叫びなど聞き流し、央玖はためらいなく帯を解いて、何ひとつ身につけない姿になった。湯を吸って重たげに濡れた単衣は、白玉の魚飾りに引っかけられる。

「月を見ながら風呂に入るというのも良いものですね」

胸元までゆったりと湯に浸かり、央玖は穏やかに言った。

その様子があまりに自然なので、璃杏は雰囲気に呑まれて押し黙った。

さっきまで紫香に絡まれていた場所だというのはひっかかるが、確かにこの外風呂自体は素晴らしい作りなのだ。

央玖はこう見えて新しいもの好きなので、女王の自慢だという湯殿を見てみたかったのかもしれない。女官を言いくるめたという口実もそのためだろう。

「璃杏様もこちらへどうぞ」

央玖が手を差し伸べた。

「ここからだと月が特によく見えます」

「……そう？」

首を傾《かし》げつつも、言われるがままに央玖に近づいた。——と。

「きゃあっ！」

璃杏の体が前のめりに傾き、ばしゃりと大きな湯飛沫《しぶき》が立つ。

璃杏が手の届く範囲に来るや、央玖がその腕を摑んで力任せに引き寄せたのだ。

「な、何……んっ！」

荒々しく抱きすくめられ、呼吸を奪うように口づけられる。

とっさに逃れようとすると、央玖はなおも腕に力を込め、璃杏の下唇を強めに噛んだ。もちろん血を見るほどではなかったが、常になく横暴な気配を感じて怖くなる。

「な、なんで噛むの……？」

切れ切れの息で尋ねると、央玖が低い声で答えた。

「出まかせを言う唇にはお仕置きをされて当然でしょう」

「出まかせ？」

「『私は一度も満足を覚えたことはありません』――でしたね？」

「あれはっ……！」

そうだった、と璃杏は焦《あせ》る。

紫香が央玖の肉体を揶揄《やゆ》したことを知っているのだから――ほとんど最初から、彼はあの会話を聞いていたのだ。

「まさか愛する妻から、男としての名誉を損なう言葉を聞かされるとは……」

央玖は心底不機嫌そうに言った。

「だ、だって紫香様が、央玖に興味があるみたいだったから」

央玖に色目を使われたくなくて言ったことだ。そう弁解する璃杏に、央玖は呆《あき》れたような顔を向けた。

「本気でおっしゃっているのですか？」

「え？」

「まったく……璃杏様は教養はおありなのに、ときどきひどく鈍《にぶ》くていらっしゃる」

意味がわからないでいる璃杏を強引に立たせ、央玖はまた唇を重ねてきた。

角度を変え、深さを変え、子宮に火を灯すような口づけは気が遠くなるほど長い間続いた。

「ふ……ぁ、あん……」

痛みの残る唇を執拗《しつよう》に舐められて、思わず声が洩《も》れる。

その甘い響きがますます央玖を駆り立てるのだとも知らず、璃杏は細い喘《あえ》ぎをあげ続けた。

温かな湯が波立って、腰のあたりにひたひたと打ち寄せるのにすら感じるほど、性感を目覚めさせられていた。

「本当に今宵《こよい》は良い月です――こんなにも璃杏様のすべてがよく見える」

「え？　……あっ」

はっとして胸元を覆う璃杏の両手を、央玖は悠々《ゆうゆう》と引きはがした。中途半端に万歳《ばんざい》をさせられたような姿勢で、透明の雫《しずく》しか纏《まと》わない裸体が、熱を帯びた男の視線に晒される。

「あ……嫌……」

璃杏は真っ赤になってかぶりを振った。

今夜は央玖の言葉通りに月の輝く晩だった。灯《あか》りを落とした閨《ねや》で交わるときには、これほどはっきり互いの姿を目にし合ったことはない。

まして、璃杏はすでに紫香のあの肢体を見てしまった。彼女から嬲《なぶ》るような口調で、生娘同然の体だと言われた。

そんなことはおくびにも出さないけれど、本当は央玖も心のどこかで、璃杏の体に物足りなさを感じていたのではないか。こんなにも明るい月の下で向き合ったら、自信のないところがすべて暴《あば》かれてしまう。

「お願い……見ないで」

「どうして？」

「っ……し、紫香様みたいに、綺麗じゃない、からっ……」

「あの方は璃杏様の目から見ても、それほどに魅力的だったのですか？」

魅力、という言葉に胸がきしむが、同時にわずかに安堵《あんど》する。

「紫香様のことは……見てないのね？」

「璃杏様が嫌がることを私がするはずないでしょう。それに、見なくともわかります」

央玖は璃杏の瞳を覗き込み、きっぱりと告げた。

「私の璃杏様に太刀打ちできる魅力をもった女性など、どこにも存在しません。――もっと平たく言いましょうか？」

央玖が腰を押しつけてきて、璃杏はぎくりとした。

口づけの最中からときどき当たるとは思っていたが、見ないふりをしていた男のものが、すっかり芯《しん》を持って勃《た》ちあがっていた。

「こんなふうに私を欲情させられる女性は、もはや璃杏様だけだということです」

「真面目《まじめ》な顔で言うことじゃないわ！」

叫んだ璃杏の下腹に、央玖は言葉通り「欲情」したその証《あかし》を擦りつけた。臍《へそ》の窪《くぼ》みを突かれるような動きがくすぐったくて、璃杏は息を詰めて身をよじった。

「私のものですよ……ここも……ここも」

呟《つぶや》く央玖の手が頬に触れ、肩に落ち、璃杏の腕をなぞるように降りていく。

大きな手にやすやすと包み込まれてしまう乳房を、央玖は心底愛しげに、雛《ひな》の宿った卵を温めるかのように柔らかく撫でた。

「ん……」

触れるか触れないかのかすかな愛撫《あいぶ》。

そんな微細《びさい》な刺激にも、薄紅色の乳暈《にゅううん》が膨《ふく》らんで、うずうずとした感覚を訴《うった》える。

息をついて身を反《そ》らせると、図《はか》らずも自分から胸を押しつけるような恰好《かっこう》になった。

央玖が心得たように微笑み、膨らみ全体をこねるように揉《も》みあげた。たちまち存在を主張する乳首を、指先でやんわりと捻《ひね》ることも忘れない。

「こんなに感度のいいここも……永遠に私だけのものです」

「あっ……！」

宣言と同時に、逆側の蕾《つぼみ》を熱い口腔《こうこう》に含まれた。璃杏の初々《ういうい》しくも淫《みだ》らな突起を、央玖はざらついた舌で舐め転がし、唇で挟んでしごき上げる。

背中に回された手がお尻の狭間に割って入り、後ろから蜜壺《みつつぼ》に触れた。湯ではない粘液に濡れた秘裂を、水中でくちゅくちゅと弄《いじ》られる。

（こんな場所で――）

わずかに残った冷静さで、璃杏はちらりと躊躇《ちゅうちょ》した。

けれど結局、璃杏の快楽を引き出すことにかけては負けを知らない央玖の手管《てくだ》に、慎《つつし》みを忘れさせられてしまう。

と、入口を縦になぞっていた二本の指が、出しぬけに中ほどまで差し込まれた。思わず膝が崩れそうになり、央玖の肩にしがみつく。

「あ、んぁっ……」

「きついですか？　……痛い？」

尋ねつつも央玖の指はさらなる奥を探り、抉《えぐ》るような抜き差しを繰り返す。

「痛くない、けど、っ……」

圧迫感と、掻痒感《そうようかん》に近い感覚が苦しかった。こんなにも中を掻き回されているのに、もっと強く擦ってほしいと願ってしまいそうなほどに。

「やっ……お湯、入って……」

淫らな指戯《しぎ》に綻《ほころ》び始めた入り口から、熱い湯がこぷりと忍びこんだ。戸惑う璃杏の腰が引け、太腿がふるふると戦慄《わなな》く。

「駄目……立って、られな……」

「ではこちらに」

央玖は一旦《いったん》指を抜き、璃杏を浴槽の縁に座らせた。

「あ……はぁ……」

弾む息を整える間もなく、央玖が璃杏の脚に手をかけた。大きく押し広げると同時に膝裏《ひざうら》をぐいと持ち上げて、踵《かかと》が縁につくようにしてしまう。

「やっ……!?」

あられもない開脚に璃杏は慌て、秘部を隠そうと腕を伸ばした。

「いけませんよ」

央玖がその手を摑んで止めた。

「お湯が入ってしまったのでしょう？　吸い出してさしあげます」

「い、いいわ……そんなの」

「ではご自分の指で掻《か》き出されますか？」

「っ……無理よ……！」

「そうですか。——なら、こうしましょう」

真っ赤になった璃杏の両腿《りょうたい》に手を添え、屈みこんだ央玖がその中心に顔を埋めた。

吸い出すという言葉を聞いて、蜜口に触れられるのだと思っていたから、その上の秘玉《ひぎょく》を舌でつつかれ、驚きと快感に腰が跳ねた。

「ひ！　……ぁあ……！」

莢《さや》から顔を出しかけた秘芽を、央玖は根本から掘り起こすようにちろちろと細やかに舐めた。

神経を直に弾かれるような痺《しび》れがその一点に集って、璃杏は後ろ向きに手をつき、上体を仰《の》け反らせて震えた。

「そ……なに、舐めないで……」

「何故です？」

「気持ち……いいから、もう……っ」

「では、よく見せてください」

陥落を誘うように囁く。

「璃杏様が、私の舌で苛められて気持ち良くなってしまうところを。いつ達したのかちゃんとわかるように、言葉にして教えてくださいね」

「えっ……!?」

とんでもない要求に璃杏は慄《おのの》く。

だが嫌だというよりも先に、艶《つや》めく朱鷺《とき》色の陰核に、央玖が音を立てて口づけた。そこを攻められると切なくてたまらなくなる先端を、舌先が細かく揺さぶってくる。

「んんっ……ひっ、あ……あーっ……」

すすり泣くような声を、もう止めることができなかった。

浴槽の縁につけているはずの腰が、ふわりと浮かびあがってしまうような感覚。全身を騒がせる甘い漣《さざなみ》に、触れられてもいない乳首がきゅうっと尖って上を向いた。

流される。

溶けてしまう。

必死に結んでおかなくてはいけない理性の糸が、綻《ほころ》び、解かれ、赤裸々《せきらら》な欲望が溢《あふ》れだす。

「だめ、もう、央玖……っ」

彼の頭に手を伸ばしたのは、押しやろうとしたのか、さらなる愛撫を求めて引き寄せようとしたのか。

どちらでも構わないとばかりに、央玖はより深く顔を押しつけ、容赦《ようしゃ》ない嬲《なぶ》りを加えた。

唇で強く吸いあげた次の瞬間、濡れ光る秘玉に前歯が軽く突き立てられて、璃杏の全身ががくがくと引き攣《つ》る。

「ほら、存分に――達《い》って」

「く……いくの……んんっ、もう、いっちゃうぅ……！」

理性などもはや沸《わ》き立って消える。

淫らがましい叫びとともに、十指《じっし》の爪先を反り返らせて、璃杏は一度目の絶頂を迎えた。

媚壁《びへき》がひとりでにうねって収縮し、中に含まれていた湯が断続的な飛沫《しぶき》となって噴きあがる。

生温《なまあたた》かいそれを、央玖は避けることもなく顔面に受けた。

「ご……ごめんなさ……！」

「構いませんよ」

羞恥を通り越して青ざめる璃杏に対し、央玖は微塵《みじん》も動じなかった。

「たくさん出ましたね――まるで」

「い、言ったら殴るから……！」

粗相《そそう》をした、という意味の言葉を囁《ささや》かれるのだと思い、璃杏は焦《あせ》って制した。

だが央玖は、顔を濡らしたものを指でぬぐい、ゆっくりと味わうように口に含んで、考え深げに呟いた。

「これはこれで甘露《かんろ》ですが……潮《しお》ではないですね」

「……しお？」

海水から採れる、あの白くて辛《から》い塩のことだろうか。

そんな言葉が何故ここで出てくるのかがわからなくて、璃杏は戸惑った。

「まだ知らなくてもいいですよ。いずれ教えて差し上げますから」

央玖が意味深に微笑んで、湯を波打たせながら立ち上がる。

その下肢には、隆々と漲《みなぎ》る力強いものが息づいていた。凝視するのははしたないとわかっていても、璃杏の視線は吸い寄せられた。

「……どうして、ずっとそうなの？」

央玖は一方的に奉仕していただけで、何の刺激も与えられていないのに。どうしてあの勢いを保っていられるのか、純粋に不思議に思う。

「璃杏様の中に入りたいからに決まっているでしょう」

「な……」

「璃杏様の一番奥深くまで押し入って、柔らかな襞《ひだ》に包まれて、種つけをしたいと思うからですよ」

臆面《おくめん》もない欲望を口にしながら、央玖の手は恭《うやうや》しく璃杏の前髪を掻《か》きやった。

澄んだ琥珀《こはく》の瞳で璃杏を見下ろし、わざと甘えたような声で問う。

「このまま繋がってもいいですか？」

「だ……駄目だって言ってもするくせに」

「ご明察です」

唇が額に優しく触れた。

羽のような感触に心が緩む。その隙を狙いすましたかのように、央玖は腰を深く臨《のぞ》ませた。

「んぁ、っ……！」

座ったままの姿勢で繋がれば、央玖自身が濡れ襞を割り開く様がありありと目に映った。

木の根にも似た血管が絡みつく、卑猥《ひわい》な造形の肉身。

初めて目にしたときは怖気《おじけ》づいたのに、今は素直に愛《いと》おしいと思える。央玖自身も口にしたように、璃杏を求めて餓《かつ》える証でこんなにも熱くなってくれるのだから。

じりじりと全てを埋め込んだ央玖が、息をついて眉をひそめた。

「まだほぐし足りませんでしたか……狭《せま》いな」

最後は独《ひと》りごちるように。

「ここばかりは、どれだけ経っても、初めて迎え入れていただいたときと同じようで……つらくはありませんか？」

生娘のようだ、と紫香に揶揄《やゆ》されたことを、璃杏はまた思い出した。

けれど央玖がどこか満足そうに呟くから、なんとも恥ずかしいような、面映《おもは》ゆいような気持ちになる。


「私は、大丈夫よ……?」

本当はそれなりに苦しかった。

湯に洗われてもなお余りあるほど、さきほどの口淫《こういん》で内側は潤《うるお》っていたけれど、央玖の大き
すぎるものに隙間なく押し広げられると、さすがに息が浅くなる。

それでもこうして、もっとも深い場所で結ばれていることのほうが嬉しかった。彼の欲望を
受け入れるのは、誰にも譲《ゆず》れない璃杏だけの特権だ。

「平気だから。ね……動いて、いいわ」

ぎこちなく微笑んで促すと、央玖は困ったように呟いた。

「貴女がそうやって許してくださるから――抑えがきかなくなるんです」

「え……ちょっと!?」

璃杏は驚いて悲鳴をあげた。

腰を強く引き寄せられたと思ったら、次の瞬間、体ごと宙に持ちあげられたのだ。予想外の
出来事に慌てふためき、とっさに央玖の首に腕を回す。

「そのまましがみついていてください」

「待って、これ、どういう……きゃあっ……!」

抱えた腰をゆるりと揺さぶられ、埋められた肉身が中で擦れる。

結合したまま立ちあがった央玖に必死にしがみつきながら、恐れと戸惑いと快感に、璃杏はひたすら翻弄《ほんろう》された。

この姿勢だと、璃杏自身の体重のほとんどが、もっとも敏感な場所にかかるのだ。

これ以上進める場所はないと思っていたさらに奥、未踏《みとう》の淫路《いんろ》を、央玖の先端がぐりぐりと犯しこんでくる。

「あ、あぁっ、深い……」

こんな恰好で交わるなんて普通じゃない。

さして経験のない璃杏にもそう思えたが、ずり落ちてしまいそうになるのが怖くて、揺らされるままに空《くう》を蹴る両脚を、央玖の腰に回し絡《から》めた。

が、これではまるで、自分からこの体位を歓迎しているかのようだ。

そう気づいたときにはすでに遅く、央玖は同意を得たとばかりに、璃杏の全身をさらに上下に揺らし始めた。

「くっ、あ……ぁあぁんっ、央玖……！」

「本当に――どうして貴女は、こんなに可愛《かわい》らしいのでしょうね」

しゃにむな律動の最中《さなか》とは思えない、場違いに優しい囁きだった。

「う……嘘……」

可愛くなんてない、と璃杏は泣きそうに顔を歪《ゆが》める。

湯と汗に乱れた髪はぐしゃぐしゃで、はしたなく滑稽《こっけい》な恰好で央玖にしがみついて。眉間《みけん》に皺《しわ》を寄せて、口を大きく開けて喘《あえ》いで——絶対にみっともないに違いないから、本当は情交のときの顔は、できるだけ見てほしくないのだ。

「璃杏様の前で、私が空言《そらごと》を口にできるとお考えですか？」

その台詞自体が眉唾《まゆつば》だが、央玖の声音は真摯《しんし》だった。

「私の前でだけ、こんなにも乱れてくださる貴女を、愛しく思わないわけがないでしょう？」

「ほんとに……？」

「ええ。もう愛らしくて……煽られるばかりで……いっそ滅茶苦茶《めちゃくちゃ》に泣かせて、許しを請う声が嗄《か》れるまで、犯し抜いてやりたくなりますよ」

「っ⁉」

限りなく物騒《ぶっそう》なことをさらりと言われた。

それを追及する暇《いとま》もなく、央玖の抽挿《ちゅうそう》が速さを増した。最後の高みに向けて脇目もふらずに駆けあがるような、手加減も遠慮もない突き上げだ。

「んっ、すご……擦れて……あふ、ああっ！」

このまま体の中心から、引き裂かれてしまうのではないかと思う。

央玖を女のようだと言った紫香は、彼がこんなに荒々しい一面も持つことを想像だにしないだろう。——もちろん、そんなことは璃杏一人が知っていれば充分なのだが。

「央玖……」

璃杏は彼の首に頬を寄せ、汗ばんだその肌を甘噛んだ。

湯を跳ね散らし、璃杏を人形のように弾ませ続ける、筋肉の躍動が愛しかった。

ぬちゅぬちゅと音を立てる互いの性器が熱を帯びて、全身を同じ官能《かんのう》に染め上げていく。

「央玖、私……わたし、また……」

璃杏は彼の背に爪を立て、その耳元に限界が近いことを告げた。

央玖が頷き、最後の責め苦のように腰を大きく反らせる。

「璃杏様……出しますよ――っ」

「ええ、来て……来てっ……！」

璃杏が求めたのとほとんど同時に、抑圧から解き放たれた央玖の激しい胴震いが伝わった。

湯よりもなお熱いものが、連続してびゅくびゅくと噴きあがる。二度目の絶頂に達した璃杏の内部も、その精を啜り込むように波打った。

大半は子宮にまで注がれたはずだが、ずるりと抜かれる動きとともに、空気を含んで泡立つ残滓《ざんし》が、粘つく糸を引いて垂れた。

「あ……お湯、汚しちゃう……」

璃杏は央玖にすがりつきながら、ようやく浴槽の底に足をついた。

震える内腿を白濁した液がとろとろと伝い、紫香の自慢だという湯に落ちていく。

「あの女王の気に入りの湯殿なのでしょう。汚してやればいい、こんな場所」

央玖が珍しく嫌味に鼻を鳴らす。

べたつく内股を彼の手で洗われながら、璃杏は不思議に思って首を傾《かし》げた。

央玖は紫香に敵愾心《てきがいしん》を抱いているように見える。

彼に手を出されそうになった璃杏が腹を立てるのは道理だが――どうして央玖が？

「ね、央玖……っくしゅん！」

問いかけようとした途端、ふいに鼻の奥がむずむずしてくしゃみが出た。

さっきまで全身が燃え立つようだった反動だろうか。ぞわりとした寒気が背中に取りつき、璃杏の肌が粟立《あわだ》った。

「いけません、璃杏様」

央玖が我に返ったように言った。

「すみません、やりすぎました。もう一度お湯に浸《つ》かって……」

言いかけて、すでに己の吐き出したものが混ざっていることを思い出したのだろう。その口元がむっと引き結ばれた。

「――お部屋を暖めてお待ちしていますから、早くあがって着替えてください。そのままではお風邪《かぜ》を召してしまわれます」

「大げさね」

璃杏は肩をすくめた。

少し湯冷めをしたくらいで、風邪なんてひいていられない。あの油断ならない女王の前でそんな醜態《しゅうたい》を晒したのでは、秦楼の王妃としてふがいなさすぎる。

「央玖は心配性なのよ」

――このときは本当に、軽く笑っていられたのだが。


（見通しが甘かったわ……）

翌日の夕刻。

臥牀《しんだい》に伏せった璃杏は、聯逢の女官の手で、額に載せた濡《ぬ》れ布《ぎぬ》をまめまめしく取り替えられていた。

昨夜の寒気はやはり風邪の前兆だったようで、今朝になって発熱してしまったのだ。体の節々が怠《だる》く痛み、衾《ふすま》を幾重《いくえ》にも重ねておとなしくしているほかなかった。

旅の疲れもあったとはいえ、あの紫香の前では一切の弱みを見せたくなかったのに。

央玖はしきりに詫《わ》びて、湯殿での出来事を後悔している様子だったが、璃杏につき添ってばかりいるわけにもいかなかった。

今日は、宮城に出入りする海洋国家の真珠商人に、紫香が引き合わせてくれる予定だった。

取り扱っているのは真珠の他に、南方の海で採れる珊瑚《さんご》や鼈甲《べっこう》、螺鈿《らでん》細工に使う夜光貝《やこうがい》などだ。

蔡苑《さいえん》からの独立を果たし、ようやく落ち着いた時代になったためか、近頃の秦楼では祝い事が頻繁《ひんぱん》に行われ、貴石類の需要が高まっている。

秦楼にもそれなりに交易の当てはあるが、さらなる値打ちものを求めるとなると、紫香が引き立てるその商人と繋がりを持っておくにこしたことはない。

（本当なら私も同席するはずだったのに……）

粒揃《ぞろ》いだという真珠類を直に見たい気持ちもあったが、それ以上に、自分のいない場所で央玖と紫香が顔を合わせることが心配だった。

もやもやとした気持ちを抱えながら解熱のための生薬《しょうやく》を服し、何度か浅くまどろんで。

気がつけば日は落ちており、客房《きゃくしつ》には小さな行燈《あんどん》が灯されていた。璃杏自身が人払いを頼んだために、世話を焼いてくれていた女官も今はいない。

（どれくらい遅い時間なのかしら……？）

確か、この客房には漏刻《ろうこく》（水時計）があったはずだ。

薬が効いたのか、体はいくぶん楽になっていた。璃杏は衾をめくって身を起こし、次の瞬間ぎょっとした。

「お目覚めかえ？」

極彩色《ごくさいしき》の鳳凰《ほうおう》を描いた衝立《ついたて》の先から、現れたのは紫香だった。

玉虫色に光る羅紗《らしゃ》の上衣《じょうい》に、濃い瑠璃《るり》色の裳《も》を胸高に穿《は》き、総刺繡《ししゅう》による紅牡丹の背子《うわぎ》を重ねた、きらびやかな装いをしている。

しかしそれ以上に目を引くのは、彼女が手ずから掲げた青磁《せいじ》の皿だ。

そこにこんもりと盛られているのは、初夏が旬であるはずの、つやつやと赤い桜桃《ゆすら》だった。

「風邪《ふうじゃ》の具合はいかがかの？」

「お蔭様でだいぶよくなりました」

璃杏は急いで面《おもて》を下げ、見苦しい寝衣姿であることを詫《わ》びた。

この場合、寝所にまでいきなり踏み込んでくる紫香のほうが不躾《ぶしつけ》なのかもしれないが、ここが彼女の居城であることを思えば、咎《とが》め立てることもできない。

それにしても、彼女はどうして昨夜から璃杏にあれこれ構うのだろう。

(まさか、央玖と何か？)

彼の姿がないことに不安になり、璃杏はおずおずと問いかけた。

「あの……央玖は？」

「例の商人と話が弾んで、酒を酌《く》み交わしておる最中じゃ。よほど盛り上がっておるので、妾《わらわ》はほどほどで退散してきたのよ。明日も政務が控《ひか》えておるゆえ、飲み過ごしてしまうわけにはいかぬでな」

「そうですか……」

確か昨夜の宴では、彼女は火のように強い酒をくいくいと飲み干していたはずだが。

曖昧《あいまい》に相槌《あいづち》を打つ璃杏に、紫香はいとも親しげに告げた。

「妾は璃杏殿の見舞いに参ったのよ」

言いながら、しなやかな所作で枕辺《まくらべ》の椅子《いす》に腰を下ろす。

「熱があるときには水気をとらねばの。この桜桃《おうとう》は、夏に宮城内で採れた分を、新鮮なうちに氷室に封じておいたものじゃ」

「そんな貴重な……」

璃杏は驚き、恐縮《きょうしゅく》した。

もともと桜桃は、庶人には手の出ない高価な果物だ。旬の季節以外で氷漬けにしたものを食せるとなれば、秦楼においても王侯貴族しかいないだろう。

「甘味も損《そこ》なわれてはおらぬぞ。さ」

「し、紫香様？」

枝を摘《つ》んだ桜桃がたおやかな指先につままれ、璃杏の口元に運ばれる。

女王じきじきのこの振る舞いに、璃杏はどうすればいいのかわからなくなった。このまま口にしても断っても、どちらも不敬にあたるのではないだろうか。

「遠慮は無用じゃ。それとも、毒でも仕込まれているのではないかと疑うか？」

「そんな」

「妾は璃杏殿に嫌われておるからのぅ」

そんなことを言いながら莞爾《かんじ》と笑んで、紫香は桜桃をぱくりと口にした。

ほとんど嚙むこともせず、そのまま一息に嚥下《えんげ》する。種は、と慌てて尋《たず》ねる璃杏に、紫香は得意そうに言った。

「種なしじゃ」

「そんな種類の桜桃があるのですか？」

「造園師に命じて作らせた。婀娜《あだ》な花を咲かせるばかりの、一世《ひとよ》限りの命よ。されど、このように美味な実を結ぶのだから、いじらしいものではないかえ？」

猛獣を飼い馴らし、人工の露天湯を作り、植物の自然の姿すら歪める。

この女王に叶えられぬことなど、この国では何ひとつないのだろう。

「これで毒見は済んだえ。……さ？」

再び差し出された桜桃に、璃杏はためらいつつ口を寄せた。紫香の指に触れないよう気を配りながら、小さな果実を咥《くわ》えようとして、

「っ……!?」

細く開いた唇の隙間に、女王が桜桃ごとぐいと指を差し入れた。

（な……何なの!?）

吐き出すこともできず、さりとて噛みつくわけにもいかない。

たじろぐ璃杏の唇を、紫香の親指がすっとなぞった。切れ長の瞳の奥が、妙な雰囲気《ふんいき》に濡れている。

その直後、璃杏は肩を強く押されて、後ろ向きに倒れこんだ。

「んんっ――！」

一瞬、何が起こったのかわからなかった。

のしかかる重みと暗くなった視界――唇に押しつけられた、柔らかだけれど紅臭い何か。

（私、紫香様と……!?）

押し倒されて唇を奪われたのだとようやく理解したときには、紫香は次の狼藉《ろうぜき》に及んでいた。

「ふ……ぐっ……」

ぬるついた舌が口の中を這い回り、桜桃を喉の奥に押し込めてくる。

呼吸を塞がれそうで抗《あらが》うと、どこの歯にひっかかったものか、瑞々《みずみず》しい果肉がぷつりと弾けた。二人の女の口腔《こうこう》が、同じ酸味混じりの甘さに染まる。

「や……嫌っ！」

どうにか紫香の体を押し返し、果実の残骸《ざんがい》を吐き出して、璃杏は上擦《うわず》った声をあげた。

「紫香様、何を……どうしてこんな嫌がらせを!?」

この期《ご》に及んでも璃杏はわかっていなかった。

道理を知らぬ子童《こわらわ》を見るように、紫香がふんと鼻を鳴らす。

「そなたを欲しいからに決まっておろう」

「欲し……？」

「言ったであろう？　妾は手の焼けるじゃじゃ馬をことのほか好いておるのじゃ。捕らえ、鞭打ち、その躰《からだ》に誰が支配者であるのかをとくと教え込むのがの」

――愕然《がくぜん》、というほかはなかった。

「あ……あなた、央玖を狙っていたんじゃなかったの!?」

「それはついでじゃ」

紫香はしゃあしゃあとのたまった。

「妾はどうあっても女性しか寵《ちょう》せぬが、国主である以上、世継ぎだけは産まねばならん。あのような女顔の男であればどうにか辛抱《しんぼう》できるかと、逸物《いちもつ》の具合も尋ねはしたが……」

やはり駄目じゃ、と紫香はまずいものでも口にしたかのような顔で吐き捨てた。

「あの男、妾の下心を見透かして、実によく牽制《けんせい》してくれたものよ。あの者の邪魔さえ入らねば、昨夜のうちにそなたを我がものにしてやれたに——男の裸など見せられれば、この玉眼が潰れるわ、穢《けが》らわしい」

「あ、あなたに央玖の子供を産ませたりなんかしないわよ！」

「だから、それはもうよいと言っておろう」

紫香はうるさげに言った。

「それよりも、己《おのれ》の操《みさお》を心配したほうがよいのではないかえ？」

「え……嘘、やだ……ちょっと！」

のしかかられたまま寝衣の帯を解かれ、汗ばんだ裸身が露《あらわ》にされる。

璃杏は必死に暴れたが、熱に体力を奪われたあとでは、さしたる抵抗にもならなかった。

「あうっ！」

紫香はこういうことによほど慣れているのだろうか。

瞬《また》く間に手首を摑まれ、解いたばかりの帯でひとまとめに縛《しば》られた。それを頭上に押し上げられ、帯の端は紫檀《したん》でできた臥牀の支柱に括《くく》られる。

哀れな生贄《いけにえ》のように縛《いまし》められた璃杏を見下ろし、紫香が陶然《とうぜん》と己の唇を舐《な》めた。

ここにきて璃杏はようやく、背筋が凍るような危機感を覚えた。

「のぅ、璃杏や。妾はずっと、そなたに逢《お》うてみたかったのじゃ。花とも月とも名高い美貌《びぼう》の王妃を、この手で手折《たお》ってやりとうて——秦楼との交流など体《てい》のいい口実。こたびの会見は、ただそなたを呼び寄せるために仕組んだものじゃ」

「なっ……」

青ざめる璃杏に、紫香はますます恍惚《こうこつ》とし、朱唇《しゅしん》から熱い息を零《こぼ》した。

「男など愚鈍《ぐどん》で臭《くさ》くて乱暴な、毛むくじゃらの畜生《ちくしょう》ばかりじゃ。だが、そなたの肌はこんなにも甘くてすべらかで芳《かぐわ》しい……さぁ璃杏、感じておくれ。妾がきっと悦《よ》くしてやる。男ごときでは与えられぬ、法悦《ほうえつ》の極地を見せてやるからの……」

「やだ……嫌ぁ——!」

紫香が璃杏の腿を強引に開き、その間を覗き込んだ。

常軌《じょうき》を逸したような紫香の瞳に、央玖にしか見せたことのない場所が映し出されているのだと思うと、気が遠くなりそうだった。

「ああ、思ったとおりじゃ。美しい、生娘のようなこの淡い襞《ひだ》……妾にすべて見せておくれ」

「いっ……あああっ!」

紫香の中指が出しぬけに、固く閉じた秘裂《ひれつ》をくじった。

恐怖に強張《こわば》る璃杏のそこに、濡れる余地などあるわけがない。央玖は決してこんな乱暴な触れ方はしないから、準備の足りない体に無理強いされる苦しさを、璃杏は初めて知った。

「嫌……助けて、央玖……央玖っ……」

うわごとのように、その名前を口にした途端。

「黙りゃ！」

叱声《しっせい》とともに、璃杏は恥丘《ちきゅう》に熱い痛みを感じた。

さして濃くもないそこの柔毛《にこげ》を、紫香が力まかせに引き毟《むし》ったのだ。

「妾に抱かれながら、他の男の名を呼ぶことは許さぬ。この叢《くさむら》をすべて毟るか、燃やすかしてやってもよいのじゃぞ？」

「そんなこと、したら……っ」

紫香の脅《おど》しは恐ろしかったが、璃杏は懸命に虚勢《きょせい》を張った。

「そんな真似をしたら、央玖が黙ってないわ！　これまでのことだって、私が言えば、彼はあなたを絶対に許さないから……！」

「告げ口か。してみるがいい」

紫香はまるで怯《ひる》まなかった。勝ち誇ったような笑みを浮かべ、腰帯に手挟《たばさ》んでいた小さな綾絹の袋を探る。

「そなたが今宵のことをまともに覚えていられれば――の話じゃがな」

そう言って紫香が取り出したのは、桜桃のように赤く、それよりも大粒な丸い何かだった。

璃杏の知っているものでいうなら、練香《ねりこう》の塊《かたまり》に似ていたかもしれない。

それを紫香は、半端にほぐされた璃杏の秘裂に、奥深く押し込んだのだ。

「あ……あっ……？」

――おかしなことが起こった。

押し込められた塊が、璃杏の体温に包まれるなり、どろりと溶け出す感触がした。

それはたちまち柔襞《やわひだ》に染み渡り、溶けた蠟《ろう》でも流し込まれたかのように膣全体が熱を持つ。

「何……入れ……？」

「薬師《くすし》による特製の媚薬《びやく》じゃ」

紫香がくくっと喉を鳴らした。

「どんな刺激も極上の快楽に変える上、脳にも作用し、気を遣《や》ると同時に記憶はすべて夢のように消える――妾が可愛がってやったことを忘れられてしまうのは惜しいが、今の秦楼とことを構えるのも厄介《やっかい》だからの」

「ひっ……あああっ！」

脚の間の感覚がますます強烈になって、脳天に抜けるような声が洩れた。

媚薬というなら、かつて央玖《たくら》の企みで茶に混ぜられたものを思い出すが、あんなものの比ではなかった。

耐えがたいほどの熱さ。

そして、気がおかしくなりそうなほどの痒《かゆ》み。

心臓がそこに移動したように、ずくずくと脈打っている。死にそうに気持ちが悪いのに、同時に死にそうなくらい気持ちがいい――正確には、ここを硬く太いもので貫かれ、思いきり掻き回されたらどれほど気持ちがよくなるだろうと、想像するだけで唇が半開きになっていく。

「苦しいか？　ねだればよい。妾に達《い》かされたい、奥の奥まで犯されたいと請《こ》うてみよ」

「あ……あなたは、おかしいわ……！」

淫《みだ》らな願いを洩らしてしまいそうになるのを堪《こら》え、璃杏は切れ切れの息で叫んだ。

性愛の対象が同性でしかありえないというのは、まだわかる。

それが生来の性質《たち》だというのなら、外聞《がいぶん》のために異性と契《ちぎ》れというのは、魚に陸で息をしろと強いるように理不尽なものだろう。

だからといって、同性を愛するすべての者が、紫香のようなやりかたで想いを遂げているわけはない。

相手を縛り上げ、怪《あや》しげな薬を用いて、力ずくで屈服させる。

異性だろうが同性だろうが、それは相手の心と尊厳《そんげん》を踏みにじることだ。紫香は女王という特権を嵩《かさ》に着て、これまでにも多くの娘たちをこうして弄《もてあそ》んできたのだろう。

「あなたみたいな人……誰にも、愛されないっ……！」

「あの媚薬を呑まされてなお、その反抗心——ますます妾好みの強情さじゃ」

くすくすと笑う紫香が、何やら奇妙なことを始めた。

たっぷりとした裳の奥に手を差し入れ、己《おのれ》の脚の間をまさぐり出したのだ。その白い頬はたちまち上気し、興奮した息が零れだす。

（気持ち悪い……！）

あまりのおぞましさに目をそらし——直後、璃杏はぎょっとした。

裳をたくしあげた紫香の下肢《かし》から、男性を思わせる赤黒いものが生《は》えているのが、視界の端に見えたのだ。

まさか本当は男だったのかと、一瞬疑い、すぐに気づく。

反り返ったそれは、生身の屹立《きつりつ》とは明らかに異なる、冷え冷えとした光を放っていた。

――陽具。あるいは性具。

かつて央玖が用いようとしたのは象牙《ぞうげ》色の磁器製だったが、これは黒い縞《しま》混じりの赤瑪瑙《めのう》でできていた。あのときのものに比べ倍も太く、雁首《かりくび》の張り出し具合もえげつない。

その根本が紫香の脚の間に消えている様子を見れば、全体の姿が嫌でも想像できた。

これは女性同士が淫靡《いんび》な快楽を貪《むさぼ》るため、双極に陽根を象《かたど》った張り型なのだ。

「や……来ないで……やめてっ！」

腕を縛られた璃杏は、敷布を乱しながら腰だけで懸命に後ずさった。

だが紫香はあっけなくその膝を押し広げ、疑似とはいえ、本物以上に生々しく模された瑪璃を璃杏の入口に押し当てた。

ひやりとした先端が触れて、息が詰まる。

一息に貫いてくるのかと目を閉じたが、しかし紫香はそうはせず、媚薬のせいでぽってりと腫《は》れあがった秘唇だけを、ゆるゆると焦《じ》らすように擦った。

「あっ……ああっ……！」

たちまちその狭間から、満ちていた蜜《みつ》が溢《あふ》れてくる。愛液をぬらぬらと纏《まと》った貴石は、璃杏と同じ温もりに染まり、卑猥《ひわい》な赤をより濃くした。

顔を背ける璃杏の頬を、舌でねぶりながら紫香が囁く。

「言え――『璃杏の淫らな孔《あな》を犯してください』と。男の精で穢《けが》されたこの孔を、妾が清めてやろうというのじゃ。ほら、すでに腰をうねらせて、いやらしく香る液をだらだらと垂らして、妾を誘っておるくせに」

「あ……はぅ……」

璃杏の瞳の焦点がぼやけていく。

紫香の言葉通りだった。勝手な欲望に乗っ取られた下肢が、うずうずと揺れてしまうのを止められない。手を縛められていなければ、きっと迷いなく自分の指を突き入れて滅茶苦茶に掻き回している。

「ふふ……これほどに巨大なものをねじ込めば、璃杏の幼いここは裂けてしまうかもしれぬの。腹が破れるほどにも突いてやろう。怖いか？」

「あ、あ……怖いの……いやぁ……」

何を口にしているのかもうわからない。

ただ早く楽になりたい。

数日にわたる絶食を強いられても、背中を鞭打たれても、こんなにつらくはないだろうと思う。広げた脚の奥の奥に、むき出しの快楽を植えつけられたくて、どうにかなってしまいそうだ。

紫香は腰を進めていないのに、蜜口が自《おの》ずから綻《ほころ》んで瑪瑙を咥《くわ》え込もうとしている。

その浅ましい様子に、紫香が感極まったような声をあげた。

「たまらぬわ……ああ璃杏、今こそ妾のものになるがよい――！」

ぐちっと濡れた音が立ち、入口が熱い痛みとともに割られかける。

そのとき璃杏は幻聴《げんちょう》を聞いた。

幻聴だと思ったのだ。


『――璃杏様！』


璃杏の耳元で、かすかに響いたのは央玖の声。

けれど彼の声そのものではない。

分厚い帳《とばり》ごしに聞くような、少しくぐもったこの声は――。

「ひっ……ひぃぃっ！」

紫香がふいに悲鳴をあげ、璃杏の上から飛びすさった。

しゅう――しゅうう――と鞴《ふいご》が鳴るような音が、璃杏の肩口から聞こえている。

横たわったまま目線だけを動かし、璃杏もまた硬直した。

男の腕ほどに太い黒蛇《くろへび》が臥牀に這い上がり、牙《きば》を剥《む》いて紫香を威嚇《いかく》していた。

「何故こんな場所に蛇がいるのじゃ!?」

後ずさった紫香は、よほど慌てていたのか、無様に臥牀から転落した。その拍子に、かつんと硬い音がして、瑪瑙の張り型が抜け落ちる。

蛇はそのまますするすると床に下り、逃げ惑う紫香を壁際まで追いつめた。

「誰かっ！　誰かおらぬか、早《はよ》う！」

取り乱して助けを求める紫香に、ひやりと静かな声が応《こた》えた。

「いかがなさいましたか？」

「央玖……！」

璃杏は思わず声をあげていた。

扉を開けて現れたのは、今度こそ本物の央玖だった。紫香を見下ろすその姿に、瞳が熱く潤《うる》みだす。

「蛇を……このおぞましい長虫《ながむし》を、早くどうにかしてくりゃれ！」

「おや。これは、私の蛇が失礼を」

「そなたの？」

「ええ。昨夜はご紹介し損《そこ》ねましたが、珍獣がお好きだという噂《うわさ》の紫香様なら、きっと気に入っていただけるだろうと、秦楼から連れてきたものです」

央玖は淡々と出まかせを口にした。

「しかもこれはとても忠義《ちゅうぎ》な蛇でして。私以上に妻に懐《なつ》いているようで、彼女の身に危険が及べば、誰彼なく牙《きば》を向けるのです。ほんの一噛みで、雄牛をも死に至《いた》らしめる猛毒を注ぎこんでね」

紫香の足元でとぐろを巻いた蛇が、しゃあっ！　と熱い息を吐いた。

「ああ、駄目ですね。こんなにも興奮していては、もう私の言葉も聞きません」

「ひぃ、あっ、うわあぁぁっ――――！」

蛇の牙がその臑《すね》に突き立とうとする瞬間、紫香は激しい悲鳴をあげて気を失った。

同時に、黒蛇の姿がさぁっと赤い霧に変わり、宙に儚《はかな》く溶け消える。

――央玖の生き血から生まれた、幻《まぼろし》の蛇。

璃杏も何度か見たことのある、喋《しゃべ》る鷹《たか》と同じ種類の幻影だ。

「おい、央玖。どうなった？」

様子を窺《うかが》っていたのだろう。廊下から心配そうな龍覇の声がした。

央玖は扉を開け、気絶した紫香の体を引きずるようにして放り出した。

「悪いが、どこかに捨てておいてくれ」

「捨て……って、あー、わかったわかった。俺にまでそんなおっかない顔してくれるなよ」

龍覇が溜め息をつき、紫香を抱えて立ち去る気配がした。

再び閉ざされた客房の中で、央玖がようやく璃杏に向き直る。

全裸に近い姿で両手を縛られた惨状《さんじょう》に、央玖は絞め殺されるような呻き声を洩らした。璃杏と目を合わせないまま、引きちぎるほどに荒い所作で手首の縛めを解いていく。

「央玖……」

璃杏はおずおずと身を起こし、痕《あと》の残る肌を押さえながら央玖を見上げた。

彼が自分の目を見てくれないことが、怖くて不安で仕方がなかった。

「ごめんなさい……私……紫香様に、こんな……」

「どうして貴女が謝るんです！」

央玖が血を吐くように叫んだ。

大声にびくりとした璃杏を引き寄せ、骨が折れるほどに強く抱き締める。

「私が……璃杏様をお守りできなかったのに……！」

「……央玖」

恐る恐る抱き返した背中が震えて、彼が泣いているのかもしれないと思った璃杏は、たまらない気持ちになった。

「大丈夫よ……何もされてないわ」

唇を奪われ、指まで入れられたことを、「何もなかった」と言っていいのかはわからないが、ともあれ張り型の挿入《そうにゅう》は避けられたのだし。

(――央玖が、こうして抱き締めてくれるから)

加減などない、がむしゃらな抱擁《ほうよう》。

決して失えない、誰にも奪わせない宝のように扱われて、璃杏の胸は苦しいほどに鼓動を打った。央玖の頬に頬をすりよせ、かすれる声で訴《うった》える。

「もっと……ぎゅってして……？」

央玖はもちろん拒まなかった。

彼の首筋に顔を埋《うず》め、よく知った髪の香りに、璃杏は安堵して少しすすり泣いた。

「お許しください……璃杏様を一人にして、恐ろしい思いをさせました」

酒好きの商人につかまって、なかなか抜けてこられなかったこと。せめて幻影の蛇だけでも璃杏の傍に置こうとしたが、慣れない幻を作り出そうとしたせいで時間を費やしてしまったことを央玖は詫《わ》びた。

「紫香女王は、あらゆる猛獣を飼い馴らしたと豪語していましたが、その中に蛇は挙げられていなかった。もしかすると、それだけは苦手なのではないかと思ったのです」

果たして、央玖の推察《すいさつ》は正しかった。

央玖の生み出す幻影に実体はないため、実際に人を傷つけることはできない。紫香が目にしただけで恐慌《きょうこう》をきたす生き物は、やはり蛇で間違いなかったのだ。

彼の機転に感心しながら、璃杏はねだるように呼びかけた。

「ね……顔を見せて」

ためらうような気配のあと、央玖がわずかに身を離した。

やっと正面から向き合った央玖は、さすがに泣いてこそいなかったけれど、ひどく青ざめてやつれていた。

後悔に苛《さいな》まれる彼を見るのが切なく、自分以上に慰めが必要なのではないかと思えて、璃杏はその頬を引き寄せた。

「璃杏さ――」

唇を合わせると、央玖は短く息を呑み――やがて、璃杏の反応を窺うように、柔らかくそっと応えだした。

触れては離し、離しては触れる。

短く浅い口づけは、次第に互いの呼気を奪うようなものに変わり、舌同士を絡める行為へ繋がっていく。

嬉しい。

気持ちがいい。

央玖とこうしていると安心する。

そう伝えたくて口づけに没頭するうち、璃杏の膝頭は密かに擦り合わされ始めた。

「うぁ……んっ……」

「璃杏様？」

――璃杏は困ったことになっていた。

央玖との口づけが呼び水になって、体内で溶けた媚薬の効果が、またぶり返してきたのだ。

触れられてもいないのに乳首が尖《とが》り、全身の産毛《うぶげ》が逆立っていた。きっと今なら指一本どころか、髪の先を弄《もてあそ》ばれるだけで悶《もだ》えてしまう。

絶頂を期待して弾けそうに膨らんだ、欲望でいっぱいのこの体。自分を律そうと唇を噛み締める、その痛みにすら陶然《とうぜん》としてしまうのだから。

　璃杏の様子がおかしいことに気づいたのだろうか。

「ここがつらいのですか……？」

　央玖の手が内腿に這わされ、熱く蕩《とろ》けきった蜜口をかすめるように撫でた。

「はぁんっ！」

　鋭すぎる嬌声《きょうせい》に、央玖が驚いて指を離した。

　璃杏はもともと感じやすい性質だが、口づけだけでここまで乱れるのは不自然だ。

　途切れた刺激が切なくて、璃杏は央玖の胸にぐったりと身をもたせかけた。彼の襟元を握り込み、上目遣いになって訴える。

「だめ……りない……足りないのぉ……」

　璃杏の瞳は情欲に潤んでとろりとし、その声は舌たらずに震えた。

「もっとして……早く、央玖の入れてぇ……」

　いつになく露骨で艶《なま》めいた要求に、央玖がこくりと喉を鳴らす。

「本気でおっしゃっているのですか？」

「ん……欲しいの……」

　すぐに応えてくれないことがもどかしく、璃杏は自分から央玖の下肢をまさぐった。長袍の裾を割り、内衣《したぎ》もめくって、ゆるりと勃ち上がりつつあるものを責めるように揉みしだく。

「大きくするの……するから、入れてね……？」

「……っ」

璃杏がそこに顔を伏せると、央玖は肩を震わせて呻《うめ》いた。

朦朧《もうろう》とした意識のまま、璃杏はぴちゃぴちゃと濡れた音を立て、獣の子が乳を求めるように央玖の分身を舐めしゃぶった。

まだすべてを含める大きさであるうちに、舌の上で転がして、全体を強く吸い上げる。

歯が当たってしまうことを気遣う余裕もなかったが、痛みに委縮《いしゅく》するどころか、肉塊はすぐに重量を増して、璃杏の小さな口腔を押し広げた。

「んっ……硬い、の……」

頭を上下させるたび、なめらかな亀頭が喉の粘膜に当たる。

えずいてしまいそうなものなのに、その苦しささえ快感に変わるのが不思議だった。今の自分が常とは違う状態にあることを、心のどこかでぼんやり意識するけれど、そんなことはどうでもいいと思う。

央玖が相手なら怖くない。

苦しみも痛みも恥ずかしさも、大好きな央玖が快感に変えてくれる。

限界まで膨れきった肉茎を甘嚙みすると、央玖の腰が大きく跳ねるように震えた。

「いけません……もう……！」

央玖が弾かれたように腰を引き、口の中から硬い雄芯が失われた。

次の瞬間、顔面を打つように降りかかった熱い液体に、璃杏は驚いて目をつむった。

「っ……申し訳ありません、お顔に……！」

聞いたことのないような、央玖の慌てふためいた声。

頬を伝うどろりとした白濁に、璃杏は惚けた表情で触れた。

青臭く、粘《ねば》ついて、どこまでも糸を引くもの。

好奇のまま指先を口に含んでみると、ぴりりと舌が痺《しび》れるような刺激があった。

苦くて美味《おい》しくないけれど、意外にも嫌悪感は覚えない。

これは璃杏の口淫によって、央玖が堪《こら》えきれずに迸《ほとばし》らせた精なのだ。

「……ふふ……嬉しい……」

「何を笑っていらっしゃるんですか」

璃杏の顔を懐《ふところ》の手巾で拭いながら、央玖はひたすら当惑している。

「だって、おかしい……央玖があんなに慌てるの」

「おかしくもなります。これは本当に現《うつつ》のことかと疑いたくもなりますよ」

央玖は深々と息をついた。

「ずっと心の裡《うら》に抱いていた不遜《ふそん》な願いを、璃杏様のほうから叶えてくださったのですからね。現実なのだとしたら、いよいよ死期が近いのではないかと怖くなります」

「不遜な願い……？」

璃杏の顔に精を放つことを、だろうか。それとも、出したそれを口にさせること？

普段の璃杏なら顔を真っ赤にして何事か喚《わめ》いたのだろうが、今はただおかしいばかりだ。

強い酒に酔ったときよりも頭の中がふわふわしていて、どんな大胆なことでもしたくなる。

「ね。また、大きくしていい……？」

「せっかくですが」

伸ばしかけた手を掴まれ、そのまま褥《しとね》に押し倒される。弾みで開いた脚の付け根に、馴染《なじ》みのある硬直がひたりと押し当てられた。

「すでに璃杏様のお手を煩《わずら》わせる必要はありません」

「あっ……」

さきほどと寸分違わない大きさの屹立が、濡れに濡れた隘路《あいろ》を割り裂いた。愛液を纏《まと》わせるために、浅い場所で数回出し入れをしたあとは、もう一息に奥まで。

「う……ふあぁぁっ……！」

璃杏の全身がのけぞった。

あまりの気持ちよさに視界が霞《かす》む。ずっと欲しかったものを与えられて、言葉にならない悦《よろこ》びが、涙に変わって眦《まなじり》を濡らした。

もう何も焦らさないで、ただ力強く動いてもらえるだけでよかった。――なのに。

「璃杏様……一体、あの女王に何をされたのですか？」

璃杏を貫いた央玖が、怪訝な様子で眉根を寄せた。

「中がとても熱くて……ざらっとした感触が……これは？」

ただ快楽を追いたくて、思考が曖昧《あいまい》になっていた璃杏は、問われるがままに答えた。

「媚薬……入れられて……溶けたの……中で……」

璃杏の内部は、愛液とそこに混ざった媚薬でぐちゃぐちゃになっているはずだった。ざらつくのは溶け損ねた薬の残りに違いない。

「――それでか」

さきほどまでの璃杏の痴態《ちたい》に納得がいったからだろう。

呟いた央玖の瞳は、しかし、奇妙に暗い冷たさを湛《たた》えていた。

「あの女のせいで、今夜の璃杏様はいつになく大胆でいらっしゃるのですね」

「央玖……？」

「腹が立ちます」

短く吐き捨てた央玖は、あろうことか、そのまま肉身を引き抜いてしまった。

「えっ……いやっ！」

空洞になった場所が切なくて、璃杏は泣き声をあげた。

もともと自分の一部であったものを、理不尽に奪われたような喪失感《そうしつかん》だった。もう一度隙間なく埋めてほしくて、涙を流すように秘裂から蜜が滴《したた》る。

「ごめんなさい、央玖……怒らないで……」

「謝るのは、薬による疼《うず》きを鎮《しず》めて欲しいからでしょう？　そのはしたない場所を塞いでくれるものであれば、生身でなくても構わないのかもしれませんね」

当てつけるように言った央玖の視線を辿り、璃杏は青ざめた。

床に落ちたままの瑪瑙の陽具。媚薬に冒された身であっても、その巨大さには尻ごみする。

何よりも、央玖が自分を抱く気をなくしたらしいことが怖かった。

「央玖のがいいの……央玖のこれじゃなきゃ、だめなの……」

「驚きますね。誇り高い璃杏様が、御自分からそんなにいやらしいおねだりを口にされるとは」

「っ……いやらしいと、嫌いになる……?」

どうしたらわかってもらえるのだろう。

出口のない熱が体内を渦巻いて苦しい。けれどそれ以上に央玖に拒絶されることがつらい。

「だったら我慢する……央玖に嫌われるなら、私……」

「私が璃杏様を嫌うことなど、あるはずがないでしょう」

その言葉だけを聞けばほっとしていいはずなのに、平坦な声音《こわね》が璃杏の不安をぬぐってくれない。

「ただ少々悔しいだけです。——こんな怪しげな薬などなくても、夜毎《よごと》これくらいに私を求めてくだされればいいのですがね」

「あうっ！」

央玖が、璃杏の顎《あご》を捉えて乱暴に仰向《あおむ》けた。いつもの彼らしくもない傲慢《ごうまん》さだ。

「後ろを向いて、四つん這いになりなさい」

「え……」

「私のこれが欲しいのでしょう？　今夜はいつもと違う形で繋がるんです」

央玖は有無を言わさぬ勢いで璃杏の体をうつ伏せにさせた。

長い髪を荒い仕種で掻き分け、露《あらわ》になった首筋を強く吸う。媚薬で敏感になりすぎた体は、その刺激だけでわけなく蕩《とろ》けた。

「腰をあげて。――脚を開いて」

央玖は傀儡《くぐつ》の術も使えたのだろうか。

体のどこにも力が入らないのに、璃杏はのろのろと四肢を繰《く》って、命じられた通りの姿勢をとった。

頭を下にし、裸のお尻を高く掲げ、震える膝で下半身を支える。

遮るものは何もない場所に、夜気が触れてひやりとした。行燈の灯りを受けたそこは、てらてらと蜜を零《こぼ》す卑猥《ひわい》な花が咲いたようになっているだろう。

「こ……このまま、入れちゃうの……？」

「そうですよ。まだ試してはいなかったでしょう？」

答える央玖の唇が移動して、背中から尾骨にかけてのしなやかな峰をかすめていった。踏破《とうは》の証のようにところどころに歯を立てられて、璃杏はそのたびに細く呻いた。

央玖の手が太腿の裏にかけられ、さらに大きく脚を広げる。

後ろから璃杏のそこをじっと覗き込んでいる気配に、呼吸が浅くなって眩暈《めまい》がした。

（全部、見られちゃう……）

乾くことを知らない淫らな蜜口と――その上で窄《すぼ》まった菊花の門まで。

意識した瞬間、顔を近づけた央玖の吐息が、ふっとそこに吹きかけられた。

「きゃあっ⁉」

「はは。璃杏様は、こんなところまでひどく可愛らしいのですね……」

「やだ、やだ、舐めちゃ、あぁ……！」

ありえないところにありえない感触を覚えて、璃杏は敷布を掴みながら泣き叫んだ。

央玖の舌が秘められた後孔《こうこう》をぐるりと舐め回し、硬く閉じた中心を悪戯《いたずら》につつく。

そんな場所に口をつけることが信じられなくて、唾液に濡らされていく感覚が奇妙で、死んでしまいたいほど恥ずかしい。

「いや……いや、変なの、やめてぇ……」

しゃくりあげながら懇願《こんがん》する璃杏に、央玖はぼそりと呟いた。

「こんなに小さく狭い場所では、小指すら受け入れてくれなさそうですね……」

「や……指なんか入れないでっ」

「入れませんよ。璃杏様のお体に、万一でも傷をつけるわけにはいきません」

璃杏がほっとした隙をつくように、央玖は平然と続けた。

「今度は専用の香油を用意して、柔らかくほぐしてからにしましょうね。指どころじゃなく太いものを、ここで呑み込んでいただくのですから」

「⁉」

どういうこと――と問い詰めることすら恐ろしい。

名残惜《なごりお》しげな口づけを残して、央玖の唇がそこを離れた。

代わりに、張りつめた雄の先端が、本来受け入れるべき場所に添わされる。

璃杏はこくんと生唾《なまつば》を飲んだ。

まぎれもない期待だった。

「ああ……やはり、まだ熱いですね」

「ん、んんうっ……くっ……」

璃杏は奥歯を噛み締めた。

央玖の猛々《たけだけ》しい塊《かたまり》が、後ろから容赦《ようしゃ》なく押し入ってくる。

慣れない姿勢で緊張しているせいなのか、この体位だと本来そういうものなのか、正面から繋がるときよりも激しい圧迫感に息が詰まった。

「だめ……もう、入らな……」

弱音を吐く璃杏の背中に、央玖が覆いかぶさってくる。伸ばされた指が顎を捉え、唾液に濡れた唇をなぞった。

「息を吐いて」

「ん……はぁっ……」

「そう。そうすると、中の力も抜けて楽になる」

「ああ……はっ……」

「このまま、璃杏様の奥まで入れさせてください」

犬のような恰好で、やはり犬のようにはぁはぁと喘《あえ》ぎながら、璃杏は央玖の言葉に従おうと努めた。

閨《ねや》の内において璃杏は知らないことばかりで、央玖が仕掛けてくる様々な行為に、いちいち恥じらって戸惑って泣かされてしまう。暗闇の中、行方も知らない舟に乗せられたようなもので、央玖にすがり、頼るしかない状況にさせられてしまうのだ。

央玖を受け入れやすいように、大きく息を吐くことを繰り返すうち、

「あっ……」

ここが、終点。

自分でもそうわかるところに、みっしりと柔襞を分けた熱杭の先が届いた。

「いい子です。すべて迎え入れてくださいましたね……」

璃杏の従順さを褒めるように、頭を撫でてくれる男の手つきにぞくぞくした。

深く結ばれた実感を愉《たの》しんでいるのか、央玖はまだ腰を遣わない。

それでも、押し広げられた璃杏のそこは、この上ない心地よさに痺《しび》れた。燃え立つ燠《おき》を突き込まれているように、熱くて熱くて仕方がなかった。

「は……あぁ……」

快感は全身にたやすく飛び火して、乳房の先がむずむずした。

察したかのように、央玖の手がそこに伸ばされる。彼はとっくに璃杏以上に彼女の体を識《し》っていて、指先ひとつで翻弄するのだ。

「こんなに腫《は》らして、可哀《かわい》そうに」

普段は慎ましやかな突起は、硬い指先で縒《よ》り合わすようにされると、いっそう赤く膨《ふく》れた淫《みだ》らな肉粒に育つ。

「熟《う》れすぎた南天《なんてん》のようですね。そのうち、自然にほろりと落ちてしまうのではないですか？」

「あっ……引っ張っちゃ……」

落ちてしまうとしたら、央玖がそうやって乱暴にねじるからだ。

そう言いたかったが声にはならず、璃杏は四つん這いのまま、両の蕾をこりこりと弄《もてあそ》ばれ続けた。

胸が気持ちよくなるのと連動して、央玖を受け入れた場所が不規則にびくびくと蠢《うごめ》く。

それがよくて、彼は律動もしないまま、璃杏の体のあちこちを弄るのだ。

耳朶《じだ》をかじり、耳孔を舌でくすぐりながら、何かを絞り取ろうとするかのように、執拗《しつよう》な指遣いで乳首をしごいて。

「そんな……しても、なんにも出ない、から……っ」

喘ぎ声の合間に、璃杏はついそう訴えていた。それを聞いた央玖がぷっと噴き出す。

「そうですね。璃杏様にまだ赤子はいらっしゃいませんから……ここからお乳が出るようになれば、ぜひとも飲ませていただきたいものですが」

あまりの発言に、璃杏のほうが赤くなる。

「あ、赤ちゃんの飲むものだから駄目よ……」

「璃杏様を、お乳が出る体に変えるのは私でしょう？」

「だけどっ」

「どんなにか愛らしい児《こ》が生まれるでしょうね。……本当に、早くそんな日が来るといい。私は、こう見えて子守りは得意ですよ？」

　ですから――と艶めいた声が続けた。

「今はどうか、子作りに集中なさってください」

「はっ、ふあぁぁっ……！」

　央玖が密着した腰を押し回すと、剛直の先端が内壁をみちみちと抉《えぐ》った。

　子作りという言葉に反応してか、璃杏の胎《はら》の奥がますます熱く火照《ほて》っていく。

　足りないと思うのは、快感だけではなくて、それなのかもしれない。

　蔡苑の公主でも、秦楼の王妃としてでもなく、ただこの男の番《つがい》の雌《めす》として。

　この体に央玖の子種を根付かせて、大切に育《はぐく》みたい。

「動きますよ……」

　ずるっ――と大きなものが、入口ぎりぎりのところまで引かれ、再び分け入ってきた。さして速くはないのだが、璃杏の内部を執念深く掘削《くっさく》するような動きだ。

「ひっ……うう、くぅ……」

　出ていくときに、膨らんだ雁首《かりくび》で内側を擦られるのが――いい。

　抜かれて閉じようとする媚壁を、すぐにまためりめりと押し開かれるのも、たまらなく心地いい。

「どうですか、璃杏様……?」

「あ……いいっ……気持ちいいのぉ……」

背後から問われて、璃杏は思わず赤裸々《せきらら》に口にしていた。央玖が低く笑い、欲情にかすれた声で言う。

「何がそんなによいのか教えてください」

「か、硬いの……いっぱい擦れて……出し入れされてるの、よくわかって……」

「では、気持ちいい場所をもっと増やせばどうなります?」

「あ……あぁっ……そんな、ぁっ……!」

央玖の右腕が、璃杏の腰を抱き込むように回され、その指先が秘玉に触れた。

央玖自身を呑み込んだ場所のすぐ上で、勝手にはちきれそうになっているそれを、二本の指がきゅっと挟んで細かく揺するように刺激した。

そうしながら、央玖の左手は璃杏の乳房をすくいあげ、しこったままの乳首を親指がぐりぐりと押し潰す。嬲《なぶ》るような抽挿《ちゅうそう》も、もちろん絶え間なく続いている。

「んあ、いい、やぁっ、あああぁっ!」

感じる場所ばかりを三点同時に攻め込まれて、璃杏はのたうつように悶えた。

けれどそうして身をよじれば、すべての快感がいっそう増すばかりだった。

腰が揺れて、お尻が振れて、ねだるような仕種だと気づいても止められない。

だって、どうしようもなく気持ちがいい。媚薬のせいだけとは思いたくない。

央玖だから。

央玖にされることだから、こんなにも感じる。

こんなにも恥ずかしい行為を許せる相手は央玖だけだと確信するほど、胸が切なく満たされて、想いは自然な言葉になった。

「もっと……」

璃杏は肩ごしに振り返り、意地悪で愛おしい夫に囁いた。

「もっと……してね……これからも、いっぱい……」

「璃杏様？」

「媚薬なんかなくても……央玖と、いやらしいことがしたいの……私も、してあげたいの……」

「本当に――貴女は」

怖いほどに真剣な表情で、央玖は璃杏を睨《にら》んだ。

「私をどこまで獣《けもの》にさせる気ですか？」

次の瞬間、璃杏の両手首が央玖に強く捉われた。肩が抜けるかと思うくらい、背後に乱暴に引っ張られる。

その腕をまるで手綱《たづな》のようにして、央玖は激しく腰を打ちつけ始めた。荒々しい直接的な刺激に、璃杏は驚き、泣き喚くように喘いで、そうしながら確かに悦んだ。

「はっ、あっ、ふぁぁ……！」

央玖の腰と自分のお尻がぶつかりあって、打擲《ちょうちゃく》されるような音が立つ。

互いの性器が結合する場所からも、卑猥すぎて形容できない粘着質の響きがやまない。溢れすぎた蜜は、快感が深まるほどに水っぽくなって、太腿の内側を垂れていく。滑りが良すぎるのがかえって物足りないほどで、央玖の荒ぶる雄を締めつけるように、膣壁が無意識に痙攣《けいれん》した。

それが合図だった。

「璃杏様……！」

両腕が解放されたと思ったら、璃杏は央玖に強く掻き抱かれていた。

堪えきれない彼の呻きを、吐息のかかる至近距離で聞く。

欲望を遂げる瞬間、央玖は肉楔をめり込ませんばかりに穿ち、璃杏の皮膚を食い破るように、項《うなじ》に強く咬《か》みついた。

「あぁっ――――！」

とどめを刺される獲物のように、璃杏は四肢《しし》を突っ張らせ、子宮ごと煮崩《にくず》れるような快楽が長々と爆《は》ぜるのに任せた。

同時に波に洗われるように、脳裏からいくつかの光景が薄らいでいく。

それを奇妙に思うこともできないまま、璃杏はその場にくたりと崩れ落ち、引き潮にさらわれるような眠りの中へ落ちていった。

翌日。

「あんなにいっぱいもらっちゃってよかったのかしら？」

秦楼への帰途につく車輿《くるま》の中、璃杏は困惑《こんわく》した表情で首を傾《かし》げた。

「紫香様、よっぽどお忙しかったのね。見送りができないお詫《わ》びにって、高価なお土産《みやげ》をたくさんくださって……なんだか、かえって悪かったみたい」

璃杏たちが乗る車輿の後ろには、運搬用にと賜《たまわ》った巨大な荷馬車がついてきていた。幌台に並んだ櫃《ひつ》の中身は、絹の衣や錦《にしき》の帯に、金銀細工の装飾品。秦楼では採れない稀少な薬石《やくせき》や、日持ちがするよう加工した山海の珍味もふんだんに積み込まれている。

「璃杏様への無礼の埋め合わせとしては、安すぎるくらいでしょう。――尻尾《しっぽ》を巻いて逃げ隠れするほど、脅しが効いたのは何よりですが」

隣に座る央玖は、何故か今朝からずっと憮然《ぶぜん》としている。

「無礼って、お風呂に入ってこられたこと？　でも私も紫香様にお湯をひっかけちゃったし」

その後、紫香の自慢の湯殿で、央玖と不埒《ふらち》な振る舞いに及んでしまったのだから、無礼というならこっちだって大概のことをしている。

「本当に、昨夜のことは何も覚えていらっしゃらないのですか？」

溜め息をつく央玖に、璃杏は戸惑いながら答える。

「ええ……ずっと熱で頭がぼうっとしてて……あの……私、何かした？」

「薬の副作用とは、恐ろしいものですね」

央玖がぶつぶつと独りごちた。

「璃杏様を責めるのは筋違いだとはわかっていますよ。ただ、たまらなく空《むな》しいだけです。あの言葉も、あの約束も、璃杏様の記憶にない以上、無効にしかならないのかと思えば……」

紫香女王、やはり許すまじ――と、央玖は再び剣呑《けんのん》なことを呟いている。

「ねぇ、紫香様と何があったの？」

「……別になんでもありませんよ」

「だって、央玖が理由もなく人を悪く言うのって珍《めずら》しいわ」

央玖は目をそらし、やがて璃杏を納得させる科白《せりふ》を探り当てたように言った。

「――女顔、と」

「え？」

「女のような顔だと、しつこく言われたのが気に障《さわ》ったんです。私は自分のこの顔が、あまり好きではありませんので」

「そうなの？」

璃杏はびっくりした。瞳の色にわだかまりがあるのは知っていたが、そんなことは初耳だ。

「私は……好きだけど」

おずおずと言い、そのすべらかな頰に手を伸ばす。央玖が驚いたように璃杏を見た。

視線を合わせ、璃杏はにこりと微笑んだ。

「うん。私はすごく好きよ」

「っ……」

思いがけない言葉だったのか、よほど不意をつかれたのか。

央玖はぎこちなく首をめぐらせ、明後日《あさって》の方角を向いた。

片手で口元を覆《おお》い、耳の先を赤くしている様子が、噴き出すほどおかしくて、可愛くて。

「大好きよ」

璃杏はのびあがって、その頬に何度も口づけた。

秦楼を統《す》べる国王はますます顔を赤らめ、視線を泳がせて、

「本当に、死期が近いのかもしれません――」

と、どこかで聞いた気がする言葉を、呻くように呟いたのだった。

甘やかな双獣

居間の中には、ふわりと甘い茉莉花茶《まつりかちゃ》の香りが漂っていた。

「うちはもう、七日かしら。璃杏《りあん》さんのところは？」

「え……ええと……そろそろ二十日《はつか》？」

「嘘《うそ》っ！　それは長い、長すぎるわよ！」

茶卓の向かいに座った春蘭《しゅんらん》が、興奮して身を乗り出す。璃杏は慌《あわ》てて、彼女の手の届かない範囲に互いの茶椀を退けた。

今日も今日とて、昼下がりのひとときをともに過ごすために、気のおけない友人のもとを訪れているところだった。

お付きの女官《にょかん》は気をきかせて場を外し、ここには璃杏と春蘭の二人きり。ともに新婚の二人が顔を合わせれば、話題は自然と互いの夫のことになる。

その話の流れで打ち明けあうことになったのは――『夫婦生活がどれくらいご無沙汰《ぶさた》か』。

「しょうがないのよ。央玖《おうく》はすごく忙しそうだし……」

璃杏は頬《ほお》を赤らめてうつむいた。

年の瀬《せ》が迫り、秦楼《しんろう》の皇城《こうじょう》内は近頃何かと慌《あわ》ただしい。国王である央玖は当然、その筆頭ともいうべき多忙さを極めていた。

年内に片づけておくべき案件が積み重なっている上に、年明けに開かれる宴《うたげ》の支度や、他国への年賀の挨拶《あいさつ》の準備。形式的なことばかりといえばそうだが、彼にとっても登極《とうきょく》して初めての出来事になるだけに、手を抜くわけにもいかないらしい。

もちろん璃杏にも、それなりにやることはあった。

けれどそれは、新年の衣装を誂《あつら》えるべく絹《きぬ》の種類や刺繍《ししゅう》の柄を選ぶことであったり、今年の穢《けが》れを祓《はら》うための祈禱《きとう》に出かけたりと、寝る間も惜《お》しんで働く央玖に比べれば、なんとものんびりしたことばかりだ。

――そう、まさに寝る間も惜しんで。

正確には、短い時間だけでも寝《やす》んではいるのだろうが、近頃の央玖はめっきり後宮《こうきゅう》を訪れなくなってしまっていた。無理やりに足を運んでも相当に遅い時間になるし、翌朝は日が昇ると同時に朝議《ちょうぎ》に臨《のぞ》まなくてはならないためだ。

央玖が本当にちゃんと眠っているのかどうか、璃杏には確かめるすべがない。

閨事《ねやごと》が間遠になったことより、璃杏にはそちらのほうが心配だった。

顔さえ見られれば少しは安心できるし、やったことはないけれど、肩くらい揉《も》んであげられるのに。

何度も正殿に出向いていきたいと思ったが、そこは政《まつりごと》の場であり、男たちの世界でもある。

正当な理由もなく、女の璃杏がしゃしゃり出ていくのははしたないことだし、この国の王妃である以上、自分はもっと泰然《たいぜん》と構えていなければいけないのだ。寂《さび》しいなどという気持ちを匂わせるのは、友人である春蘭だけに留めておかなくてはならない。

「春蘭さんにも、ごめんなさい。龍覇《りゅうは》さんまで忙しくさせちゃって」

「やだ、璃杏さんが気にすることじゃないわ」

恐縮《きょうしゅく》する璃杏に、春蘭は笑ってひらひらと手を振った。

国王である央玖が忙しいということは、その警護役である龍覇も、主《あるじ》につきっきりだということだ。

母国に戻って一年にもならない央玖には、気を許せる側近の数が少ない。

それをよく知る龍覇は、自《みずか》ら休みを返上して央玖に仕《つか》えてくれているのだった。その心遣《づか》いはありがたいが、春蘭のことを思うと、それ以上に申し訳ない。

「まぁ、こんなにばたばたしてるのも、年が明けてしばらくまででしょ」

場を明るくするように春蘭が言った。

「落ち着いたら、旦那様にいっぱい甘えなさいよ。きっと向こうもいろいろ溜《た》まってるだろうから、ちゃんと体力つけて準備万端にしとくのよ?」

「春蘭さんたら……」

相変わらずざっくばらんな友人に、璃杏はやっと小さな微笑を浮かべた。


『舟遊び……?』

まだ、央玖の政務がここまで立てこんでいなかった頃。

彼は璃杏にひとつの約束をしてくれた。

いつものように情交を終えた夜。心地よいまどろみにたゆたう璃杏を抱き寄せて、優しい声で言ったのだ。

『後宮の庭院《なかにわ》に広い池があるでしょう。そこに舟を浮かべて、管弦《かんげん》の宴を開きませんか』

『そんな暇《ひま》なんて、この先どんどんなくなるでしょ？』

央玖の腕に頭をもたせかけ、璃杏は案じるように言った。

『ですが、璃杏様は舟がお好きでしょう？　蔡宛《さいえん》にいらっしゃった頃は、しょっちゅう私を伴って御池《おいけ》に向かわれたではないですか』

『そうだったわね……』

昔を思い出して、璃杏は懐かしく目を細めた。

自分は、公主《こうしゅ》にしてはお転婆《てんば》なほうだったと思う。十歳を過ぎる頃までは、父王もあまり口うるさいことは言わず、央玖を従えて闊達《かったつ》に遊び回る娘を黙認してくれていた。

迷い込んできた子猫を央玖と二人でこっそり飼ったり、秘密の宝物を王宮のあちこちに隠して回ったり、古びた蔵の中を埃《ほこり》まみれになって探検したり。

特にお気に入りだったのが、央玖の言った舟遊びだ。

央玖に命じて櫂《かい》を操《く》らせ、もっと速く漕《こ》げだの、池の鯉《こい》を捕まえろだの――今になれば横柄《おうへい》だった自分が恥ずかしいが、あのときの央玖は璃杏と同じように楽しげに笑っていたと思う。

滅多《めった》に感情を表さない少年だった彼が、それこそ年相応の子供の顔で。

『いつ時間がとれるかはわかりませんが、約束はきっと守ります。楽しみにしていらしてくださいね』

『……ありがとう』

璃杏は胸がいっぱいになって、央玖の肩に額《ひたい》をすり寄せた。

幼《おさな》い頃の思い出を覚えていてくれたことだけでも充分なのに、これから訪れる多忙な日々をひそかに寂しがっている璃杏に気づいて、誓いをくれたことが嬉しかった。

この人の妻になって幸せだと、本当に心から思った。

(だから平気。寂しいけど、ちゃんと待てる――)

そう思いながらも寝つかれず、璃杏は一人、深夜に臥所《ふしど》をさまよい出た。

誰もいない回廊《かいろう》を抜けて、朱塗《しゅぬ》りの欄干《らんかん》が据えられた露台《ろだい》にまで足を運ぶ。ここからだと、央玖と舟遊びをしようと約束した池が見渡せるのだ。

夜着《よぎ》の上から綿入りの外套《がいとう》を羽織《はお》ってはいたものの、頬《ほお》に当たる風はちりりと冷たい。襟元を掻《か》き合わせながら、璃杏は闇《やみ》に目をこらした。

眼下に臨《のぞ》む池は瓢箪《ひょうたん》の形に似て、くびれたその中心には石造りの橋がかかっている。

春になれば、周囲に植わった紅梅と白梅が甘やかな匂《にお》いを零《こぼ》れさせ、放し飼いにしている鶯《うぐいす》が麗《うるわ》しい囀《さえず》りを響《ひび》かせるのだ。

(どうせ宴を開くなら、暖かくなってからのほうが楽しいはずだわ)

約束が先延ばしになっていく切なさを、そう考えることで割り切ろうとしてみる。

でも本当は寒い時期だって構わない。豪華な宴席なんて必要ないし、名手たちによる雅《みやび》な奏楽だっていらない。

ただ央玖と二人、昔のように、舟上で笑って語り合えれば。

そう思う璃杏の視界にふと、さっきまでは見えなかったものが映った。

池のほとりに佇《たたず》み、こちらに背を向けている人影。

璃杏は驚き、何度も目を瞬《まばた》いた。

青磁色《せいじ》の袍《ほう》を纏《まと》い、長い髪をゆるく編んだその姿は、見知った男にそっくりだった。

こんな場所にいるはずもない、夫の姿にとても似ていた。

「……央玖？」

呟《つぶや》きが届くには遠すぎたが、人影が振り返って露台に立ち尽くす璃杏を見上げた。

疑念が確信に変わって、璃杏は深夜にふさわしくない大声をあげた。

「どうしているの⁉」

「――貴女《あなた》にお会いしたくて」

月影を浴びて静かに微笑《ほほえ》む青年は、まぎれもない央玖その人だった。少なくとも遠目にはそう見えた。

どこか違和感があるような気もしたが、久しく会っていなかったから、様子が変わったとしてもおかしくない。忙しさにまぎれて睡眠や食事をしっかりとっていないせいかもしれない。

「待って……そこにいて！」

璃杏は外套の裾をたくしあげ、身を翻《ひるがえ》した。

池端に続く階《きざはし》に向かい、胸を弾《はず》ませて駆けだした。


「寒くはありませんか、璃杏様？」

「央玖がこうしててくれるから、平気」

甘ったるい会話をしている――と自分でも照れる。

池の半《なか》ばに浮かんだ小舟の上で、ぴったりと身を寄せ合いながらのやりとりだ。

思いがけず央玖に出会えたことが嬉しくて、璃杏はいつになくはしゃいだ。

桟橋《さんばし》に舫《もや》われていた簡素な木舟は、池の清掃に使うものらしく、かなり小さく頼りなかったが、璃杏は央玖の手を引いて勢いのまま乗り込んだ。

月光を反射してきらめく水面《みなも》に、二人を載せた舟がゆったりと漕ぎ出す。

きんと冷えた空気の中、風が木立を揺らす音と密やかな水音だけが響いていた。

それ以外はとても静かで、璃杏は、この世界に自分と央玖以外の人間は誰一人いないような錯覚《さっかく》を覚えた。その考えは少し怖くて、けれど、それ以上に甘美な想像だった。

「ずっと忙しかったんでしょう？」

寒風から守るように自分を抱き締める央玖を見上げる。

「なんていうか……ちょっと雰囲気《ふんいき》が違うもの」

「どんなふうに？」

「ええと……うまく言えないけど……」

璃杏は言葉を探りあぐね、口をつぐんだ。

あえて言うなら、線が細くなったとでもいうのだろうか。

璃杏に向けられる柔らかい微笑は、間違いなく央玖のもののはずなのに、これまでに感じたことのないような儚《はかな》げな色合いを帯びている。

「璃杏様も、少しお痩《や》せになられましたね」

「……そう？」

璃杏はばつが悪くなって目をそらした。

一人での食事はどうにも味気なくて、食が細くなっていたのは事実だ。後宮を取り仕切る宦《かん》官《がん》の鄭英《ていえい》にも、「そんなことでは、陛下の御渡りがあっても良い子を授かれないでしょう」と苦い顔で叱られた。

——良い子を授かる。

その言葉を思い出して、璃杏はどきりとした。春蘭にも打ち明けた通り、央玖とは「そういうこと」をもう二十日もしていない。

（な……何を考えてるのよ）

うつむいた頬がたちまち熱を持つ。

忙しい央玖が無理をして会いにきてくれただけで充分なのだ。今夜は後宮で休むつもりかもしれないが、彼の体調を慮《おもんぱか》るなら不埒《ふらち》なことはしないに限る。それでなくても、深夜に舟を漕がせるだなんて我儘《わがまま》を叶えてもらっているのだから。

「そろそろ戻りましょう」

名残《なごり》惜しさを堪え、璃杏は言った。

「明日も早いんでしょう？　体が冷えちゃったから、部屋に戻ったらお茶を淹《い》れるわね」

「……戻らなくてはいけませんか？」

膝に置いていた手に、掌《てのひら》をそっと重ねられた。

「二十日も離れていたんです。これ以上、少しのおあずけも待てません」

「えっ、ちょっと……きゃあっ！」

熱っぽい囁《ささや》きとともに押し倒されて、二人が乗った舟は大きく揺れた。

琥珀の瞳が至近距離で悪戯《いたずら》っぽく光るのに、璃杏の声は上擦《うわず》った。

「お、央玖？　嘘《うそ》よね、まさか、こんなところで」

「その『まさか』です。――躾《しつけ》の悪い犬で申し訳ありません」

「ば、馬鹿《ばか》ぁっ……！」

自《みず》らを犬になぞらえた央玖は、舌《した》を伸ばして璃杏の鼻先をぺろりと舐《な》めた。

その舌はすぐに璃杏の唇《くちびる》をなぞり、抗《あらが》う彼女の歯列をこじ開ける。じっくりとした動きが口の中をひとしきり巡り、体の奥から火照《ほて》らせるような熱い吐息が吹き込まれた。

「あ……あぁ……」

口づけられて、自分がどれほど飢《う》え渇いていたのかを思い知る。

押し返すつもりで央玖の胸に触れた手が、逆にその襟《えり》をぎゅっと握り込んでしまう。

混ざり合う唾液が零れそうで、璃杏はこくりと喉を鳴らして呑《の》み干した。央玖の手が優しく耳朶に触れ、頬を撫《な》でて、とくとくと脈動する首筋にまで這《は》っていく。

外套の襟元から忍んできた指が鎖骨《さこつ》をなぞり、璃杏はぴくんと身を震わせた。

「駄目……」

そう口にしなくてはいけないことが悔《く》やまれたが、駄目なものは駄目だった。

ここは外で、舟の上で、誰かに見られないとも限らない。

央玖に身を委《ゆだ》ねたいけれど、さすがにこんな場所では――そう思って必死に身をよじるのに。

「すべては脱がせませんから……また璃杏様に風邪《かぜ》をひかせるような愚《ぐ》は犯しません」

数カ月前の聯逢《れんほう》での出来事をほのめかしながら、央玖は外套を開き、夜着をくつろげ、璃杏の胸元に唇を落とす。

「も、問題はそこじゃな……痛っ！」

「失礼。強く吸いすぎました」

央玖は白々《しらじら》しく謝った。

ちゅうっと音が立つほどに激しく吸われた素肌が痛む。ひりひりしたそこは、きっと明日になっても消えない鬱血《うっけつ》の痕《あと》がついただろう。

「空腹が過ぎて加減がきかないんです。乱暴にしたくはありませんから、この犬に情けを与えてくださいませんか？」

「馬鹿……ずるい……！」

璃杏は央玖の肩を拳《こぶし》で叩いた。手加減《てかげん》なんてできなかった。

央玖は卑怯《ひきょう》だ。

口先だけは従順に許しを請《こ》うてみせるけれど、璃杏が彼を好きなのを知っていて、本気で拒めないことがわかっていて、いつだって自分の欲望を遂《と》げてしまう。

「あまり暴れると、舟がひっくり返りますよ」

その言葉に、泳げない璃杏は「う……」と詰《つ》まって抵抗をやめた。

実際舟はぐらぐらと揺れて、危うい均衡《きんこう》を保っていた。こんな寒い季節に水中に放り出されたら、風邪どころか肺炎になって死にかねない。

「おとなしくしてくだされば、暖かくしてあげますよ」

央玖が璃杏の手を取った。固めたままの拳を解かせ、その指先を口に含む。

「ひゃ……！」

璃杏は驚いて首をすくめた。

璃杏の人差し指を咥《くわ》えた央玖は、関節をかりっと甘噛《あまが》みし、熱い舌で舐め回しながら、時折強く吸い上げる。

じわじわとそんな愛撫《あいぶ》を繰り返されるうち、璃杏は鳩尾《みぞおち》のあたりに奇妙な疼《うず》きを感じ始めた。

舌を這わされているのは胸でもなく、脚の間の敏感な場所でもない。

なのに全身がかっとして、心臓がどきどきする。央玖が璃杏を見つめながら、反応を窺《うかが》っているのが余計に恥ずかしくて――その恥ずかしさが、ますます劣情《れつじょう》を煽《あお》っていった。

（嫌だ……私……）

指なんかを舐められて悦《よろこ》ぶなんて、胸や陰部を弄《いじ》られて感じる以上にはしたない気がした。

央玖はなおもいやらしい動きで、見せつけるように舌を突き出し、中指までも同時に舐めた。唇で食《は》むように咥《くわ》えたと思ったら、喉の奥まで呑み込んで、規則的な出し入れを繰り返す。

何かに似ている――と思い、璃杏は息を呑んだ。

「お気づきになられましたか？」

央玖が口を離して言った。

「いつも璃杏様が、私のものを可愛《かわい》がってくださるお返しです」

「そっ……そんなにはしたない舐め方なんかしてないわ……！」

「そうですか？　では、この機会に覚えてくださっても構いませんよ」

「っ……！」

璃杏は真っ赤になって肩を震わせた。

「そんなに膨《ふく》れないでください」

璃杏の頬を包み込み、央玖がくつくつと笑う。

「お詫《わ》びに、今度は璃杏様のお好きな場所にご奉仕させていただきますから。どこに何をお望みか教えてください」

「っ……どこにも何もしてくれなくて結構よ！」

「璃杏様の嘘には騙《だま》されませんよ」

自信ありげに央玖は言い、夜着の裾を割って璃杏の内腿《うちもも》を撫で上げた。

「ほら。こんなにびっしょり湿らせて、私に苛《いじ》められるのを待っていたんでしょう？」

指を舐められただけで濡れてしまった二枚の襞《ひだ》を、央玖がゆっくりと嬲《なぶ》る。

割れ目からとろりとした蜜《みつ》が零れ、央玖が指を動かすにつれて、猫が水を飲むときのような
ぴちゃぴちゃという音が響いた。

自分の股間《こかん》から聞こえる、いやらしすぎるその音に、耳の孔《あな》まで犯されている気分になる。

透明でぬるつく愛液を、央玖の指先が小さな秘玉に塗りつけた。

丹念に、丁寧《ていねい》すぎるほどに、繰り返し繰り返し塗り込めた。

「少しずつ芽を出してきましたね……」

「う……あっ、はぁっ……」

「私の愛撫に応《こた》えて育つここは、なんて可愛らしいのでしょうね。色は血の通った珊瑚《さんご》のようで、真珠よりもずっと小粒で……この至高の宝玉を目にできるのは私だけというのが、少々もったいない気もします」

「んうっ……」

立て膝《ひざ》になった足の先、刺繍の施された絹の沓《くつ》が脱げて、爪先《つまさき》がきゅっと反《そ》り返る。

下肢《かし》の中心からせりあがってくる甘い痺《しび》れに、璃杏はいやいやとかぶりを振った。

強弱をつけながら擦られる場所は、とても小さくて狭いのに。

そんなわずかな一点から、全身に染み渡る官能が生まれる。それが不思議で、とても怖い。

こんな小さな肉芽を弄《いじ》られるだけで、普段の理性や慎《つつし》みが瞬《また》く間に消え去ってしまうのなら、女とはなんて愚かで他愛ない生き物だろう。

――けれど。

「こちらを見て」

顔を背《そむ》けようとする璃杏に、央玖が囁く。

潤《うる》んだ瞳を彼に向けると、悪戯な快楽を送り込んでくるのとは逆の手が、璃杏の額にかかった髪を優しく払った。

「私の手で感じてくださる貴女《あなた》の表情が好きなんです」

「や、あん……」

「その可愛《かわい》らしい声も、全部。愛していますよ、璃杏様――」

指の腹が秘玉をくるりと転がして、やんわりとゆるく押し潰す。

鼻に抜けるような甘い声が璃杏の唇から放たれた。

撫でるように。引っ掻くように。つくつくと指先で拍子を刻むように。

細やかに多彩に指を遊ばせ、少しずつ種類の違う快感で、央玖は頑《かたく》なな璃杏を陥落させる。

体も心も他人の思うままにされるなんて、本当は屈辱《くつじょく》のはずなのに。

央玖に屈服させられて初めて、璃杏は自分の欲望に素直になれる。

どんなに乱れても、愚かで恥ずかしくてみっともなくても――そんな自分を、央玖がすべて受け止めてくれることを知っているから。

「央玖……」

「はい、璃杏様」

呼びかければ優しい抱擁《ほうよう》が返って、璃杏は恍惚《こうこつ》として目を閉じる。

冬の戸外であるにもかかわらず、璃杏は少しも寒くなかった。

央玖の体が風を遮っていることもあるが、胸が高鳴って、全身が火照って、めくれた裾から忍び込む夜気がかえって心地いいくらいだ。

「そのままじっとしていらしてください」

囁きとともに両脚を抱えられ、舟の縁に踵《かかと》を載せられた。大きく開いた膝の間で、袍《ほう》の裾を割った央玖が腰を定める。

熱く滾《たぎ》った雄茎が当てがわれる感覚に、璃杏の喉がはしたなく鳴った。待ち焦がれていたものは、あとほんの数瞬で――。

「まだですよ」

逸《はや》る心をなだめるように、央玖が言った。

「ここではあまり激しくは動けませんから……もう少し、お互いに昂《たか》ぶらせておきましょう」

「え……なに……!?」

新しい刺激を感じて、璃杏は両手で口元を押さえた。

央玖が己の肉身に手を添え、その先端を操って璃杏の陰核《いんかく》を擦《こす》ったのだ。

ぬるんとした感触が伝わるのは、彼もまた先走りの液をたっぷりと滲《にじ》ませているから。

くちゅくちゅと音を立て、お互いの一番敏感な場所を擦りつけ合うその行為は、とてつもなく浅ましいと思うのに、自然に腰が揺れてしまう。

「はぁ……あっ……やぁん……」

「またひとつ、お気に入りの遊びを見つけましたね」

央玖が楽しそうに囁いた。

「私もとても気持ちがいいですよ……では、こんな試みはどうでしょうね？」

「え……やだっ」

璃杏は目を見開いた。

央玖の指が鈴口《すずぐち》の先をぱくりと開き、腫《は》れあがった陰核をその狭い孔《あな》に収めたのだ。信じられないくらいにぴったりと、二人の淫らな凹凸《おうとつ》が嵌《は》め合わされる。

「く……これは、なかなか……」

「ああん、揺らしちゃ、ああっ、やぁ……！」

「揺れているのは舟ですよ……」

央玖がいつも熱い精を迸《ほとばし》らせる出口に、璃杏の快楽の根源が食い締められている。

彼が動かしているのか、それとも本当に舟が揺れるせいなのか、わずかに蠢《うごめ》き擦れる刺激がたまらなく鮮烈な感覚を生み出した。

「へ……変になっちゃ、あ、あぅっ……！」

「私も不思議な感じです……犯しているはずなのに、ここを犯されているような……なんだか癖《くせ》になりそうですよ」

央玖も息をかすれさせ、淫らな遊戯に没頭していた。

「この愛らしい突起《とっき》は、男にとっての陽根と同じですからね……興奮し、血が集《つど》って大きくなる。いいですよ、璃杏様。もっと腰を突き出して……私を思うさま犯してください」

「お、おかしなこと言わない、で……っ」

髪の先から爪先《つまさき》までもが、ぞくぞくした痺れに取り憑《つ》かれていく。

央玖の滴《したた》らせる粘液にまみれた陰核は、実際の大きさ以上に膨《ふく》れあがっているように感じられた。鋭い針で一突きされたら、ぱぁんと音を立てて弾けそうだ。

「もう……もう、やめて……こんなので、あんっ、いきたくな……」

達《い》きたくない。

そう口にするのとは裏腹に、恥骨が勝手に浮きあがり、さらなる快感を貪《むさぼ》ろうとする。

触れ合う性器はそのままに、央玖が上体を屈《かが》めて璃杏の唇に口づけた。

喘ぎ声を塞がれると、全身を巡る熱がますます逃れる先をなくすようで。

薄い夜着を突き上げて尖った乳首を、布越しにきゅうっとひねられて。

静かなのにとても深い絶頂が、訪れたのはすぐだった。

「んっ……う、あ、……っく――！」

央玖の亀頭に埋め込まれた肉の芽が、感覚をなくすほどに麻痺《まひ》した。咥《くわ》えるものとてない媚肉《びにく》が、空《むな》しくねだるようにひくひくとうねる。

「ひう……っ……」

太腿を震わせ、瞳の焦点を失ったまま、璃杏は切なくすすり泣いた。欲しかった――央玖の熱くて太いもので埋めてほしかった場所は、そこなのに。音もなく零れだした淫液が、秘唇《ひしん》から恨めしげに垂れて、その下に息づく後孔までもを濡らしていった。

「すごいな……これで、お漏《も》らしをされたわけではないのですから……」

央玖の指が、愛液に滑る後ろの秘蕾をくちゅくちゅと弄る。

最近の央玖は、妙にそこに執心なのだ。恥ずかしい襞の数を数えるように周囲の薄い皮膚《ひふ》をなぞって、わずかに綻《ほころ》びかけた入口に指先を押し込める真似をする。

いつもなら抵抗するところだが、達したばかりの身では満足に声も出ない。陸に投げ出された魚のようにぐったりとし、脊髄《せきずい》の反射で時折びくんと戦慄《わなな》くだけだ。

「これくらい濡れていらっしゃれば、指の一本は楽に入るはずですよ。試しても構いませんか？　璃杏様《いら》……――璃杏様？」

璃杏の答えは返らなかった。

二十日ぶりの絶頂に追い詰められた体が、これ以上の刺激には耐えられないというように、意識を閉ざそうとしていたから。

「……結局、私はまたおあずけですか？」

拗《す》ねたような央玖の声を、璃杏は聞いたか、聞かなかったのか。

「いくら魅力的でも、意識のない璃杏様を抱くほどに無粋《ぶすい》ではありませんので——その分、次は容赦《ようしゃ》いたしませんよ」

ぞっとするほど甘い囁きとともに、吸い上げるような口づけをひとつ。

その感触を最後に、璃杏は全身をぐったりと弛緩《しかん》させ、央玖の腕の中で気を失った。


「あ……」

目覚めたのは、いつもの臥牀《しんだい》の上だった。

格子窓から差し込む光は、もうすっかり午《ひる》のものだ。朝寝坊どころでなく眠り込んでしまっていたことに気づいて、璃杏は慌てて身を起こした。

控えの間から、「お目覚めですか」と問う女官の声がする。

身支度を整えてもいいかと訊《き》かれたので招き入れ、璃杏は夜着のまま臥牀を抜け出した。鏡台に座って髪を梳《す》かれながら、つらつらと考える。

（央玖が運んでくれたのかしら……）

昨晩のことを思い出すと、頬がほんのりと赤らんだ。

誰も見ていないとはいえ、戸外の、しかも揺れる舟の上で、あんなにも淫らな行為に耽《ふけ》ってしまった――。央玖の妻になってからというもの、想像もしないような経験ばかりをさせられて、気の休まる暇がない。

（最後までは……してない、わよね？）

女官に気づかれないように、こっそりと内腿を擦り合わせる。央玖にさんざん貫かれた翌朝は、膣奥がしばらく疼《うず》くような熱を持っているからすぐにわかる。

今日はそんな感覚はないけれど、満たされなかった寂しさに柔襞《やわひだ》がきゅっと蠢いて、璃杏は一人で狼狽《ろうばい》した。

「どうなさいましたか？」

璃杏の身じろぎを感じ取った女官が、櫛《くし》を持つ手を止めて尋《たず》ねた。

「申し訳ありません、御髪《おぐし》を引っ張ってしまいましたでしょうか？」

「う、ううん、違うの。ええと……今日は、その珊瑚の簪《かんざし》を挿して」

何気なく選んだ簪だったが、秘玉を珊瑚に喩《たと》えられたことを思い出し、璃杏の動揺はますます募る。何も知らない女官相手に取り繕《つくろ》うこともないのだろうが、思わず口を吐《つ》いて出た。

「ねぇ、央玖は今朝も早く出ていった？」

「はい？」

「昨日、遅くだったけどここに来たのよ。朝食はちゃんと食べていったのかしら」

「いえ……陛下のお姿は、今日は誰も目にしておりませんが」

「そうなの？」

では、央玖は璃杏をここまで運んだあと、その足でまた正殿に戻ったのだろうか。

「お言葉ですが、夢でもご覧《らん》になったのではないですか？」

璃杏より一回り年嵩《としかさ》の女官は、微笑《ほほえ》ましげにそう言った。

「昨夜の陛下は、皇都にある文官の邸《やしき》にお泊まりになっていたはずですよ」

「……え？」

思いがけないことを言われて、璃杏は瞳《ひとみ》を瞬《また》かせた。

「鄭英《ていえい》様から聞きましたから、間違いございませんわ。なんでもその文官の奥方が、予定よりずっと早く産気づかれて、双子を出産なさったそうで。陛下に名づけ親になっていただきたいと、不遜《ふそん》なお願いを申し出た官がいたと、鄭英様はとてもお怒りでしたのよ」

女官は肩をすくめた。

「それでも出かけていかれるのですから、陛下は本当に、臣下を大切になさる素敵なお方ですわねぇ。こんなに毎日お忙しいのに、以前からの約束だったのだからと、お祝いの品もたくさん贈られたそうですよ」

「待って……だって」

璃杏は慌てて夜着の袷《あわせ》をくつろげた。

消えていない。昨夜、央玖に強く吸われたその痕《あと》は、今もくっきりと残っているのに。

「まぁ、季節外れの虫が出ましたの？　あとで軟膏《なんこう》をお持ちしますね」

この女官は人は好いのだが、なんとも呑気《のんき》で大らかだった。

「夢に見るほど陛下をお慕《した》いされていらっしゃいますのね。そんな王妃様によいお知らせですわ。陛下は、今夜こそこちらにお渡りになるそうです」

「今夜こそって……」

「本当は、名づけ親のことがなければ、昨夜のうちにいらっしゃるはずだったんですよ。そのためにご精を出して政務にあたっていらしたのに、なんとも間の悪いことでしたわね」

どう受け止めていいのかわからない璃杏の髪を結い上げて、女官はにっこりと笑った。

「さ、次はお着替えですよ。そのあとは、何か滋養のあるものを用意いたします。陛下に会えるのですから元気を出して、今日こそしっかり召し上がってくださらなくては嫌ですよぉ」


——どういうことなのだろう。

夜になるまで、璃杏はぐるぐると考えた。考えてもまったく結論は出なかった。

央玖が昨夜——正確には文官の邸から戻り、そのまま朝議に臨《のぞ》む今朝まで——皇城を空けていたことは事実らしい。鄭英にも直接確かめたし、そんなことで嘘をつく理由は誰にもない。

(だったら、私と舟に乗っていた央玖は誰なの?)

実はよく似た他人だった——というのが一番理屈には合うだろう。

けれど、絶対にそんなわけはなかった。何度も肌を重ねた璃杏が、央玖と他人を間違えるわけがない。

それに、もし本当に央玖でなかったのなら、それこそとんでもないことだった。秦楼の王妃である自分を、あの男はあんなにも身勝手に弄《もてあそ》んだのだ。

（それとも、あれはやっぱり夢だった？）

けれど、胸元に赤紫の鬱血《うっけつ》が残っている以上、それもありえないことだった。

湯浴みを終え、臥牀の上に腰かけながら、璃杏は溜め息をついた。明かりを絞った房室《へや》には、女官が焚《た》いていった白檀《びゃくだん》の薫香《くんこう》が満ちている。

すでにかなり遅い時間だが、央玖の訪れはいまだない。

眠たくはなかったが待ちくたびれて、璃杏はうつ伏せに寝転んだ。

玉の枕に顎《の》を載せて、両足をぱたぱたとはしたなく動かしていたそのとき。

「手持ち無沙汰《ぶさた》な璃杏様というのも、とても愛らしいものですね」

「っ……いつ来たの⁉」

臥牀の帳《とばり》がめくられて、央玖がそこに立っていた。

扉が開く音もしなかった。いつから――そしてどこから、彼は入ってきたのだろう。

璃杏は急いで身を起こし、央玖の姿をまじまじと見つめた。

黄蘗《きはだ》色の地に刺繍のある袍を纏い、いつものように黒髪を肩に流して編んでいる。

涼やかな琥珀色の瞳に、上品に整った鼻梁《びりょう》。口づけをすれば、見た目より男らしく厚いと知れる唇――どこからどう見ても彼でしかない。

十年以上をともに過ごした璃杏の従者。今は誰より近しい夫。それはもちろんわかっていても。

「……本物？」

璃杏はその胸に手を伸ばし、確かめるようにそろそろと触れた。

「何をお疑いですか」

「央玖、昨日はどこにいた？　何をしてたか、ちゃんと答えて」

「璃杏様と楽しい舟遊びをしたでしょう」

「本当に？　嘘を言ってない？」

「おかしなことを言う璃杏様だ」

央玖は笑って屈み込み、璃杏の耳朶《じだ》を柔らかく食《は》んだ。

「昨夜は、せっかくのところでおあずけにされてしまいましたからね。今夜はたっぷり続きをいたしましょう」

「あ……待って、待って……」

何かがおかしい。ひっかかる。

それを追及したいのに、央玖の手が夜着の上から乳房を揉みしだいてくるせいで、言葉はあえなく喘《あえ》ぎに変わる。

肩から袖《そで》が滑り落ちて、上半身が肌脱ぎにされた。

直に触られる素肌はしっとりと瑞々《みずみず》しく、初めは白磁の無垢《むく》さであったものが、央玖の愛撫を受けるにつれて薄赤く色づいていく。

思えば、央玖は璃杏のあらゆるところを赤く染めてきたのだった。

昔は両手の爪。それが足の爪になり、その次は初めての口づけを知った唇。

硬い胸の蕾も、慎《つつ》ましやかな秘玉も、誰にも触れられることのなかった柔襞も、すべて央玖に暴かれて、淫らな紅《くれない》に染まることを覚えた。

ときに血を流し、涙を流し、そのたびに璃杏は、自分が違う生き物に生まれ変わっていくような気がした。

央玖の指で、唇で。たくましく漲《みなぎ》る雄の象徴で、本当の女にされていく。

これ以上変わる余地があるのか、まだ想像もつかない快楽があるのか――央玖に抱かれるたび、心は臆病《おくびょう》にすくむけれど、その裏では密やかな期待もまたあった。

それは今も例外ではなくて。

「まずは、昨日のお返しをしていただきたいですね」

璃杏の胸を愛撫《あいぶ》しながら、央玖が何かを企《たくら》む口調で言った。

「璃杏様だけが気を遣《や》ってしまったのですから、今日は貴女が私を先に達《い》かせるんです。実に平等な話でしょう?」

「な……何をすればいいの……?」

「さて。何をしていただきましょうか」

わざとらしく首を傾《かし》げ、さも今思いついたとばかりに口にする。

「最近、龍覇とよく話すのですが、彼は奥方とこういうことをするそうです」

央玖が璃杏の目の前で膝立ちになり、袍の裾をくつろげた。

現れたのは、すでにほぼ完全に勃ちあがった肉塊《にっかい》だ。どぎまぎする璃杏の乳房を両手ですくい、央玖はその合間に己の分身を押し当てた。

「や……そんなのっ」

璃杏は真っ赤になって拒もうとした。

確かに春蘭は言っていた。龍覇は彼女の胸の間で、それを挟まれるのが好きなのだと。

初めて聞いたときは眩暈《めまい》がしたが、同時に「自分には無理だろう」と空《むな》しく思ったことを覚えている。そんな戯《たわむ》れは、春蘭のように充分な量感の胸があるからできるのだ。

現に今も、寄せ集められた乳房は、大して深い谷間を作れていない。きっと央玖もがっかりしているだろうと、璃杏は情けない気持ちでいたのだが。

「ああ、とても柔らかですね……」

驚いたことに、央玖の雄はいっそう硬い芯を持ち始めていた。

包み込むというには足りないが、左右の膨らみで肉身を擦るくらいなら、璃杏でもどうにか叶うらしい。

「これ、気持ちいいの？　央玖……」

「ええ、とても。何より、ご幼少の頃からお仕えしてきた璃杏様に、こんなことをしているというのが……不敬だと思えば思うほどに興奮します」

嘘ではない証《あかし》に、目の前のものは血管を浮かびあがらせるほどに硬く滾《たぎ》り、璃杏の柔肌を蹂《じゅう》躙《りん》している。

「……不敬だなんて」

璃杏は困惑して呟いた。

「言ったでしょう。私はもう央玖の妻なんだから、遜《へりくだ》らなくていいのに」

人前ではさすがに言わないが、二人きりのときは相変わらず「璃杏様」と恭《うやうや》しく呼びかける央玖だ。

「なんでしょうね。長年の倣《なら》いというのもありますが……一番の理由は、璃杏様が私に傅《かしず》かれるのがお好きだと知っているからです」

「そんなこと」

否定しようとした璃杏を、央玖は悠々と遮った。

「正確には、普段は従順な私に牙《きば》を剝《む》かれて、あられもなく乱されてしまうのがお好きなのですよね？　誇り高い王妃様は、実になんともひねくれた性癖《せいへき》をお持ちですから」

「な……！」

「おつき合いしますよ。璃杏様の望むままに、優しく、荒々しく抱いてさしあげます」

優しく、荒々しく。

その言葉をさっそく体現するかのように、央玖の指が乳房をゆるやかに揉み込み、次いで両の蕾をきつくねじった。

「あぁっ！」

乳首を摑まれたまま、胸全体を真ん中に引っ張られた。大きく育ちきった雄芯が、柔肉《やわにく》の狭間《はざま》を擦り、たわませ、弾ませていく。

ちぎれてしまいそうな乱暴さに、璃杏は表情を歪めて訴えた。

「痛いわ、央玖……」

「なら御自分で支えていてください」

責め苦から逃れたい一心で、璃杏は涙目で頷いた。自分で自分の乳房を持ち上げ、央玖のものに向かって膨らみをぎこちなく寄せ集める。

「春蘭さんから聞いていらっしゃいますか？　こうしながら、何をするのか……」

央玖に答えを促《うなが》され、璃杏は恥じらいに目を伏せて口にした。

「先っぽを……舐めるって……」

「ご存知なら話は早い。期待で胸がはちきれそうです」

戯《ざ》れ言《ごと》めいた口調だが、あながち嘘でもないのだろう。勇む心そのままに、央玖の鈴口には今夜も透明な雫《しずく》が盛り上がっている。

胸の間を上下する剛直の先端に、璃杏は恐る恐る舌を伸ばした。

「いやらしすぎる光景ですよ……」

揶揄《やゆ》するような声をまともに聞いていては、とても先に進めない。

璃杏は羞恥に蓋をして、なめらかな亀頭部を軽く咥《くわ》えた。ちゅっ――と愛らしい音を立て、粘度の高い先走りを、花の蜜を吸うように啜《すす》り込む。

「ふ……っ……あぁ──」

央玖の溜め息が上擦った。

彼の感じる声を耳にして、璃杏の足の奥もじゅんと潤った。

(央玖のことと、私のあそこは、同じだって言ってたわ──)

興奮し、血が集って大きくなるのは、男の陽根も女の陰核もともに変わりないのだと。

だったら、と璃杏は考える。

きっとここは、とても敏感な場所だろう。初めはそっと──幹に浮かんだ血管を辿るように、ゆっくりと舌を這わせて、それから……。

「璃杏様は、やはり聡明だ。実に覚えがよろしいですね……」

央玖が感じ入ったように言う。その声も聞こえないほど、璃杏は懸命に央玖のものを舐めていた。

唾液を全体にまぶし、尖《とが》らせた舌で鈴口をちろちろと掘り下げる。

張り出した笠のような部分をじゅっと吸い、首を傾け、横笛を吹くように肉竿の側面を甘噛みすると、央玖が堪《こら》えきれないように低く呻《うめ》いた。

「手も……添えて、擦ってくださいますか……?」

央玖の要求に、璃杏は上目遣いになって頷いた。

雄芯を両手で握り込み、手首を使って上下にしごきながら、半分ほどを口に含む。口蓋《こうがい》に擦りつけるような刺激を与え続けていると、それだけで璃杏の膣壁もひとりでに蠢《うごめ》きだす。

乳房での愛撫はお留守になってしまったが、央玖が再び手を伸ばし、指をめり込ませるように揉みくちゃにした。璃杏を感じさせるためというより、衝動に突き動かされてというような荒い仕種だ。

そんな触られ方をしても、璃杏の体は快感に震えた。人差し指と中指の間に挟まれた乳首が、普段の倍ほどにも腫《は》れて尖《とが》り立つ。

口の中の塊《かたまり》はもはや、焼窯から取り出したばかりの磁器のように熱く、人間の体でこんなに硬い場所があるのかと驚くまでになっていた。伸縮する理屈を知らなければ、骨が入っていると言われても納得しそうだ。

央玖が苦しげに息をつき、璃杏の頬に手を触れた。

「璃杏様……とても、とても不埒《ふらち》なお願いをしても構いませんか……？」

こんなにせっぱつまった央玖の声を聞かされれば、どんなことでもできると思う。

「このまま、璃杏様のお口の中に……犬の分際で、お許しください……」

（――いいわ）

声にはならなかったが、璃杏は慈愛《じあい》を込めた眼差しで応えた。

許しを得た央玖は、どこかがひどく痛むような、消え入りそうな笑みを浮かべた。

次の瞬間、璃杏の頭を力強い手が鷲摑《わしづか》んだ。振り切れたように腰を前後させられて、璃杏の口腔は滅茶苦茶《めちゃくちゃ》に犯されていく。

「っふ……っぐ……！」

口の中を性器そのものに見立てたような、抑制を忘れた動き。

喉の奥までの遠慮のない突き込みを、璃杏はえずきそうになりながらも受け入れた。

何も知らない頃だったなら、こんな行為に愛などないと怯《おび》えて泣いてしまっただろう。

けれど今は、央玖が自分相手に遠慮をしないことが嬉しい。

乱暴にされて、木偶《でく》のように扱われても構わない。表情を歪め、息を弾ませ、その肌を熱い汗で濡らして——言葉などなくても伝わるほどに、央玖が全身で璃杏を求めている。

それに応えたいと思う気持ちが、間違っているなんて思わない。

璃杏が知らない央玖の姿を、もっともっと見ていたい。

唇を割る熱い肉茎に、璃杏は激しく舌を絡め、崩壊を誘うように吸い上げた。

「璃杏様……ぅ、あぁ……っ！」

央玖が唸ったその直後、生まれて初めての感覚が璃杏の口内で弾けた。

鼻腔《びこう》にまで抜けていく、むっと青臭《あおくさ》い匂い。

血潮そのもののように温かな、胸を締めつけるぬくもり。

喉の奥にびゅくびゅくと浴びせられる奔流《ほんりゅう》に、咳《せ》き込みかけるのを懸命に堪《こら》える。

央玖の雄芯がずるりと抜かれ、璃杏はとっさに片手で口元を押さえた。

「璃杏様、ここに——」

まだ荒い息の央玖が敷布を引きはがし、璃杏の前に持ってきた。吐き出せと言われているのだとわかって、璃杏は首を横に振った。

放たれたのは央玖の命だ。彼が璃杏で乱れて感じた証だ。

（そんなふうに始末するなんて――）

「……ん……っく」

ただそうしたくて。

そうすることが自然だとしか思えなくて。

どろりと濃く、ところによっては塊《かたまり》が混ざっているような気のする精液を、璃杏は自分の唾液で薄めて、こくんと一息に飲み干した。

喉に絡む味も匂いも、決して快《こころよ》いものではないはずなのに、子宮で受け止めるときと同じくらいに、深く満たされた心地がしていた。

「貴女という人は……」

央玖が力の抜けた声で呟き、璃杏の背を抱いて引き寄せた。

広い胸に耳をつければ、彼の鼓動が興奮の名残にまだ高鳴っているのがわかる。

そうしているうちに、璃杏はいまさらながら恥ずかしくなってきた。

衝動のままに行動したけれど、飲めと言われてもいないものを自分から飲むなんて、どんなに淫乱《いんらん》な娘だと思われているのではないか。

「あの……央玖、あのね……」

言い訳をしようと口を開いたが、その前に央玖の呟きがぽつりと落ちる。

「とうとう遂《と》げてしまいました」

「……何を？」

「いわゆる男の本懐です」

大真面目《まじめ》な口調に、璃杏は笑っていいものかわからずに困ってしまった。

普段の従順な仮面を、急にかなぐり捨てたり。

その強引さが本性かと思えば、ふいに殊勝《しゅしょう》になったり。

そんな央玖の変化に、璃杏は常に振り回される。

それでも、ここまで神妙《しんみょう》に独りごちる彼を見るのは初めてだった。しかも、その言葉は変に謎めいている。

「もう悔《く》いはありません。このまま、今すぐ消えてしまっても――」

（……消える？）

璃杏が首を傾《かし》げたそのとき、臥所《ふしど》の扉が激しい音を立てて開いた。

「きゃあっ！」

国王夫妻の閨《ねや》に、何者かが乱暴に踏み込んでくる。

璃杏は悲鳴をあげて央玖にすがりついた。だが彼は何故かそれを押しやり、衣服の乱れを素早く直して、いたって冷静な声で言う。

「危ないので離れていてください。――初めから、一発は殴られる覚悟です」

「え？」

戸惑う璃杏のすぐ傍で、臥牀の帳《とばり》が勢いよくめくりあげられた。

そこに立っていた人物の姿に、璃杏は天地が逆になったかと思うほど驚愕《きょうがく》した。

「央玖――!?」

眦《まなじり》を吊《つ》り上げ、険しい表情を浮かべたその青年は、まぎれもなく央玖だ。

しかし璃杏を背に庇《かば》い、その彼と対峙《たいじ》するのもまた央玖で。

(央玖が二人――？)

現実とは思えない光景に固まる璃杏の目前で、一瞬の決着がついた。

踏み込んできた央玖が、臥牀の彼の襟元を摑みあげ、その頰を力いっぱいに張り飛ばす。

ガン！　と鈍い音がして、殴られた彼が臥牀の支柱にこめかみをぶつけた。ひどく痛そうに顔をしかめ、切れた唇を忌々《いまいま》しげに拳で拭《ぬぐ》う。

「……久しぶりの再会とも思えないご挨拶《あいさつ》だな」

「何が久しぶりだ。分身風情《ふぜい》に、璃杏様の御身を穢《けが》すことが許されると思うのか」

怒りを隠そうともせず、叩きつけられたその言葉。

「分身って……」

殴った央玖を見、殴られた央玖を見、璃杏はその違いにようやく気づいた。

双子のようにそっくりな二人――けれど、痛めつけられた央玖のほうには、本来あるべきものがない。

「嘘……影が――」

璃杏は恐怖に息を詰めた。

昨日の夜から抱いていた違和感の正体はこれだったのだ。

小さなものとはいえ燭台《しょくだい》の炎が躍るこの房室で、彼の体には影がない。

「そんなに怯《おび》えないでください」

分身と呼ばれた央玖は、後ずさる璃杏に向かって申し訳なさそうに肩をすくめた。

「改めまして、璃杏様。俺はもう一人の央玖――名を夕駿《ゆうしゅん》と申します」


夕駿。

それは幼い頃の央玖が母親の実家で過ごす際、公子《こうし》であることを悟られないために用いた、仮の名だと聞いていた。

けれど実際は、もっと複雑で違う事情があったらしい。

「もともとは俺の名だったんです。本体の母親がつけてくれた」

腫《は》れた頰を押さえながら、分身の央玖――夕駿は、璃杏に事情を説明していた。央玖自身は用いない「俺」という言い方ひとつで、なんだかずいぶんと気安い性格に見える。

一方、央玖本人はむっつりと黙り込んだまま、戸惑う璃杏の肩を引き寄せ、その胸に閉じ込めていた。大事な玩具《おもちゃ》を取られまいと意固地になった子供のようだ。

「央玖の幼少時代があまり恵まれたものじゃなかったのは、璃杏様もご存じでしょう。この化け物じみた色の目のせいで」

と、己の目元にそっと手をやる。

「ただでさえ周りに疎《うと》まれていたこいつを、もっと孤立させてしまったのが俺の存在です。俺は、抑圧《よくあつ》された央玖の心が生み出す実体のある幻で――幼《おさな》いこいつの感情が乱れたときや、追い詰められたときなどに、ふいに現れる分身でした」

たとえば父王の勘気《かんき》に触れて、何日も食事を与えてもらえなかったとき。

母親の亡骸《なきがら》に別れを告げることを禁じられ、堅固な牢《ろう》に幽閉《ゆうへい》されていたとき。

まだ子供だった央玖は、己《おのれ》の力の制御ができずに、夕駿という分身を生み出した。

本体の央玖には叶わないこと――厨房《ちゅうぼう》に潜り込んで食べ物をかすめとったり、母親の棺《ひつぎ》を運ぶ人足に泣きながら食ってかかったりといったことも、夕駿にはできたから。

だが、央玖の姿をしたその子供に影はなく、周囲の人々はますます畏怖《いふ》し、央玖をひどく苛《さいな》んだ。

分身である夕駿を優しく抱き締めてくれたのは、死んでしまった母親だけ。あとは――。

「俺の存在を知って怯えなかったのは、他には龍覇だけですね。そもそも、あいつと初めて会ったのは、央玖じゃなく俺のほうなんです」

母親の実家に下った折《おり》、邸《やしき》の外から聞こえてきたのは、楽しそうに遊ぶ子供たちの声。

その仲間に入りたいと央玖は切望したけれど、臆病《おくびょう》な気持ちのほうが先立った。

そんな本人の心を覆《くつがえ》すように現れた夕駿は、影のできない雨の日を狙って邸を飛び出し、龍覇の率いる子供たちとあっさり仲良くなってしまった。

その際に告げた名前が「夕駿」だったので、その後、央玖本人が勇気を出して龍覇たちと遊べるようになったときも、本名を名乗りそびれたのだ。

「夕駿《こいつ》に感謝したのは、そのときくらいのものですよ」

ずっと黙っていた央玖が、ようやくぽつりと口を開いた。

「おかげで私には、龍覇という生涯《しょうがい》の友人ができました。真実を打ち明けたときも、あいつの反応はふるっていましたね」

目を丸くしたのも一瞬、龍覇はにっかり笑って言ったという。

『自分が二人いるんだろ？　俺だったら、どんな相手と喧嘩《けんか》しても負けねぇな。羨《うらや》ましいなぁ』

いかにも彼の言いそうなことだと、璃杏は口元を綻《ほころ》ばせた。

「龍覇さんたら」

「本当にそのときだけですよ」

央玖が渋面になって言った。

「神出鬼没《しんしゅつきぼつ》なこいつのせいで、私がどれだけ苦労したか」

「元はお前が生み出しておいてよく言うな」

「だから余計に嫌なんです。――自分の未熟な心の象徴《しょうちょう》を見せつけられて、喜ぶ人間がどこにいる」

長じるにつれ、央玖は己の感情を抑《おさ》えることを覚え、夕駿が出現することは減《へ》っていった。

ここ十年ほど――ちょうど璃杏に仕《つか》えるようになった以降は、一度も現れることはなかったという。

「それがどうして今になって？」

璃杏は首を傾《かし》げた。

最初こそ驚いたが、今は夕駿の存在を受け入れられる気持ちになっていた。

それはただ肌を重ねてしまったからというだけでなく、これまで知らなかった央玖の兄弟を紹介されたような感じと言えばいいのだろうか。

「俺が現れた理由、ですか」

夕駿はふっと笑い、片膝を立てて央玖を見つめた。

「璃杏様直々《じきじき》のお尋ねだ。お前の口から説明しろ」

「お前は……本当に……」

「性格が悪いって？　誰に似たのか、胸に手を当ててよく考えろ」

「……」

押され気味になる央玖というのが珍しくて、璃杏は彼を見上げた。さしもの彼も、相手がもう一人の自分では、どうにも分が悪いらしい。

央玖は目を伏せ、敗北を認めるように小さく呟いた。

「――璃杏様にお会いしたかったのです」

それは昨夜、池のほとりで夕駿も口にした言葉だ。

「せっかく仕事を片づけて、璃杏様のもとに向かえると思っていた矢先に横槍《よこやり》が入ってしまいましたから。頭では仕方がないとわかっても、気持ちが納得してくれなかったのでしょう……堪《こら》えのきかない自分が情けなくなります」

「央玖……」

璃杏の胸に熱いものが広がった。

情けないなんて思わない。

抑えきれない願いが肥大して、分身を生んでしまうほどに、央玖は自分に会いたいと思ってくれていたのだ。

「私も……会いたかったわ」

正殿にまで押しかけていこうかと何度も思った。たとえ言葉を交わせなくても、遠くから彼の姿をちらりと見られるだけでよかった。

けれどこうして抱き合ってみれば、そんなささやかな願いでは収まらなくなる。

それは央玖も同じだったようで、璃杏の頬に指が伸ばされ、小さな顔が上向けられた。

「ん……」

重ねられた唇の貪《むさぼ》るような動きに応《こた》え、熱い舌を絡め合う。——そこに。

「あまり見せつけないでくれませんか」

ふてくされたような夕駿の声がかかって、璃杏ははっと我に返る。央玖も水を差されて唇を離し、苦々しげに呟いた。

「……夕駿《お前》の味がする」

「ああ、璃杏様には俺の子種を飲んでいただいたからな」

勝ち誇るような夕駿の言葉に、璃杏は慌てた。央玖の眉間《みけん》の皺《しわ》は、これ以上ないほど深くなり、射殺すような目つきで夕駿を睨んでいる。

「とっとと消えろ」

「それが、自分じゃ決められない。今までもそうだっただろう？」

夕駿は人を食った笑みを浮かべ、身を乗り出して璃杏の手首を摑んだ。

「ねぇ璃杏様。俺の精を口にしてどうでした？　しゃぶっているだけで、下のお口もぐっしょり濡らして、俺を欲しがっていらっしゃいましたね？」

央玖とまるで同じ顔で、普段の彼以上に猥雑《わいざつ》な言葉を囁かれる。璃杏は答えられず真っ赤になった。

「央玖ばかりじゃなく、俺にも貴女の大事な場所を味わわせてくださいませんか？　結局、俺はまだ一度も、璃杏様と繫がれてはいないんですから」

「あんっ……！」

夕駿に内腿を撫でられた璃杏は、くすぐったさに身じろぎした。

それを感じた証だととったのか、央玖が苛立《いらだ》った声で詰《なじ》る。

「璃杏様は、相手が誰でもそのようなはしたない声をあげるのですか？」

「違っ……」

「俺とはたくさん楽しい遊びをしましたからね」

夕駿があからさまに央玖を挑発した。

「試してみるか、央玖？　俺とお前、どちらが璃杏様をより感じさせられるか」

それを聞いた央玖の瞳が、剣呑《けんのん》な光を宿してきらめいた。

「――いいだろう」

怒りを孕《はら》んだ一言とともに、臥牀に押し倒されて璃杏は慌てた。

「嫌っ……何するの、央玖……央玖っ！」

「貴女がいけないんです」

璃杏の下肢を割り広げ、そこに顔を埋《うず》めながら、央玖は叱りつけるように言った。

「私が貴女に会いたい気持ちを懸命に耐えている間に、夕駿なんかに好きにされて。彼に何をされたのか、すべて口にしてごらんなさい」

「そんな……」

夕駿を央玖だと思っていたからできた淫靡《いんび》な遊戯《ゆうぎ》。それを央玖本人の前で打ち明けるなんて、無理に決まっている。

「璃杏様を素直にさせるには、こちらから攻めたほうが早そうですね」

「きゃあっ！」

包皮にくるまれた秘芽を、いきなりじゅっと強く吸い出される。

璃杏の下腹がびくんと跳ね、鋭すぎる快感から逃れようと腰がよじれた。

けれど央玖はそれを許さず、璃杏の腰骨をがっしりと押さえつける。ぬるみを帯びた蜜口に舌先を押し込めて、じゅぷじゅぷと音が立つほど激しく嬲《なぶ》り始めた。

「いや、あ、あぁん、はぁ……！」

「いい声で啼《な》かれますね」

耐えがたいのは直接の刺激だけでなく、乱れる璃杏を愉《たの》しげに見下ろしている夕駿の眼差しだった。

影のない男は、しなやかな獣めいた動きで璃杏の傍にすり寄って、半端に脱がされかかっていた夜着をすべて剝《は》いでしまう。

そうして璃杏の横に腰を落とし、汗ばんだ彼女の乳房に手を伸ばして奔放《ほんぽう》に弄び始めた。

「ん、あぁ、触らな……でっ……」

なだらかな起伏を描く胸をこね回され、両方の硬い蕾を弾かれる。

口では拒んでみても、甘い喘ぎが洩れるのを止めることができなかった。淫らに開き切った下半身を、央玖に舐められていると思えば尚更《なおさら》だ。

「余計なことをするな、夕駿」

「こちらも可愛がってさしあげなければ、璃杏様が寂しがるだろう？」

牽制《けんせい》する央玖に、夕駿はあくまで余裕の素振りを崩さない。

「せっかく二人の男がここにいるんだ。普段はできないやり方で璃杏様に悦《よろこ》んでいただければ、お互いに本望ってもんだろう」

「趣味の悪い……」

「その趣味の悪さも、間違いなくお前の一面だ」

夕駿が璃杏の乳房に顔を寄せ、見せつけるように乳首に舌を纏《まと》わりつかせた。音を立ててしゃぶり尽くされ、子宮がきゅうっと引き攣《つ》れるような感覚に、璃杏は髪を振り乱して喘いだ。

「あっ……そんな、吸わないで……」

「こんなに硬く勃《た》たせながら言っても、説得力がありませんよ？」

夕駿が低く忍び笑った。央玖とまったく同じに艶《つや》めいたその声は、耳に注がれるだけで璃杏の胸をざわめかせる。

負けじとばかりに、下肢に取りついた央玖の指が秘裂を割った。一本でも二本でもなく、いきなり三本もの指を揃えた強引な挿入だ。

「あぁっ……広げちゃ嫌……っ」

「何をいまさら。もっと太い私のものを、ここで何度も咥《くわ》え込んでいらっしゃるでしょう」

夕駿に煽《あお》られたせいか、今夜の央玖はいつにも増して淫猥《いんわい》だった。

充血した秘玉を円を描くように舐めながら、三本の指を抜き差しする。手首をひねらせて内部を掻き回し、臍《へそ》側に存在する秘密の場所――璃杏のもっとも弱くて無防備な部分を、容赦《ようしゃ》なく激しく抉《えぐ》り続ける。

「ふ……だめ……だめ、もう……」

夕駿に吸われる乳首も、央玖に舐められる秘玉も、たまらなく気持ちいい。

けれど今、一番深い快感を生んでいるのは、央玖の指に蹂躙《じゅうりん》される膣壁だ。

追い詰められていく璃杏の様子に、二人の男が互いによく似た笑みを浮かべ、それぞれの担う場所にいっそうの快楽を刻もうとする。

体の奥で何かがぐんぐんと高まっていく感覚に、璃杏は心底から怯えた。

いつもと違う。

夕駿がいるせいか、央玖の指遣いが執拗《しつよう》すぎるせいなのか、膣内のひくつきが止まらない。

愛液はすでにしとどに溢れて、央玖の指が出入りするたび、半透明の飛沫を散らす。熱病にかかったときのように、火照りと寒気を同時に感じた。

怖い。

あまりに気持ちがよすぎるから、自分が自分でなくなるようで。

(私、どうなるの……どうなっちゃうの……?)

「そのまま感じていてください」

璃杏の怯えを見透かしたように、央玖が淫らがましく囁いた。

「大丈夫。璃杏様は気持ちのいいことだけを考えていればいいんです。もっともっと深い果てまで、導かせてください、私に――」

秘玉に軽く歯を立てられ、同時に中で曲げられた指が、媚肉の襞に隠れた一点をぐっと強く押し潰す。

璃杏の全身が強張り、戦慄《わなな》き――ふいにすべてが弛緩《しかん》する瞬間が訪れた。

「く……いくの……ああっ、中で、いっちゃう……――!」

央玖の指を激しく食い締めたそこから、生温かい何かが勢いよくぷしゅっと噴きあがる。愛液とは違う、さらりと水っぽい液体が、放物線を描いてとめどなく飛び散り、敷布をぐっしょりと濡らしていった。

「いや……いやぁっ、見ないでぇっ！」

璃杏は両手で顔を覆《おお》い、本気の泣き声をあげた。

こんな歳になってお漏《も》らしをしてしまうなんて、今すぐ死にたいほど恥ずかしかった。しかもそれを、二人の男にまざまざと見られているなんて。

「潮だ……」

夕駿が呆然《ぼうぜん》と呟いた。

央玖がふんと鼻を鳴らし、びしょびしょに濡れた指を誇らしげに舐める。

「私が本気になればこんなものだ」

「いい気になるなよ、央玖。璃杏様をこんなに泣かせて」

夕駿が泣きじゃくる璃杏の身を起こし、その胸に抱き締めて頭を撫でた。

「泣かないでください、璃杏様。恥ずかしい失敗をしてしまったわけではないんですよ」

「ふっ……う……漏ら……ちゃったんじゃ、ないの……？」

「ええ。潮を噴くといって、女性が深く感じたときはああなってしまうんです。誰にでも起こることではないので、璃杏様はとても感じやすい体をされているという証拠です」

「そう、なの……？」

恥ずかしさは消えなかったけれど、璃杏はわずかに息をついた。

夕駿は優しい。

それに比べて、さっきの央玖は怖かった。「本気になればこんなもの」だなんて、ただ夕駿に対抗するためだけに、璃杏の体を弄んだような言葉だ。同じことをするにしても、璃杏と二人きりのときだったら、もっと細やかな気配りを見せてくれていたと思う。

「央玖はひどいですね」

璃杏の心を読んだかのように、夕駿は同情めいた口調で言った。

「あんな男は放っておいて、今度は私と気持ちよくなりましょう」

「え……あっ？」

腰を持ち上げられて、気づいたときには足の間に硬い熱塊《ねっかい》が触れていた。

「やぁ、あぁぁっ！」

央玖の指戯で濡れそぼった入口に、夕駿のそそり立つものが呑み込まれていく。胡坐《あぐら》をかいた彼に向き合う形で、璃杏の小柄な体はゆさゆさと揺さぶられた。

「ああ……やっとこうして貴女を抱ける」

無邪気な微笑みとは裏腹に、夕駿は餓《う》えた獣《けもの》のようにがつがつと腰を突き上げる。潮を噴くほどの絶頂の名残《なごり》に、璃杏のそこはすぐさまじゅくりと疼《うず》き、夕駿の雄々しい肉茎《にくけい》に自ずから纏わりついていく。

「どうですか、璃杏様。央玖のと、俺のこれとでは、どちらが感じるんですか？」

「わ……かんな……っ……」

璃杏は拳の背を口元に押し当て、ふるふると首を横に振った。

濡れた襞を上下するそれは、大きさも硬さもほとんど違いはないように思える。

どちらも同じくらいに卑猥《ひわい》で、同じくらいに気持ちいい。

「璃杏様……ああ、くそっ……！」

央玖がくしゃりと髪を掻き乱し、嫉妬に燃えた目で、繋がり合う二人を睨んだ。

あまりの気迫に、璃杏はまた怖くなった。今度は、央玖が夕駿を一発殴るくらいではすまないかもしれない。

「お……央玖も……来て……？」

璃杏は思わずそう口にしていた。

誘っているのだという自覚すらないまま、彼の怒りをそらさなくてはと思う一心だった。

「淫らな女《ひと》だ」

央玖が険しい顔つきで、吐き捨てるように言った。

「それでも、こんなに惹《ひ》かれてやまない――覚悟はよろしいのですね、璃杏様」

「え……覚悟って……えっ⁉」

荒々しく衣を脱ぎ捨てた央玖が、璃杏の背後に回った。

次の瞬間、璃杏は想像もしなかった衝撃に目を瞠《みは》った。

夕駿のものに奥まで貫かれている蜜壺。その後方にひそんだ菊門《きくもん》に、央玖の雁首《かりくび》が添わされ、ぐりりと押しつけられたのだ。

「いやぁっ！　そんなところ、だめぇっ！」

まさかそんな場所を犯されるとは思わなくて、璃杏は悲鳴をあげた。

恐ろしいのは、絶対に入らないだろうと思われる太さのものが、滴《したた》った愛液の滑りを借りて、徐々にめり込んでいく感覚があることだ。それでも姿勢的に無理があるせいで、央玖はなかなか目的を達せず、苛立《いらだ》ったようにがむしゃらに腰を突きつけた。

「逸《はや》りすぎだろう」

夕駿が呆《あき》れたように笑い、挿入したまま仰向《あおむ》けに横たわった。璃杏の肩を抱いて上体を倒させ、央玖に向けて白いお尻を突き出すような格好にさせる。

「協力してやるから落ち着け。璃杏様を泣かせるなと言っただろう？」

「お前だけには『落ち着け』と窘《なだ》められたくない」

「あー、先走るのはいつも俺の役目だったな。いいんじゃないか、こんなのも。お前がやらないなら、璃杏様の後ろは俺がいただくつもりだったし」

「ぬかせ！」

「だからお前に譲《ゆず》ってやると言ってるんだ。ずっとそれを狙っていたことくらいわかるさ。俺はお前の分身だからな」

璃杏が口を挟む隙《ひま》もなく、二人の男たちは耳を疑うようなとんでもないやりとりを交わしている。

「ほら、こうしてじっくりほぐして……」

腕を伸ばした夕駿が璃杏の尻たぶを割り広げ、結合部から溢れた蜜を塗《ぬ》りつけていく。

「ひぁんっ！」

つぷ、と音を立てて彼の人差し指がそこに沈んだ。

たった一本。さして深く差し込まれたわけでもないのに、信じられないほどの圧迫感に、璃杏は天井を仰いで息を洩らした。

「ほら、央玖も」

「……ああ」

夕駿に指図されるのは業腹《ごうはら》でも、璃杏を傷つけることは本意ではないのだろう。

恐る恐る背後を振り返った璃杏が見たのは、自分の中指を口に含んで濡らし、その手を伸ばしてくる央玖だった。唾液のぬめりに助けられて、長い指はさほどの抵抗もなく、璃杏の後庭に潜《もぐ》り込んだ。

「ああ、変、なの……中、いやぁ……」

二人の男の指に、初めての場所をくじられる。

狭い粘膜《ねんまく》をぐにぐにと擦りたてられるうち、璃杏の腰は不規則に揺れた。最初は違和感しか覚えなかったそこが、次第にじんわりと熱を帯びて、入口がはくはくと蠢き始める。

それは、璃杏の膣道を刺激する夕駿の雄茎のせいもあった。

璃杏の上体を胸に受け止め、お尻を弄っているせいで激しい動きにはならないが、ぷっくりと膨《ふく》れた陰核を肉竿の根本で押し潰すような、微妙で的確な動きが続けられる。

「指を抜け、夕駿」

央玖が短く命じ、夕駿は心得たように従った。

空いた両手を遊ばせておくわけもなく、目の前で揺れる璃杏の乳房を揉みしだき、寄せ集めた胸の頂《いただき》を同時に口に含む。

「あん、ああっ！」

欲張りな愛撫に璃杏は甲高く喘ぎ、無防備になった後ろの蕾に、央玖の熱い舌が這うのを許してしまった。

「ひっ……やぁっ」

「暴れないで」

二本の指でわずかにゆるんだ後孔《こうこう》に、央玖は尖らせた舌を突き入れて、たっぷりと唾液を塗り込めた。じゅるっ――と気が遠くなるほど淫猥《いんわい》な水音は、央玖の体液が璃杏の内部に注ぎ込まれていく音なのだ。

「お願いですから、受け入れてください。璃杏様のここを――後ろの処女を、どうか私に捧げてくださいませんか」

「お願い」などと言ってみても、実際の行為はそんなに生易《なまやさ》しいものではなかった。

口での前戯《ぜんぎ》をさんざんに受けて、夕駿から与えられる快楽に幾度も達し、璃杏が自分からは指一本動かせない状態になった頃。

「もうそろそろいいでしょう」

央玖が再び、恐ろしい剛直を璃杏のそこに押し当てた。

「夕駿に達《い》かされる貴女を見るたび、おかしくなりそうでした。——この雪辱《せつじょく》は晴らさせていただきますよ」

「っ、はぁ、入っ、て……！」

後ろの隧道《ずいどう》を穿《うが》たれる衝撃に、璃杏の背が弓なりに反り、意識が一瞬飛びかけた。けれど、そのまま気を失うことも許されない。あまりに大きすぎるものに引き裂かれてしまいそうな痛みが、膣と比べれば伸縮の足りない皮膚《ひふ》をじんじんと痺《しび》れさせていたから。

「ああ、また泣かせた」

璃杏の目尻から零れた涙に、夕駿が唇をつけて吸った。

「璃杏様、どうか前のほうに集中してください。痛みなんて忘れるくらい、俺がよくしてさしあげますから」

長時間突き入れたまま少しも萎《な》えない夕駿のものが、ゆるりと膣壁を擦った。

そうすると確かに耐えがたい痛みが和《やわ》らぐ気がして、璃杏は夕駿の胸にすがりついた。

その様子を目にした央玖が、むきになったように腰を進める。

「あぁ……う、ふぅっ——」

璃杏は唇を噛み締め、必死で苦痛に耐えた。ぽろぽろととめどなく頬を伝っていく涙に、夕駿が抽挿も止めて、心配そうに尋ねた。

「大丈夫ですか、璃杏様。本当につらいなら、そうおっしゃってください」

「い……」

痛い、と訴えるように聞こえたのか、背後の央玖も腰を止めた。

二人の男の気遣うような沈黙の中、璃杏はかすれた声を絞《しぼ》り出す。

「いいの……」

痛みに負けてぎこちなく、それでも璃杏は微笑んだ。

破瓜《はか》のときと同じくらいに体は悲鳴をあげていたし、禁断の場所を犯される羞恥《しゅうち》は処女を失ったとき以上だった。

けれど、璃杏が本気で「痛い」「やめて」と口にすれば、央玖はきっと止めてしまう。

どれだけ我をなくしていても、優しい彼は、璃杏が本当に嫌がることをできはしない。

だから。

「気持ちよく……して、くれるんでしょう……？」

璃杏は肩越しに振り返り、自分を貫く央玖を、涙に濡れた目で見上げた。

これまでにも、央玖には幾度となく信じられないことをされてきた。恥ずかしいことも、怖いことも――けれど結局最後には、それらはすべて快感に変わった。

央玖を信じている。

それ以上に彼を愛している。

その証拠に、痛いばかりだった隘路《あいろ》は、次第に央玖の大きさに馴染《なじ》んで、彼の欲望を受け入れようと柔らかくうねり始めていた。

「璃杏様――」

胸を突かれたように、央玖の瞳が揺らいだ。

「申し訳ありません。優しくしてさしあげたいのに、そんなにいじらしいお言葉を賜《たまわ》ると……」

「な……なんで、また大きくしてるのよ……!?」

これ以上膨らむことなどないと思われた雄芯が、明らかに一回り嵩《かさ》を増した。再びぎちぎちと窮屈《きゅうくつ》になったそこに、央玖は熱に浮かされたような勢いで押し入った。璃杏の腰を掴んで引きつけ、揺さぶりをかけながら深く深く潜る。

「あ……ああっ、全部……」

とうとう根本まで収められ、お尻にざらりと触れるのは、央玖の剛《こわ》い叢《くさむら》だ。こんなにも太いものを二本も呑み込まされて、体が壊れてしまうのではないかと、璃杏はまた低くすすり泣いた。

「妬《や》けますね、璃杏様」

璃杏の下になった夕駿が、やんわりと咎《とが》めるように睨んだ。

「そこまで央玖を甘やかすくらいに、そいつのことが好きですか?」

「ん……好き、よ……」

「大した果報《かほう》者だな、央玖」

璃杏の肩ごしに、夕駿が央玖を見上げる。

その眼差しは腐れ縁の朋友を見るような、呆《あき》れながらもどこか温かいものだった。

「この十年、璃杏様が傍にいてくれたおかげで、お前はずっと満たされていたからな。俺が現れるのは、今宵《こよい》限りかもしれないが……」

「そうあってくれ」

「璃杏様を大事にしろよ」

「――言われずとも」

短く答える央玖の声からも、先ほどまでの刺々《とげとげ》しさは抜け落ちていた。二人がやっと心を通わせたようで、間に挟まれた璃杏は、こんな状況なのにほっとした。

だが、本体と分身が通じ合ったということは、璃杏にとっては、これまで以上に過酷な状況が待っているということだった。

「では最後に、心ゆくまで楽しませてもらいましょうか」

凶悪に微笑んだ夕駿の言葉を皮切りに、二人の男が同時に律動を加え始めたのだ。

「うぁ……ふ、ああ、あぁぁん……！」

内部の薄い膜一枚を隔てて、同じ大きさと形をしたものが、ごりごりと擦り合わされていく。二つの淫路《いんろ》に火をつけられたかのようで、生まれて初めて味わう想像を超えた強い刺激に、璃杏は憚《はばか》りのない嬌声《きょうせい》をあげた。

「頑張ってください、璃杏様。このまま俺と央玖の両方を射精させないといけないんですよ」

「別にお前は出さなくていい」

「ああ、これで璃杏様が身籠《みご》もったら、それは俺の子ってことになるのか」

「ふざけるな」

「だったら、前と後ろを交代するか？　俺も璃杏様のそこに埋めてみたい」

「調子に乗るのも大概《たいがい》にしろ。ここは私だけに許された聖域だ」

張り合うような応酬《おうしゅう》の合間も、各々の熱杭を収めた場所を、両者は巧みに攻め続けていた。

璃杏はもはや言葉もなく、二人のたくましい体軀《たいく》に挟《はさ》まれ、揺さぶられることしかできない。

夕駿が璃杏の太腿を広げながら腰を突き上げると、陰核が潰され、甘い蜜でとろとろになった膣内が波打つ。

奥の奥まで押し込めたものを央玖がゆっくりと引き抜くと、形のわかる亀頭部が擦れて、内臓ごと持っていかれそうな刺激に下半身から力が抜ける。

「ん……う、く……」

「そんなに嚙んでは血が出ますよ」

まるで見えているかのように央玖が背後から手を伸ばし、声を殺して嚙み締められた璃杏の唇をなぞった。

指先は更に歯列を辿り、口を柔らかくこじ開けて、その奥の舌を絡め取る。

「声をあげてくださらなければわかりません。どこをどう突かれると気持ちがいいのか、教えてください、璃杏様」

「璃杏様の感じるやり方が、俺たちも一番気持ちいいんです。きゅっとよく締まって、熱い襞

「すぐにでも放ってしまいそうになる」

璃杏は途切れ途切れに告げた。

がねっとり絡みついてきて……すぐにでも放ってしまいそうになる」

央玖の指に口内を探られ、夕駿に乳首を甘噛みされながら、璃杏は途切れ途切れに告げた。

「な……んでも……全部、気持ちい、の……」

意外な答えだったのか、央玖と夕駿が互いに目を見かわす気配がした。

璃杏は羞恥に身をすくめながら、正直な想いを吐露《とろ》した。

「二人に、好きにされるのが……いいの……。もっと……もっと、二人で苛《いじ》めて……？　恥ずかしいこと、いっぱい……して……」

次の瞬間、璃杏は体が浮くほどに、両方向から激しく突き上げられた。

「今までに聞いた中で、一番嬉しい我儘《わがまま》です――」

「ああもう、未練は残したくないのに――消えたくないなんて思うのは、貴女が可愛らしすぎるせいですよ、璃杏様……！」

激しく突き込まれながら唇を吸われ、胸を揉まれ、耳朶をしゃぶられ、髪の毛をくしゃくしゃに掻き乱された。目まぐるしすぎる愛撫に、どちらに何をされているのかさえわからなくなりそうだった。

二枚の舌と、四本の腕と、二十の指。その全てが璃杏の華奢《きゃしゃ》な肢体に絡みついて、骨ごと食らい尽くしたいというような熱情のままに貪ってくる。

前も後ろもみっしりと熱いものに埋められて、なりふり構わず求められて、璃杏はくらりとする恍惚《こうこつ》に酔った。耳に届くのはぐちゅぐちゅと濡れた水音と、二人の男の荒い吐息。溢れる淫水と野性的な汗の匂いが臥所《ふしど》の空気を妖しく染めて、息が詰まりそうになる。

「ああ……央玖……夕駿……」

二人を求めてさまよう右手を央玖が、左手を夕駿が、腰のあたりでそれぞれにしっかりと握り締めた。

それでやっと璃杏は安堵し、儚《はかな》い微笑みを浮かべた。

大丈夫。この手を繋いでいれば、どこまで遠いところへいっても戻ってこられる。

「もう……来るの……いきそう、なの……」

喘ぎすぎてかすれた声で、子供のように訴える。

璃杏の背を抱き寄せる夕駿の手に力がこもった。一方、央玖は璃杏の細い腰に腕を回し、崩れ落ちそうになっているお尻を改めて高々とかかげさせる。

それは臨界を超えて、璃杏を新しい世界に導きやるための仕種。

本来濡れるはずのない器官は、いまや央玖の先走りを受けてぬかるみ、卑猥《ひわい》すぎる朱色に染まっていた。ぐちぐちと音を立てて抜き差しされ、もっともっとと欲しがる証に、めくれあがった入口の襞が熱い剛直をきつく食《は》む。

無言の希求に央玖は応え、夕駿との絶妙な連携《れんけい》でもって、抉《えぐ》るように腰を突き回した。

「あ、駄目、だめ……って、いい？　ねえ、もう、達っても……」

「いいですよ、璃杏様」

「俺たちも一緒です、璃杏様――」

慈《いつく》しむような声に許しを得て、璃杏はふっと全身の強張《こわば》りを解いた。

前と後ろ、それぞれの最奥に込もった摩擦熱が弾けて、脳裏《のうり》を鮮烈な深紅《しんく》に染めていく。

「あぁ、来ちゃ……すごいの、来ちゃう――……！」

璃杏の嬌声《きょうせい》に煽られるように、央玖と夕駿のものが収縮し、白く迸《ほとばし》る精を同時に噴き上げた。

あまりに多いその量に、塞がれたままの前庭と後庭から、どろりとした液体が逆流するほどの勢いだった。

「あ……」

吹き荒れる嵐に体を空洞にされたように、深い虚脱感《きょだつかん》が広がった。璃杏を挟んで舌打ち混じりに交わされる会話も、だんだん遠くなっていく。

「お前、これは出しすぎだろう……俺のほうにまで垂《た》れてきた」

「そっちこそ、その汚いものを璃杏様からすぐに抜け」

「馬鹿言うな。俺ならこのまま続けて二回はできる」

「じゃあ私は三回だ」

「絶倫《ぜつりん》ぶりを自分と張り合うって空《むな》しくないか？」

（やっぱりこの二人、仲良くするのは無理なのかしら……）

むきになる二人を仲裁《ちゅうさい》しなければと思ったものの、疲労の波に呑み込まれ、璃杏の意識はそこで薄れた。

そして――。

「ん……」

柔らかな光が頬を照らすぬくもりに、璃杏の瞼《まぶた》が震えた。

眩《まぶ》しさに目を瞬き、手庇《てびさし》をかざす。首の下に、よく馴染《なじ》んだ硬さがあった。

「おはようございます、璃杏様」

璃杏に腕枕をしながら横たわる央玖が、朝日を浴びて端正に微笑む。

その麗《うるわ》しさにうっかり見惚《みと》れてしまってから、恥骨《ちこつ》に残る甘い気怠《けだる》さに、昨夜のことを思い出した。

「夕駿は……？」

璃杏は身を起こし、周囲をぐるりと見回した。央玖の手によってだろう。体は清められており、夜着もきちんと着せられている。

「あいつなら、日が昇る少し前に消えました。『俺のことが恋しくなったら、央玖をとことんまで無視して、死にそうに寂《さび》しがらせてやってください』だそうです」

忌々《いまいま》しげな口ぶりでも、伝言をちゃんと伝えるところが、律義《りちぎ》な央玖らしかった。

「そう……もういないのね……」

「なんですか。まさか本気で恋しがっているんじゃないでしょうね」

「痛っ！　痛いわ、央玖！」

璃杏の鼻をぎゅっと摘《つま》んでひねる央玖は、相当に拗《す》ねているらしい。

「あいつに抱かれたのが、そこまでよかったんですか」

「それは……気持ちよかったけど……」

「けど？」

そんなに怖い目で睨《にら》まないでほしかった。

「だって、夕駿はもう一人の央玖なんでしょう？」

名前が異なっても、自分を「俺」と呼んでいても、璃杏にとっての夕駿は、少し悪戯《いたずら》なところのある央玖だとしか思えなかった。夫が二人になったら、それは確かに困るけれど、もともと大好きな人なのだから、拒んだり否定したりなどできるはずもない。

夕駿に名前を与え、愛情深く抱き締めたという央玖の母親と同じように。

「それでも私は嫌なんです」

央玖が不服そうに言った。

「たとえ相手が自分でも、璃杏様を誰かと共有などしたくないんです。ですから……心に秘めた願望は、これからはできるだけ我慢しないことにします」

「まだあるの⁉」

忙しい中、自分に会いたがってくれるくらいなら可愛いものだが、お尻を攻められたりするような類《たぐい》の「願望」が他にもあるのかと、璃杏は身をすくませた。

「ええ、他愛ないものですが」

央玖が微笑み、璃杏の寝乱れた髪を指で梳《す》いた。

「もう貴女の夫になったのだからと思いながらも、きっかけが掴めなくて……璃杏様」

「な、何？」

思いがけず真剣な眼差しに、璃杏はたじろぐ。

「貴女の名前を呼びたいです」

「……名前？」

「はい。璃杏様の御名を呼び捨てで」

「そんなこと……？」

璃杏は惚《ほう》けたように呟いた。

「そんなこと、とおっしゃいますが」

央玖はむっとしたように言った。

「璃杏様からはお許しくださいませんでしたよ。遜《へりくだ》るなとは何度か言ってくださいましたが、こちらから気安いおねだりをできないほどには、犬の時代が長かったので」

「そう……そうね」

改めてとなると、妙な気恥ずかしさを感じるものだと思いながら、璃杏は央玖に向き直った。

「じゃあ、許します。――私の名を呼びなさい？」

「……はい」

央玖が浅く息を吸い、璃杏も緊張に身を固くした、そのとき。

「お取込み中失礼します、陛下」

扉の外から鄭英の咳払いが響いた。

「朝議の時間が迫っております。名残惜《なごりお》しかろうとはお察ししますが、なにとぞお急ぎくださいませ」

「――こんなささやかな望みも叶えられなくて、何が一国の王だ！」

央玖がらしくもなく悪態をつき、臥牀《しんだい》を降りる。苛立たしげに衣装を身に着ける彼を、璃杏も慌てて手伝った。

「璃杏様」

房室《へや》を出ていこうとした央玖は、振り返りざま素早く璃杏の唇を啄《ついば》んだ。

「この続きはまた今夜」

「え……ええ」

「どうせなら、房事の合間に呼ばせていただくほうが興奮が増しそうです。――今宵も手加減いたしませんから、どうぞそのつもりで」

爽《さわ》やかな朝に似つかわしくない台詞《せりふ》をのうのうと吐いて、央玖は凄絶《せいぜつ》に艶《なま》めかしい笑みを浮かべた。

璃杏は気圧《けお》されて、央玖に抱かれながら呼び捨てにされることを考えて――それは確かに燃えてしまいそうだと頬を染め、「いってらっしゃい」と微笑んだのだった。

あとがき

主従関係。敬語攻め。下剋上《げこくじょう》ラブ。

以上の三つをこよなく愛する、葉月《はづき》エリカと申します。こんにちは。あるいは初めまして。お目にかかれて嬉《うれ》しいです。

ずっと書いてみたいと願っていた乙女向け官能《かんのう》小説を、シフォン文庫さんで出版していただけることとなり、私の煩悩《ぼんのう》パワーも捨てたもんじゃないな、と幸運を嚙《か》み締める日々です。

それが、さきほど述《の》べた好きな要素てんこもりで、自由に書かせていただけるとなれば！

このお仕事をしている間、ひたすら楽しく、毎日がカーニバル気分でした。作業が終わってしまうのが寂《さび》しくて、こうしてあとがきを書いている今は、若干《じゃっかん》メランコリックです。

でもほら、カーニバルは最後まで賑《にぎ》やかに締めなきゃね。

賑やかかどうかはわかりませんが、今回は短編集という珍《めずら》しい形態の一冊になりましたので、各話についてコメント的なものを綴《つづ》りたいと思います。ややネタバレも含みますので、未読の方な後《のち》ほどどうぞ。

『密やかな紅《くれない》』

昨年の雑誌Ｃｏｂａｌｔ7月号に掲載していただいたものに、加筆修正をしています。

もともとは身内で楽しむために、完全なる趣味で書いた短編でした。

それを「こういうノリの官能小説でよければ、雑誌用に何か書かせてください」とサンプルのつもりで提出したら、まさかの掲載枠をいただきました。これぞ棚ボタチャンス。

この頃の璃杏《りあん》様は、まだまだツン全開ですね。普段書くヒロインとはちょっと違うタイプの女の子なので、それがとても新鮮でした。

『秘めやかな戯《たわむ》れ』

前作の反応が悪くなかったということで、今年の雑誌Ｃｏｂａｌｔ3月号に載《の》せていただいた続編です。執筆中の仮タイトルは『お留守番一人H編』でした。

この話の二枚目の挿絵《さしえ》を見た友達に、「これは何してるところなん?」と尋《たず》ねられ、一瞬口ごもった挙句《あげく》、「……by myself ?」と答えておきました。英語って素敵なオブラート。

『ささやかな叛逆《はんぎゃく》』

友達少ない主役夫婦が、目指せ、脱コミュ障！　という話（身も蓋《ふた》もない）。これ以降の三話が書き下ろしになっています。

仮タイトルは『ガールズトーク編』です。実際のガールズトークって、もっとえげつないような気もするんですが、まぁこれはこれで。

ここに出てくる春蘭《しゅんらん》と龍覇《りゅうは》は、あっけらかんとしてて、お気に入りの脇カップルです。どんなマニアックなプレイをしてても、妙に健全そうな人たち。


『貴《あて》やかな誘惑』

仮タイトル＝ネタバレですが、『百合《ゆり》女王様編』と呼んでいました。

百合とはいえ、この女王様、ヒーローよりもよっぽどおっさん臭《くさ》い攻め方をしてくださいました。私の心がオヤジだからか。

作中でヒロインが貧乳を気にしてる描写がありますが、実は割と普通です。比べる相手が悪すぎるだけです——と慰《なぐさ》める央玖《おうく》さんに、平手の一発もかましておけばいいと思います。


『甘やかな双獣《そうじゅう》』

担当さんとお電話中、「そういえばこのヒーロー、ちょっと不思議な力があるんですよね」と話した流れで、「じゃあ、もしかして分身くらいできるんじゃ？」と思いつき。

「分身3P、誰かに書いてほしいと思ってたの！」と食いついてくれた担当さんに「じゃあ私がやります！」とサムズアップした結果の作品です。仮タイトルは、まんま『分身3P編』。

プレイ的な意味でも思い残しのないように、最後にどかんと花火打ち上げた感じです。お気づきの方もいらっしゃるかもしれませんが、一話から五話へと進むにつれ、各話のHシーンの割合がどんどん増していってます。

　恥ずかしがりの読者さんにも優しいグラデーション仕様です（こじつけ）。

　そんなこんなな盛《も》り盛《も》り文庫、楽しんでいただけましたでしょうか。

　基本的に甘エロテイストなつもりなのですが、何か少しでもツボにはまるものがあれば、これ以上の喜びはありません。特に、主従萌《も》えの方に捧げられるものになっていれば。

　イラストを担当してくださった野田《のだ》みれい様。セクハラめいたリクエストをさんざんしまして、申し訳ありませんでした！　でもすべて期待以上の仕上がりで、野田さんにお願いすることができて本当によかったと思っています。ありがとうございます、大好きです！

　どこまでも自由にエロスの野原を駆け回らせてくれた担当さんにも感謝です。こんなにのびのび放牧されてていいのかしら、と逆にびくびくしました。

　趣味で書いた一本の短編から、文庫にまとまるまでの過程を応援してくれた友人たちにもありがとう。いまさらですが、日常会話に下ネタが増えがちですみません。

　読者の皆様とはまたいずれ、別の本でお会いできることを願っています。このたびはお手にとってくださいまして、本当にありがとうございました！

二〇一二年七月

葉月　エリカ

シフォン文庫をお買い上げいただき、ありがとうございます。
ご意見・ご感想をお待ちしております。

◆――あて先――◆
〒101-8050　東京都千代田区一ツ橋2-5-10
集英社 シフォン文庫編集部 気付
葉月エリカ先生／野田みれい先生

密やかな紅《くれない》
華嫁は簒奪王に征服される

2012年9月9日　第1刷発行　シフォン文庫

著　者　葉月エリカ
発行者　太田富雄
発行所　株式会社集英社
〒101-8050東京都千代田区一ツ橋2-5-10
電話 03-3230-6355（編集部）
03-3230-6393（販売部）
03-3230-6080（読者係）
印刷所　大日本印刷株式会社

※定価はカバーに表示してあります

ISBN 978-4-08-670008-5 C0193